君特·格拉斯
文集

Günter Grass
Werke

铃蟾的叫声

Unkenrufe

〔德〕君特·格拉斯 著
刁承俊 译

人民文学出版社
PEOPLE'S LITERATURE PUBLISHING HOUSE

著作权合同登记号　图字01-2020-5872

Günter Grass
UNKENRUFE
© Steidel Verlag, Göttingen 1999
Chinese language edition arranged through
HERCULES Business & Culture GmbH, Germany
Simplified Chinese translation Copyright
© People's Literature Publishing House, Beijing 2022

图书在版编目(CIP)数据

铃蟾的叫声/(德)君特·格拉斯著;刁承俊译.—北京:人民文学出版社,2022
(君特·格拉斯文集)
ISBN 978-7-02-017169-9

Ⅰ.①铃… Ⅱ.①君…②刁… Ⅲ.①长篇小说—德国—现代 Ⅳ.①I516.45

中国版本图书馆CIP数据核字(2022)第083489号

责任编辑　欧阳韬
装帧设计　刘　远
责任印制　任　祎

出版发行　人民文学出版社
社　　址　北京市朝内大街166号
邮政编码　100705

印　　刷　北京盛通印刷股份有限公司
经　　销　全国新华书店等

字　　数　172千字
开　　本　880毫米×1230毫米　1/32
印　　张　6.375　插页1
印　　数　1—3000
版　　次　2022年7月北京第1版
印　　次　2022年7月第1次印刷

书　　号　978-7-02-017169-9
定　　价　69.00元

如有印装质量问题,请与本社图书销售中心调换。电话:010-65233595

译　本　序

《铃蟾的叫声》是德国著名作家、1999年诺贝尔文学奖获得者君特·格拉斯于1992年发表的一部重要作品。小说以第一人称的口吻，叙述一个鳏夫——德国美术史教授亚历山大·雷施克同一个寡妇——波兰女镀金技师亚历山德拉·皮亚特科夫斯卡在花市上邂逅，并从相遇、相识、相知到结为连理，最后共同罹难他乡的故事。

像格拉斯的《但泽三部曲》一样，故事发生地选择在格但斯克，故事发生的时间则在二十世纪九十年代前后。现在属于波兰的格但斯克，旧名但泽，第二次世界大战时曾是德国西普鲁士省的首府，它不仅是作者的故乡，而且由于这种特殊的历史背景，顺理成章地成为展现政治风云的理想场所。九十年代前后，多事之秋的东欧为作者的创作提供了丰富的素材。

面对"被驱逐的世纪"，在参观公墓时，雷施克和皮亚特科夫斯卡突发奇想，准备成立一家德国-波兰公墓公司，让那些被驱逐者的遗骸能回归故里。这家以促进各国人民的和解为宗旨的"和解"公墓公司不仅在日常工作中推行民族谅解的种种措施，而且连公司监事会的组成也颇具匠心。七位成员中有三位是德国人，三位是波兰人，另外一位则是祖籍德国的老太太埃纳·布拉库普。这样的格局表明：监事会是绝对公平的。新教路德派教会监理会成员海因茨·卡劳和天主教神甫斯特凡·毕隆斯基圣下在监事会中的合作共事，则进一步增强了和解的气氛。

申请让死者遗骸回归故里的人数越来越多,"和解"公墓公司的业务越做越大。但在实现民族和解的主观愿望不断付诸实现的同时,人们又不能不面对残酷无情的客观现实——海湾战争、库尔德人大逃亡,"统一后的德国人比任何时候都更不团结";不能不看到在世界上发生的一幅幅尸横遍野、血流成河的战争场面。在理想与现实的冲突中显现出尖锐的社会矛盾。

随着被迁葬者人数的增加,不仅那些年事已高的昔日"被驱逐者"千里迢迢从西方来到格但斯克及其周围的养老院颐养天年,就连那些"被迁葬者"的孙子和曾孙也从德国蜂拥而至。他们用租赁的形式在昔日德国人的地盘上大占土地,大兴土木。雷施克望着湖面上的那一幅景象,心中却在勾画出波兰未来的景象:在这片国土上,德国人的别墅和高尔夫球场比比皆是。在波兰国会,有识之士发出了"德国用殖民方式占领土地"的警告。在这"金钱支配一切"的时代,德国人的卷土重来,促使雷施克和皮亚特科夫斯卡愤然辞去了他们在公司里的职务。"在这儿,由于战争丢失的东西,会凭借经济实力重新获得。当然,所有这一切都是以和平方式进行的。这一次没有使用坦克,没有使用俯冲轰炸机。没有独裁者,只有自由市场经济在统治。"他们的辞职声明发人深省。"我们必须注意,别让波兰上了德国人的菜单。"既是书中主人公带有结论性的提示,也是作者给人们发出的警告。

喜欢用动物作为书名的格拉斯,这一次用了《铃蟾的叫声》,可以说是妙语双关。在德语中,铃蟾既是一种蛤蟆,同时又指悲观者,它是大学生们给雷施克这位美术史教授起的外号。铃蟾的叫声既可以视为这种蛤蟆的叫声,又可以视为不吉利的话。在大学生们眼中,雷施克"显出一副相当忧愁的样子……有时候,他就像不受欢迎的人一样闲立一旁……抱怨未来、天气和交通混乱,抱怨重新统一以及诸如此类的事情"。作为悲观者,他成了"铃蟾"。像这样巧妙的比喻,是格拉斯常用的手法,它已经成为格拉斯人物描写的一个重要特征。"一方面,在他看来,通过联合来解决德国问题'从纯粹直觉的角度看,是值得追求的';另一方面,他又害怕民族感情的洋溢,甚至……'心事重重,像害怕噩梦一样,害怕中欧这个庞然大物。'"如果说格拉斯在1995年出版的《辽阔的原野》中对两德统一的方式提出了疑问的话,那么,在这里,作者则对统一后的德国将走向何方表示了极大的忧虑。正是借助雷施克的预见,铃蟾的叫声,作者给人们提示了隐藏在欣欣向荣背面的一种暗淡的前景。

精明能干的孟加拉人查特杰为了解决城里的交通混乱,节省能源,减少环境污染,大力主张发展人力车,取代日益拥挤的小汽车。他取得了成功。查特杰公司生产的人力车不仅出现在巴黎、伦敦、罗马的大街小巷,也开始在拉丁美洲的街头漫步。查特杰的成功表明:"落后的"亚洲正在奋起直追,已经显示出无比巨大的潜力。

寻求"和解"的思想犹如一根红线贯穿作品的始终。雷施克与皮亚特科夫斯卡——德国鳏夫和波兰寡妇的结合,就是这种"和解"理想的集中体现。然而这种结合却不得不以一场不幸的车祸结束。循着这个悲惨结局的轨迹,人们不难发现,他们的理想是如何破灭的。"和解"公墓逐渐变成了人们捞取钱财的工具,成为德国人殖民活动的帮凶。"迁葬"的盛行打破了公墓的宁静。监事会上的争执和对他们的盘问迫使他们不得不辞职的决定。死者的宁静和生者的和平已经荡然无存。正是在这样的情况下,皮亚特科夫斯卡决定实现她梦寐以求的愿望——同雷施克一道驾车去那不勒斯。在那里,她怀着"敌对者不再成为死神,不再成为敌人"的美好愿望,同心爱的人一起,作为无名氏双双长眠在异国的土地上。

格拉斯十分关注现实,敢于,而且也善于触及现实中的一些本质问题。作为一位有强烈社会责任感的作家,他从不随波逐流,人云亦云,而是勇敢地提出一些重大问题,以期引起人们的思考。他并不提供答案,而是要人们自己去寻找答案。同样,《铃蟾的叫声》也不能不使读者掩卷沉思。

刁承俊

2001年8月2日于歌乐山麓

献给海伦·沃尔夫*

---

* 海伦·沃尔夫(1906—1994),德国出版家、作家,格拉斯的好友。

一

是偶然事件把这位鳏夫弄到这位寡妇身旁。或者说,因为他们的故事始于万灵节,事情又并不偶然？不管怎样,当这位鳏夫磕磕撞撞,跟跟跄跄地走路时,这位寡妇已经到了他身旁,不过并非出于偶然。

他来到她的身旁。43码的鞋子来到37码的鞋子旁边。有一位农妇在一只篮子里装满了蘑菇,在报纸上摊开了蘑菇,另外还在三只桶里放着插花出售。就是在这位农妇的展品前,鳏夫和寡妇相逢。这位农妇蹲在市场一侧,在别的农妇和她们小菜园的收获物——芹菜、孩子头般大小的芜菁甘蓝、葱和甜菜——之间。

他的日记证实了万灵节发生的事,泄露了鞋子的尺码。人行道边缘弄得他跟跟跄跄。可是"偶然"这个词并未出现在他日记里。"在这一天,这一时刻——打十点钟时——大概是缘分,使我们聚在一起吧……"他要使那第三个人,那位默然不语的介绍人变得实实在在的努力,犹如他多次试图开始确定她头巾的颜色一样,依旧模模糊糊:"并非真正的红褐色,与其说是泥炭黑,还不如说是泥褐色……"还是修道院院墙的砖使他获得更为明确的印象:"有痂……"剩下的东西我只有想象。

三只桶里只剩下几种插花,有大丽花、紫菀、菊花。篮子里装满了食用菌。四五朵尚留有被蜗牛蚕食痕迹的牛肝菌排成一行,放在一张地方日报《海岸之声报》头版很旧的那一面上,另外还有一捆香菜和一捆包装纸。插花是三等品。

"毫不奇怪,"鳏夫写道,"多米尼克市场边的货摊看起来少得可怜,最后鲜花便成了万灵节的热门货。还在这前一天,在万圣节①那天,往往就已经供不应求⋯⋯"

尽管大丽花和菊花供应的数量比昨天多,寡妇还是选中了紫菀。鳏夫仍然没有把握:"尽管是那些晚熟得惊人的牛肝菌和食用菌把我吸引到这个特别的货摊前,那我可是哪怕只在短暂的惊恐之后——要不就是教堂在敲响报时钟吧?——受到某种特殊的引诱,不,受到一种诱惑⋯⋯"

寡妇从三四只桶里抽出第一枝紫菀,接着又抽出一枝,犹豫不决地抽出第三枝,再把这些花放回去,换上另外一枝,然后又抽出第四枝,但同样也不得不把它放回去,用另外一枝紫菀来替换它。这时,就连鳏夫也开始从桶里抽出紫菀,他也像寡妇一样,选了又选,换了又换,而且像她一样,她抽出铁锈红紫菀,他也抽出铁锈红紫菀。至少还有淡紫色的和近于白色的紫菀可供选择。这种颜色选择的协调一致把他弄得傻乎乎的:"何等默契啊!我就像她一样,特别喜欢暗自发亮的铁锈红紫菀⋯⋯"不管怎样,两人都钟爱铁锈红色,一直到那些桶里再也拿不出任何东西来为止。

无论是寡妇,还是鳏夫,都没法把花扎成花束。鳏夫把自己的铁锈红的战利品交给寡妇。当这个被称作交易的动作开始时,她已经想把自己贫乏的选择插回一只桶里去了。他把花递给她,她抓住花。这是一次默默无言的交接仪式,是再也不会取消的仪式。这是一些永不熄灭、闪闪发亮的紫菀。这一对男女就这样配成了。

打十点钟了。那是卡塔琳娜教堂。关于他们相遇的地点,我所知道的情况把我那对于该地的了解有时候是模糊不清、紧接着又知道得过于清楚的情况同鳏夫刨根问底的勤奋混杂在一起。他把这种勤奋的成果一小块一小块地掺和进了他的笔记当中。比方说,那座从八角形基面拔地而起,高过八层楼房的塔楼作为西北角塔,是大城墙的一部分。它被取而代之,被称作"厨房里的火盆"。作为一座微

---

① 万圣节在11月1日,万灵节在11月2日,两个节日均为天主教的节日。

不足道的塔楼，它过去就叫这个名字。因为它紧靠多明我会修道院，每天每日都可以观察修道院"厨房里的锅"，它败落得越来越厉害，在没有屋顶的情况下，使树木生长，使灌木发芽，因此有时叫作"花盆"，在十九世纪末期只好同修道院的颓垣断壁一道被拆掉了。从1895年起，在这片宽阔的地带建起了新哥特式的市场。这个市场被称作多米尼克市场。它经受了第一次和第二次世界大战。时至今日，在它那宽阔的拱形屋顶下，在六排售货摊中间，曾经一度充足、后来往往只不过是可怜巴巴的供应，把补织用的纱线同熏鱼，把美国香烟同波兰酸辣小黄瓜，把罂粟糕点同太肥的猪肉，把来自香港的塑料玩具、来自全世界的打火机，把荷兰芹烧酒同袋装罂粟、精制干酪和贝纶袜汇聚在一起。

多明我会修道院只剩下阴森森的尼古拉教堂。教堂内部的富丽堂皇完全由黑色和金黄色烘托而成。这是昔日灾祸的余晖。可是市场仅仅从名称上使人想起修士会来。同样的，还有一个夏季节庆。这个被称作多米尼克的节日自中世纪晚期以来，在各种政治更迭中幸存了下来，如今，它以旧货和次货吸引着本地人和旅游者。

因此在那儿，在多米尼克市场和圣尼古拉教堂之间，在八角形的"厨房里的火盆"斜对面，鳏夫和寡妇在那一时刻相遇。在这时，昔日塔楼用手写的"教堂唱诗班领唱"牌子的底层被用作兑换所。开门时顾客盈门，一块小孩学写字用的石板挂在入口旁。石板上美元同本国货币的比例每个小时都在变化，美元越来越贵。这众多的顾客和那块石板证明着共同的困境。

"我可以付款吗？"对话就这样开始。鳏夫不仅想为自己的，也想为她的紫菀——现在唯一的一束紫菀付款。他从信封里抽出几张钞票，面对着上面有这么多零的货币感到茫然失措。这时，寡妇强调说："您一分钱也不能付。"

很可能，她使用外语增加了这道禁令的严厉程度。如果不是一个接踵而来的补充说明"现在花束变得更漂亮了"宣布真正的对话开始的话,也许鳏夫与寡妇的邂逅就可以同兹罗提①的行情下跌相提并论了。

他写道:还在寡妇付款时,就开始了一次关于蘑菇,特别是关于晚熟的、迟熟的牛肝菌的对话。其原因就是没完没了的夏季和温暖的秋季。"可是她却直截了当地嘲笑我关于全球性气候变化的提示。"

在一个晴转多云的十一月天,两人面对面地站在一起。没有任何东西能把他们同花摊和牛肝菌分离开来。他爱上了她,她爱上了他。寡妇笑声不断。在她那发音准确的话语前前后后都是哈哈大笑声。这种笑声看起来好像毫无理由,只不过是规定节目或者是加演节目罢了。鳏夫喜欢这种近于刺耳的哈哈大笑,因为在他的记录中写着:"活像一只钟声鸟!有时候使人害怕,当然,我还是喜欢听她哈哈大笑,而不去询问她老是乐的原因。很可能,她是在嘲笑我,取笑我。不过即使如此,能让她笑口常开,我也感到高兴。"

他们就这样站着不动。或者说:所以他们俩就适合给我——好让我习惯这种情况——当一会儿,再当一会儿模特儿。如果说她衣着时髦——他觉得"过于花哨了"——的话,那么他的粗花呢上衣配上灯芯绒裤子,则使他显出一副不修边幅的样子,配上摄影包很合适。作为受过教育的旅游者,他是一个更为优秀的旅行家。"如果不选这些花,那我可以挑选我们刚开始的谈话对象,挑选一些牛肝菌,挑选这儿这个、这个、这个,还有这个,可以把它们作为礼物送给您吗?它们看起来很吸引人,可不是吗?"

他可以这样做。她留心着,别让他把太多的钞票数给市场女贩了。"在这儿什么东西都贵得要命!"她大声说道,"不过对于用德国马克的先生来说还是便宜的。"

我在考虑,他是不是在心算,把他的货币同兹罗提钞票上的多位数字进行过比较,他是不是不怕她嘲笑,认真考虑过,要把他写在日

---

① 兹罗提,波兰的货币单位。

4

记上的有关切尔诺贝利核泄漏事件①及其后果的提示作为事后的警告公之于世呢？这一点是肯定的：在买东西之前他给蘑菇拍过照，而且说他的相机的公司品牌是日本的。因为他斜着从上到下垂直拍快照，蹲着的市场女贩的鞋头贴皮进入了镜头，所以这张照片证明了牛肝菌的无比巨大。这两位稍微年轻一点的人身材丰满，比高高隆起的帽子还要宽大。时而向内鼓起，时而向外卷的宽边帽檐遮住这位上了年纪的妇女肥胖、扭曲的身躯。当他们四个人把他们又高又宽的帽子平放着，凑在一起，而且由摄影师这样安排，让它们不会重叠起来时，它们便构成一幅静物画。很可能鳏夫作出了一个相应的注解。要不，就是她说出了"像静物画一样美"这句话吧？不管怎样，这位身背挎包的寡妇在购买包在报纸里的蘑菇时，额外得到了一个购物网袋。在蘑菇里面，市场女贩还放了一束香菜。

他要拎这个网袋。她紧紧抓住不放。他求她放手。她拒绝道："先是送礼，接着还要拎东西。"

这是一场小小的争执。这一对男女当场就这样争来争去的——在你争我夺时网袋里的东西不能有丝毫损坏——就像两人都不想，而且现在还不想放弃他们会面的地点似的。开始是他使她，然后又是她使他重新放弃网袋。甚至就连紫菀都不让他拿。就像彼此之间早就成了知己似的，这一对男女的争执都已习以为常。也许他们可以在每一场歌剧中演唱二重唱吧。看来我已经知道，按照谁的音乐作品来演唱了。

至于观众嘛，并不缺少。市场女贩默默无言地在一旁观看。四周全是目击者。有八角形塔楼，塔楼现在的三房客，人挤得满满的兑换所，旁边有宽广的、恰似被污浊的空气吹得鼓胀的市场，阴森森的圣尼古拉教堂，邻近货摊的农妇和可能出现的顾客。因为在所有这一切之间，聚集着只受到每天每日的困境摆布的、熙来攘往的人群，

---

① 1986年乌克兰的切尔诺贝利核电站发生爆炸和火灾，放射性铯大量泄漏，进入大气层，造成严重后果。

这种景象很少改变。这些人那一点点钱每时每刻都在贬值。而这时寡妇与鳏夫彼此之间犹如夫妻财产分别占有法一样结清了账,谁也不想离开谁。

"现在我还得到别处去。"

"要是我可以的话,请允许我陪您吧。"

"得了,路有点儿远。"

"这会使我感到高兴的,真的……"

"可是在公墓我就得……"

"如果我不会太打扰的话……"

"好了,我们走吧。"

她拿着紫菀花束。他拎着装在购物网袋里的蘑菇。她稍微往前弓着身子。她迈着坚定有力的碎步。但他步履有点蹒跚,老爱跟跟跄跄,比她足足高过一头。她有一双洗涤蓝一样的眼睛,他的眼睛远视。她有一头接近金红色的靓丽头发。他的上髭须略带灰白色。她带着过于浓郁的香水气味。他散发出剃须液与之抗衡的淡淡的香味。

两人消失在市场前拥挤不堪的人群中。现在就连鳏夫的巴斯克帽①也不见踪影。这是在圣卡塔琳娜教堂的大钟打十一点之前不久的事。而我呢?我得跟在这一对男女之后。

从什么时候起,他才打算把他那包用绳子捆住的破烂送到我家里来呢?难道说他就不会想起一份档案上有地址吗?一定是这个傻瓜把我看成讨人喜欢的傻瓜了吧?

这一沓信件,这些打了孔的账单和注明日期的照片,他那曾经作为日记、后来又作为贮存而将种种空想快速记入的流水账本,这堆杂乱的剪报,这些录音带,所有这一切存放在档案保管员那里,也许比存放在我这里更合适。要是他知道我叙述起来多么驾轻就熟就好了。如果不是档案的话,他为什么又没有向一位殷勤的记者提供材

---

① 一种扁圆形无檐软帽。

料？那么，又是什么迫使我尾随他，不，尾随这两个人呢？

仅仅因为他和我据说在半个世纪前曾经是屁股挨着屁股坐在一起的同班同学吗？他断言："是靠窗一边那一行。"我想不起他曾经坐在我旁边。那是佩特里理科中学①。可能是这样。可我在那儿待了还不到两年哩。我不得不过于频繁地转学，身上流着时而是这所中学，时而是那所中学学生的汗水。时而是这所，时而是那所中学种上花草的课间休息庭院。我确实不知道是谁，在何地，从何时起曾经坐在我旁边乱涂乱画小人儿。

当我打开邮件时，最上面放着他随包寄来的信："正因为一切都几乎不可思议，所以你肯定会知道该怎么办。"他用"你"来称呼我，仿佛在他看来，学生时代是永远不会过去似的，"别的功课你当然不是蠢材，不过你的作文早就已经令人刮目相待……"我真该把他的破烂儿给他退回去，可是往哪儿寄呢？"其实，所有这一切很可能都是你虚构出来的，但我们又经历过，经历过十年前发生的事情……"

他给自己预先确定了日期。他的信上标明的日期是1999年6月19日。在快结束时，他用往常那简洁的文体，在谈到全世界欢庆世纪之交的准备工作时写道："多么不必要的铺张浪费啊！就这样，一个世纪，一个曾经把自己奉献给各种歼灭战、大规模驱逐、不计其数的死亡的世纪结束了。可是现在，新世纪伊始，这种生活又会……"

如此等等。我们就别说啦。只有这些情况是确实的：他们在十一月二日一个阳光灿烂的日子相遇，在柏林的界墙倒塌前几天。当一次世界性的事件可能开始时，世界或者这个不容变动的世界的一部分实际上就已经开始在变化了，而且不费周折，便像笨猪似的奔驰。各处的纪念碑都被推倒。我昔日的同学获悉这些往往同时以炫耀的口气记在他流水账本中的事实，但他却像讨论单纯的看法一样讨论这些事实。他差不多是很不情愿地在括号里的句子中给这些事

---

① 昔日德国的九年制中学。

件以继续发展的余地。据说这些事件全都被认为具有历史意义,可又使他感到恼怒,因为它们——他写道——会使人们偏离真正的东西,偏离这种思想,偏离我们伟大的、同世界各国人民和解的思想……

我对他的,她的故事已经了如指掌。仿佛我就身临其境似的,我已经谈到他的粗花呢上衣,她的购物网袋,把一顶巴斯克帽扣在他的头上,因为就像有灯芯绒裤子和高跟鞋一样,有这顶帽子,而且是在我手里的黑白和彩色照片上。在他看来,就像他们的鞋子尺码一样,她的香水和他的剃须香液也是值得一提的。那个购物网袋并非凭空虚构。后来,他充满深情地甚至非常自负地描写这件日用品的每个网眼,仿佛他要把它升格为文物似的。可是过去在购买牛肝菌时就已作过的关于钩织而成的传家宝的介绍——寡妇把这个网袋视为她母亲的遗物——就像预先已经提到的巴斯克帽一样,是我的补充说明。

他作为美术史家,而且还是教授只能如此:就像他把墓穴板和墓碑,石棺和墓志铭,尸骨存放所,墓室和被虫蛀得破破烂烂的亡灵幡这些在波罗的海周围流传下来的哥特式砖结构教堂里的陈设,稍加擦拭,让字迹清晰可辨,确定徽章图形,看出徽章上的标记,最后通过昔日一些显赫贵族世家简明扼要的家史,使它们变得具有说服力一样,在他看来,现在寡妇的购物网袋——她不只继承这一个,而是继承了半打网袋——就是昔日文化的证据,它受到可恶的防水布手提包的排挤,由于塑料袋的出现而大跌身价。他写道:"四个购物网袋是钩织的,两个网袋就像过去织渔网一样,是一针一针编织而成的。在钩织的网袋当中,只有一个是单色的苔绿色,其他三个钩织袋和所有编织袋都是多色图案……"

就像他在博士论文中根据圣三一节教堂一块墓碑的浅浮雕,解释神学家施特劳赫徽章上的三根飞廉和五朵玫瑰——施特劳赫曾于十七世纪末在该教堂当牧师——而且同好斗的人生的浮沉联系起来一样——施特劳赫度过了几年堡垒监禁的生涯——他也对寡妇继承的购物网袋吹毛求疵。因为她在小牛皮挎包中随时都带着六个网袋当中的两个网袋,所以他就从所有在东方集团国家占据主导地位的、供应不足的经济中推导出这项预防措施来:"突然在某个地方有了花椰菜、生黄瓜,或者说,一个流动商贩最近从他那波兰造菲亚特轿车后面的行李箱拿出香蕉来供应,实用的网袋立即可以供货,因为塑料袋在东方还很稀罕。"

接着,他使用两页的篇幅抱怨手工产品的衰败和西方塑料袋的兴盛,而且把它说成是人类自暴自弃的又一个标志。只是在他发的这通怨言快要结束时,在他看来,寡妇的那些购物网袋才又变得亲切可爱,充满了意义。还在头蘑菇之前我就曾经猜想有这么一个网袋,而且这个网袋还是单色编织袋。

我让鳏夫拎着这个传家宝。我不得不承认,当他稍微往前弓着身子,在穿着高跟鞋、步态忸怩的寡妇身边踢踢踏踏地走着时,除了巴斯克帽之外,这个购物网袋同他十分相配,仿佛不是她,而是他继承了这个网袋似的,仿佛这部日本相机只是借来的,仿佛他从现在起,将会在老家,比方说在去鲁尔大学的路上,拎着他那些装在一个钩织或者编织购物网袋里的专业文献、关于巴洛克象征的大部头书籍似的。

尽管我想不起这位中学同学的名字,但他那些根深蒂固的怪脾气和正在开始的老年病痛我已经耳熟能详。同样的,当寡妇在他身边一步一步往公墓的方向走去时,她由于单纯的意志力,脑海里已经有了一个轮廓:她会使他改掉这种踢踢踏踏走路的习惯。这是一次漫长的,然而又是消遣性的步行,因为寡妇在解释时说话简洁,一切都用三言两语来说明,而且有时候还发出钟声鸟般爽朗的笑声,把这次步行划分成若干部分。拉杜尼亚运河从卡塔琳娜教堂和大磨坊旁边流过,河水几乎已经断流。在卡塔琳娜教堂和大磨坊之间她说:"已经发臭了。可是在这儿有什么东西不发臭呢!"她记得在赫维留饭店高层建筑前说过:"瞧,尊敬的齐墨尔先生以后从上面一眼就可以望到城市。"

可是在图书馆旁边,接着又在昔日的佩特里理科中学大门前——两者皆是普鲁士新哥特式建筑物,逃过了战争的劫难——鳏夫走向火车站。他承认自己早熟,曾经是一个成天钻图书馆的人。他把迄今仍然当作学校使用的"火柴盒建筑物"称作"我过去的学堂",而且不厌其烦地给她解释这种中学生用语。只是当雅各布教堂已经留在他们身后时,他才放弃他那些早期创造的词语,说在市图书馆阅览室里哪一种读物感染了他,同时还向他进行了灌输。"您无法想象,我是多么嘴馋。比方说我真想一口吞下所有的克纳克富斯①艺术家专著。我把每一本书都吞了下去……"

紧接着,在列宁造船厂大门前——不久前造船厂改了名——高耸着三个十字架的广场变得宽阔起来。在这些十字架上悬挂着三个锚。寡妇说:"这儿过去曾经是团结工会②。"但接着还留下了另外一句话,这句话会使她那悼词的生硬程度稍微缓和一点,"不过我们波兰人一直都在建造纪念碑。烈士和烈士纪念碑比比皆是!"在说这句话的前前后后都没有笑声。

鳏夫声称从寡妇这句话中听出了"一种近于绝望的苦涩"。她只剩下默然不语的神情。然后她把一枝紫菀花茎从花束中抽出来,把这枝花放到纪念墙前成堆的鲜花上,根据他的请求,逐行逐行地翻译诗人米沃什③刻在纪念碑上的一首诗:《赞美徒劳的诗行》。紧接着,她便突如其来地把自己本人和她的家庭同这位诗人以及该诗人的家庭这样一些"被从东部驱逐到西部地区的逃亡者"联系起来,而且马上又画出了另一段曲线:"我们所有的人都得离开维尔诺④,就像你们所有的人都得离开这儿一样。"

还在广场上,不过已经开始行走时,她就拿起香烟抽了起来。

---

① 克纳克富斯(1848—1915),德国画家、美术史家。
② 团结工会是波兰的独立工会。1980年由瓦文萨创立。
③ 米沃什(1911—2004),波兰裔美籍作家、翻译家,1980年诺贝尔文学奖获得者。
④ 维尔诺是立陶宛首都维尔纽斯的旧称,有时又称维尔纳。

为了抄两人去公墓的另外一条近路:寡妇边抽烟,边领着鳏夫从城里出来,走过一座桥。自从拆毁防御工事的围墙,修建火车总站以来,这座桥就横跨所有从但泽或者但斯克①通往西方,从西方通往格但斯克或者但泽的铁轨。既然在鳏夫的笔记当中波兰文和德文的拼写方法可以任意更换,所以我也就仿效他那尚未决定的名称,不说布拉马·奥利夫斯卡,而说:寡妇领着他走出城,往奥利瓦大门有轨电车站走去,然后再往左拐,通往卡尔图济的大道上,顺着不太高的哈格尔斯贝格往上走,直至为旅游者加无铅汽油的加油站。在加油站对面是一个隐没在山毛榉和椴树林中的古老公墓。该公墓从前为圣葬教区,后来又为北方的圣约瑟夫和圣比尔吉滕教区服务,还为西部边缘地区一些不属于任何教会的团体服务。因为在若干年前就已经爆满,看来公墓已经停止使用。入门紧闭,无法入内。他们顺着长满灌木丛的篱笆往前走。邻近的一个斜坡草地是矗立着红军纪念碑的战士公墓。在公墓前面的空地上,有十来个半大孩子在踢足球。寡妇记得战士公墓对面的篱笆当中有一个窟窿。

接着——他们刚在树下,在灌木丛生的单人和双人坟墓之间站定——鳏夫便正式向寡妇作自我介绍:"请允许我,当然是太迟了一点,向您作自我介绍:我的名字叫业历山大·雷施克。"

她的笑声需要时间,尤其是在一行行的坟墓之间,哈哈大笑一定会使他感到不得体。可是当她现在一直笑个不停地把这件事扯平时,她的笑声也就得到了解释:"亚历山德拉·皮业特科夫斯卡。"

在雷施克的流水账本里,命中注定要记入这样的内容。如果说对于他那个只是提到的同学来讲——人们大概是把我们这些四年级的中学生都硬放到一个班里了吧——这相同的声音过于一致,充其量适合按照著名样板写成的一种德国小歌剧②,适用于童话当中的

---

① 格但斯克旧名但泽,波兰海港城市。
② 一种德国特有的,带有道白的歌剧。

人物，却不适合这一对被偶然事件撮合在一起的男女的话，那它又有什么意义呢？尽管如此，还得抓住亚历山大和亚历山德拉不放，这终究是他们的故事啊。

即使他们无法意识到，他们都是在已经丧偶的情况下跑到一起来的，迄今为止，我依旧称他们为鳏夫和寡妇。可是这种名字的毫无差距甚至使鳏夫和寡妇大概也大吃一惊吧。亚历山德拉·皮亚特科夫斯卡自作主张，在坟墓之间的空地上寻找自己的通道。她消失在墓碑后面，然后又重新露面，接着又再一次消失不见，走了。亚历山大·雷施克保持着同样距离。当秋天的树叶簌簌作响之时，他在长有苔藓的路上踢踢踏踏地走着。他的巴斯克帽被遮住了，然后又出现了。他是多么漫无目的地踌躇在这个、那个墓碑前啊。墓碑多数是辉绿石和擦得亮晶晶的花岗石，少数是砂岩、大理石和贝壳化石大理岩。

所有的墓碑都刻着波兰人的名字，标明自五十年代末以来死者去世的日期。只有那些在旁边的一块地上排列成行的、数不清的儿童坟墓没有注明死亡日期。这些坟墓注明是一九四六年这个瘟疫年。那里只有木十字架和基石。远处那些踢足球的半大孩子的叫喊声没法消除公墓树下的寂静，甚至连加油站的嘈杂声也被拒之门外。我念道："在这里，我再一次意识到了墓地宁静这个词的含义。"

可是亚历山大·雷施克却在寻找着。他在公墓边缘找到两块东倒西歪的墓碑，后来又找到两块。这里杂草丛生，他费了好大力气才从墓碑上看出点名堂来。这些年代遥远的死亡日期——二十年代初至四十年代中——和名字上面的墓志铭——"在这里，长眠在上帝怀里"，"死亡乃通往生存之门"或者"这里安葬着我们亲爱的妈妈和姥姥"——使他们想起了墓地设施遥远的过去。雷施克记道："就连这些墓碑也是用普通石材——辉绿石和黑色瑞典花岗石做成的。"

我让他在残存的墓碑林中停留片刻。在这当儿，皮亚特科夫斯卡太太在她父母墓前把那束紫菀插进一只花瓶里。我在背地里说这块墓地四周都是黄杨树，杂草长得比旁边的墓地要少一些。父亲于一九五八年辞世,母亲在一九六四年去世。两人都不到七十岁。我在所有的旷野上都能观察万灵节活动。有时候墓地的风灯可以证实有人来了,然后又走了。

可是寡妇和鳏夫没有片刻闲暇。

"我在妈妈和爸爸那儿。曾经是我丈夫的那个人葬在索波特森林公墓。"亚历山德拉·皮亚特科夫斯卡走到亚历山大·雷施克身边来时,说了这番话。这时,那残存的墓碑已经使这位雷施克忘记了现实。他身后近旁的这个声音很可能使他大吃一惊,至少是把他拉回到了现实。

又是这一对男女。因为她自称是一个寡妇,看来他也不得不谈到他太太去世的事情,同样地,也就谈到父母双亲的早逝,过早辞世,可是补充了他的全体同业人员。他自称是美术史博士,是在鲁尔区执教的教授。为了把话说得完整起见,他不想隐瞒他那篇在几十年前完成的博士论文的题目——《但泽教堂里的墓穴板和墓志铭》,而且现在才突如其来地说明他太太去世的日期:"埃迪特在五年前去世。"

寡妇默然不语。然后她靠得更近了,又往那些东倒西歪、在鳏夫看来是值得注意的墓碑跨近了一步。骤然间,她用对于当地来说是过于大声的口气发泄道:"这是波兰人的耻辱!他们把一切都清除掉了,只要上面有一点德文。到处都是这样。就连森林公墓也是如此。他们不想让死者得到安宁。干脆把所有墓地都夷为平地,很快就到了战后,到了后来。比方说俄国人还要糟糕。他们把这称为政治,这些罪犯!"

我循着雷施克那些笔记描写的轨迹,看到他试图使大叫大嚷的寡妇平静下来。他大致按照这样的顺序,把进军波兰、战争的后果和到处都强调得过头的民族主义视为引起这一切的原因,当然把墓地夷为平地近乎野蛮。看到这些被遗忘的墓碑,甚至使他也感到悲哀,这一点他不得不承认。人们在同死者打交道时肯定都希望更人道一些。这个人的坟墓终于成了最后生效的标志。可是人们毕竟还是尽可能地保护了所有主教堂,甚至保护了圣葬教区医院教堂里面那些德意志民族城市贵族世家坟墓上面的墓穴板,使它们免遭摧残。不,不,他理解她那难以平息的怒气。他很想知道这些保存完好的近亲的坟墓。他在战后第一次游览格但斯克时——"那是一九五八年春季,当时我正在写博士论文"——就想参拜位于昔日联合公墓的祖父母的坟墓。就是,看到一个荒凉的,就像遭到故意破坏的地方真是可怕。"这种景象!皮亚特科夫斯卡太太,请您相信我,我理解您的愤怒。当然,对于我来说只能是一种悲哀,一种由于当时那些历史上的既成事实而具有局限性的悲哀。毕竟这种暴行最先是由我们犯下的。更不用提所有别的那些无法形容的罪行了……"

这一对男女看来很适合进行这样的对话。他掌握了文雅语言的重音。她可以令人信服地发怒。在高高耸立、历经所有变幻莫测的政治风云、让其树叶飘落满地的山毛榉和椴树下,面对这两块东倒西歪的墓碑,寡妇和鳏夫一致认为,在某个地方,而且当然是墓地,该死的政治必须收场。"我同意,"她叫道,"死去之后,敌人不再为敌。"

他们彼此以雷施克先生和皮亚特科夫斯卡太太称呼。在各自表白之后,气氛缓和下来了。这时他们突然发觉,在远近各处,其他那些参拜陵墓的人用鲜花和风灯来怀念他们的死者。现在寡妇才说出鳏夫的流水账本逐字逐句记录下来的话:"妈妈和爸爸当然更愿意葬在维尔诺,而不愿意葬在这儿,葬在这个一切都感到陌生,而且一直感到陌生的地方。"

难道这就是那句振奋人心的话?要不就是他们在墓地的对话还会被那些遭到清除的墓碑弄得沉重不堪?我昔日的同学,这个取得博士学位、一直升到教授的同学雷施克,这个将来要发表精彩演讲的大师虽然将一画廊的系列情景画流传给我了——"秋天的树木给这个倏忽即逝的地方作了它们无言的注释……"或者说:"蔓生的常春藤虽然不会永世长存,但它却躲过了用暴力清除公墓的劫难,而且在墓地以相应的方式获得了胜利……"——但只是在发表了一次批评性的意见之后——"她非在墓地抽烟不可!"——他才承认:"我为什么犹豫不决,不给亚历山德拉讲我父母那些闻所未闻的希望。这些希望很难说出口,它们只有这个目的:被葬在家乡,将来还可以在故乡的土地上长眠。尽管两人在生前不曾期望回归故里吧?他们不得不像亚历山德拉的父母那样使自己熟悉外国。"

这一对男女继续待在那儿。他们的墓地对话没完没了。最后他们找到一张铸铁长椅,这张长椅有幸同常春藤一道躲过劫难。他们坐在那儿,矮小的紫杉树林遮住了他们。根据雷施克的记载,在这个世界上似乎只有附近的大加油站还存在,因为在苏军战士公墓前面的空地上踢足球再也不使那些半大孩子感到愉快了。抽着烟,不断地抽着烟,就好像使劲抽烟有助于回忆似的,亚历山德拉——现在在他的记录当中,她就叫这个名字——讲到她的童年和在维尔诺的青年时代,用波兰语讲,维尔诺被称作维尔纽斯或者维尔纳。在毕苏斯基①把它从立陶宛人手里夺回来之后,这一切又都重归波兰人所有。它是巴洛克艺术风格的白色和金黄色城市。在美丽的城市四周森林环绕,连绵不断的森林……

在轻松愉快的学生时代故事中,谈到一些女友,其中还有两个犹太女友,谈到在乡下度假,谈到捉马铃薯瓢虫。紧接着,在这些故事之后,她这条线突然中断了:"只是战时在维尔诺是很可怕的。我还看到大街上躺着死人。"

大加油站的嘈杂声又响了起来。墓地树木没有鸟儿栖息。只有这个抽烟的女人和这个不抽烟的男人。这一对男女坐在铸铁长椅上。因为她适合这种突如其来的情况,因为她还想在这些名字相同和同陷丧偶的境遇之上再增加另外一种双重性,所以接着,她对职业的说明突然使他惊异万分:"我同这位先生一样,上的是同一个系。

---

① 毕苏斯基(1867—1935),波兰政治家,第一次大战后任波兰国家元首,20世纪波兰复国运动的主要人物。

不过我只学了六学期美术史,一点儿教授边儿都挨不上。相对而言,很实用,非常实用!"

雷施克听说,皮亚特科夫斯卡已经当了三十多年的受损艺术品修复技师,是专职镀金技师。"瞧,就是这些。用纯金金箔镀成暗金色和亮金色。不只是给巴洛克式的天使镀金,还使仿制大理石上的艺术品变得金光闪闪。我会使洛可可式雕花圣坛恢复旧貌。总而言之,各种各样的圣坛都行。我已经完成了三打圣坛的修复工作。在多明我会教会和各地都有。我们从德累斯顿,从金箔国营企业得到材料,金箔国营企业是全民所有制金箔加工厂……"

在很快就变得光秃秃的墓地树下,在花饰徽章的研究者和镀金者之间想必是在没完没了地扯业务吧!他一讲到一九三八年在库里克提到的那些圣玛利亚教堂中的墓志铭,她就会报告她给一则刻于一五八八年、好长时间下落不明的墓志铭所做的镀金工作。如果他谈的是荷兰矫饰派,那她就举出雅各布·沙迪乌斯徽章红格中的半匹马和蓝底上的三朵百合花值得镀金。他赞美在坟墓浮雕上复活的那些骨骼的人体结构。她使他想起椭圆形下半部黑色背景上那个金灿灿的开头字母。他引诱她走下台阶,进入墓室。她领着他在圣尼古拉教堂里从一个圣坛走到另一个圣坛。

在墓碑之间还从来没有这么多地谈到过金色背景、抛光金、手工镀金和手工配件,这么多地谈到过镀金技师专用软垫、镀金技师专用小刀。按照这位一直追溯到法老陵墓的雷施克的看法,人们真得把金色宣布为真正的死人色——黑底金黄色。这种在赤金色与金绿色之间闪闪发光的美好色彩。"这是死亡的金黄色反光!"他叫道,无法使自己感到心满意足。

皮亚特科夫斯卡讲起了若干年前的一项工作,这项工作使她熟悉了约翰尼斯教堂那架在战争中被转移并因此获救的管风琴正面的每一个细节。只是在她讲述这项工作时,她的笑声才又获得了优先权:"这类事情肯定还有。你们用德国马克为玛利·潘妮教堂购置了崭新的管风琴。我们没花多少钱,就用金箔把旧管风琴的正面打扮得漂漂亮亮的。"

然后,他们都默不作声。或者说得更正确一些:是我在猜想这一对男女之间保持着沉默。可是在管风琴和管风琴正面问题方面德国波兰合作的这个证据却再一次显示了令人振奋的质量。在雷施克的流水账本里写着:"就得这样!在别的领域为什么就不能同样合适呢?"

很可能,这位吸烟的女士和这位不吸烟的先生还有抽两三支烟的工夫沉浸在墓地气氛之中哩。也许他们的想法已经初步形成,以便同香烟的烟雾一道悄悄散去。至少它还在酝酿中,希望被人抓住。

他告诉别人,说亚历山德拉后来还把他领到,不,是请到她父母亲墓前:"如果您愿意到妈妈和爸爸墓前来,我会很高兴的。"

面对着放在宽尺寸花岗石前那只插着铁锈红紫菀的花瓶两侧的两个风灯——顺便提一下,花岗石上还有新镀上金的文字——她忽然之间又成了鼓励这一行动的寡妇。就好像在父母亲墓前母亲给她提了一个建议似的,皮亚特科夫斯卡用手示意,指着那个钩织的传家宝——这个传家宝一直追随着教授——突然大笑一声说:"现在我要在上面放进剁碎的香菜,把蘑菇做得美味可口。"

他们穿过公墓篱笆的窟窿,回到刚过中午的现实。现在寡妇拎着那个购物网袋。鳏夫只好服从这样的安排,而且这一次也不敢再暗示切尔诺贝利核泄漏事件及其后果了。

他们乘坐有轨电车,经过火车总站,直至名叫布拉马·威口纳的高地门。亚历山德拉·皮亚特科夫斯卡住在奥加尔纳,该巷在右边,与长巷平行,同过去的狗巷一个走向。这条小巷就同这座残存的城市一样,在战争结束时烧得只剩下房屋正面的颓垣断壁了。它在五十年代时又重新建造得同原来一模一样,而且就像对这座重建城市所有的大街小巷一样,要求对这条小巷进行彻底修复,因为灰泥变得很脆,不断从墙、柱的横线角上脱落下来。雷施克看见泡状灰泥正在脱落。山墙上所有的石刻人物形象都被从港口吹来的硫黄蒸汽吹得变了形,早早地就已老化。在一些摇摇欲坠的房屋正面已经再一次搭起了脚手架。我念道:"这种十分令人钦佩、代价昂贵、持续不断的诓骗没有尽头。"

既然在老城和右半城具有历史意义的地段的住宅令人向往,而且也没有毫无党性地把它们转让出去,所以对于皮亚特科夫斯卡来说,她那个一直到八十年代初还保留着的波兰统一工人党①党籍,另外还有她那份被授予勋章的艺术品修复技师的工作看来是大有用场的了。她从七十年代中期起就住在那里。在这之前,她同儿子和丈夫在索波特与阿德勒斯霍尔斯特,即今天的奥尔洛沃之间一个新建居民点里住着两间房屋,一直住到她丈夫提前退休——"亚杰克在商船队上班"——因此就规定了她去市中心的工作室上班时要走一段很长的路。她给党提意见,这是可以理解的。作为一名多年的党员——她在一九五三年,在布加勒斯特世界青年联欢节时就已经入党了——她认为自己可以要求得到就近的住房。当时,艺术品修复技师和镀金技师的工作室就在大绿门,在一座文艺复兴时期的建筑物中。这座建筑物将长巷和往东通向河边的、通向莫特瓦河的长市场隔离开来。

在迁居狗巷之后没几年,她丈夫患白血病去世。后来出生的独生子维托尔德在八十年代一开始——那时那位将军刚颁布战争法规②——就偷偷逃往西方,以便在不来梅上大学。在这之后,这位寡妇便独自一人,却又不无幸福地待在这套先前显得狭窄,现在却很宽敞的三居室住宅里了。

一九七八、一九七九年间奥加尔纳这套有共同隔墙的复式房有权进入建筑史,通常在狗巷还没有一座房子有权享有作为平台的露天台阶。在实施战争法时期,在最下面,在原来的大门后面,寻找私

---

① 波兰统一工人党于1948年12月由波兰社会党和波兰工人党合并而成。1990年解散,在此之前曾为波兰人民共和国执政党。

② 1981年雅鲁泽尔斯基将军担任波兰部长会议主席、统一工人党中央第一书记,直至1983年颁布战争法规,禁止团结工会。

人合法地位的官方通讯社"波兰通讯社"搬了进来。往巷子方向凿进砂岩的浮雕将宽敞的露天台阶隔离开来,恰似小爱神在同爱神嬉戏。雷施克为这些浮雕的状况感到惋惜:"人们希望市民文化的这些令人愉快的标志免遭石头被蚀和苔藓侵袭的危险。"

四层楼上这套住宅位于巷子尽头。这条小巷同右半城所有往东延伸的巷子一样,有一个大门,朝向莫特瓦的牛门。从住房远眺,可以看见市政厅又细又高的钟楼和玛利亚教堂磨秃的尖塔,两者好像被对面房屋正面的山墙在上面三分之一的地方切下来了似的。从儿子的房间,现在的皮亚特科夫斯卡工作室往南望,可以望到市郊高速铁路。在那儿,在城郊过去被称作波根普富尔的区段,现在只剩下佩特里教堂。寡妇甚至还把同样朝南的卧室连同邻接的浴室指给鳏夫看。而在起居室旁边的厨房里,亚历山德拉·皮亚特科夫斯卡却说:"您瞧,先生,要是同一般人的情况相比,我的生活已经算是奢侈浪费了。"

真该死,为什么我要跟着去呢?是什么东西迫使我跟在他后面跑?我到底要在墓地或者狗巷寻找什么?为什么我总是上他那些猜想的当?也许,因为寡妇……

雷施克在他的笔记中,刚描写完那套三居室的住宅,马上就再次回首往事,让她的目光注意到自己:"在墓地树下,她的眼光从洗涤蓝变成浅蓝色,那闪闪发光的神圣由于黑色的,我认为是涂得太黑的睫毛得到了增强。这些睫毛作为凌乱立着的长矛,给上眼皮、下眼皮围上了篱笆,再加上发笑时眼睛四周露出来的多道皱纹……"接下来,我才引用他关于西方住房状况的说明:"在我太太去世之后——那是癌症——自从女儿们不住在家里以来,就连我都住着一套当然是很宽敞的、按照工作室方式布局的三居室住宅。可是这套住宅却在一栋其貌不扬、难以眺望壮丽景色的新建筑物里。这是一种工业化的景色,这种景色由于有相当多的绿化地带而变得生动活泼起来……"

在这里,从市政厅钟楼上传来组钟发出的持续不断、悲切动人的钟声,一直传进厨房里面,打断了他们对东西方住宅所进行的比较。他们的谈话以后还会经常这样令人难以忘怀地被打断。在最后一下钟声响过之后,寡妇评论道:"稍微大声了一点,不过人们习惯于持续不断的响声。"

我从他的流水账本中得知,她给他围了一条厨房用的围裙,便于他剁香菜。她擦洗这四朵凸肚的、被起伏不平的宽边帽檐遮住的牛肝菌,这些牛肝菌的茎既不含木质纤维,也没有遭虫咬。废物很少:除了蕈盖长了苔的内衬之外,只有少量蜗牛咬过的痕迹。他坚持要帮她削马铃薯。这种事对于他来说易如反掌,因为自从他太太去世以来,他就练过。

充满整个厨房的牛肝菌气味迫使两人试着给这种气味多次取名。我没法在雷施克那儿读到,是他呢还是她,竟敢使用"令人激动的气味"这一表达方式。牛肝菌使他想起他的童年时代,当时他曾经同外祖母一道去萨斯科申附近的混交林中寻找鸡油菌。"这样的回忆给人留下的印象比在意大利餐馆里端上桌来的所有蘑菇菜肴都要深。最后一次在博洛尼亚,当时我同我太太……"

她为自己从未到过意大利感到遗憾,不过比较长时间的在西德和比利时逗留也许会提供补偿:"波兰的艺术品修复技师会带来外汇。瞧吧,就像波兰喂肥的鹅一样,很适于出口。我已经在特里尔、科隆和安特卫普上过工……"

"她偶尔也把厨房当作工作室。"雷施克写道,他指的是一个放满瓶子、盒子和工具的台架。牛肝菌的气味也许已经盖过了开初占上风的清漆味,"以及亚历山德拉的香水味"。

寡妇把盐水土豆端上桌来之后,便使平底锅里的黄油融化,把牛肝菌切成小指头厚的片,在中火上油煎,鳏夫学着说出"masło"(黄油)这个波兰字。现在她又抽起烟来,是在妨碍他的炉子上方抽烟。在他看来,值得一记的不仅仅是他在削土豆时,还有她在擦洗牛肝菌时不得不拿起眼镜。"在家里,她戴着她那副套在一根绕在脖子上的编织丝绳上的眼镜。"我看见他打开一个眼镜盒,拿出眼镜架,打开眼镜腿,往眼镜上呵气,擦眼镜,戴上,然后又取下,折好,放进盒里,关上那个精致的旧式眼镜盒。她的眼镜框——"在安特卫普送给我的一件漂亮礼物"——由于镶有人造宝石肯定会引人注目。他那副有褐色角边镜框的圆镜片眼镜使他有可能用学者式的目光注视一切。现在两人都摘下眼镜。后来,在抢先注明时间是在世纪之交之后,他写道:"我拄着手杖走路,差不多成了瞎子……"

最初,寡妇想把餐具摆到铺着防水布的厨房用桌上:"我们就在这儿吃饭得了。在厨房总会感到舒服的……"后来,觉得倒是该在起居室里。这是六十年代的家具,几件乡下式样的家具。有一张长沙发和两把沙发椅,一个因放的东西过重,稍微有点歪的书架。墙上挂着古佛兰德斯大师①镶上镜框的复制品,但也有个幽灵似的画家恩索,其作品是:《耶稣基督进入布鲁塞尔》。在一块软木挂板上贴着一些照片,那是黑门②、安特卫普市政厅、行会会址。在波兰战后文学的侦探小说和长篇小说之间,放着碍手碍脚的航海书卷。桌上铺着绣有郁金香图案的卡舒布亚麻布。放在装着玻璃的碗橱上的那些照片展示的是寡妇身穿海军制服的丈夫,她和丈夫站在索波特海边木板小桥上,母亲和儿子站在奥利瓦宫中教堂大门前。正像雷施克所写的那样,母亲用"小星星似的眼睛"哈哈大笑着,儿子闷闷不乐,沉默寡言,担任商船队行政职务的军官在冷静地注视着。

"咳,您瞧,"皮亚特科夫斯卡在端上热气腾腾的饭碗时说,"我丈夫还要高人一些,差不多要高两个头。"

鳏夫沉醉于观看海边木板小桥照片的时间过于长了一点。"您别老是那样,要不就凉了。"

他们彼此相对而坐。一瓶保加利亚红葡萄酒喝光了。寡妇最后

---

① 古佛兰德斯大师,指勃鲁盖尔、鲁木斯、凡·戴克等画家。
② 特里尔城市防御设施未完成的北门在中世纪时的旧称。该门始建于180年左右,11世纪时改建成双重教堂,1966—1973年修复。

把奶油浇到牛肝菌上,给所有的东西都撒了点胡椒粉,把剁碎的香菜撒到捣碎的盐水土豆上。在斟酒时,雷施克把身上弄脏了。这块受人嘲笑的红葡萄酒斑痕,上面还有盐。现在又响起了市政厅电子组钟的钟声。钟声悲怆雄壮。"按照玛丽亚·科诺普尼茨卡①那首著名的长诗,"寡妇说,"我们不要离开,我们家族的发源地……"

牛肝菌被一扫而光。只是在用小咖啡杯喝波兰人喜爱的麦糊咖啡时,墓地对话才重新迎接了这位不吸烟的先生和这位吸烟的女士。

开始时只讲学生时代的故事。维尔诺的分量很重:"我们不能成为女子中学的学生。我的两个女友被带走了。爸爸失去了糖厂……"

后来雷施克才插进一次恰似自白,更确切地说是平庸乏味的偶然事件,说他同父母和兄弟曾经住在狗巷里,住在斜对面,住在一栋没有露天台阶、砌有简陋山墙的房子里,说得更确切些,是住在该房屋的原型里。父亲是邮局职员,还在共和国时期就是职员了。只有两次他才在邮政总局拐角的地方有过自己的写字台。"顺便提一下,当时就已为我父母保留了我祖父母这个位于联合公墓中央区域的家庭墓穴……"

"就像妈妈和爸爸一样!"寡妇叫道,"他们始终都明白,长眠之地会在维尔诺公墓里的什么地方……"

现在才发出咔嚓声,才终于开窍了,才在毫无痛苦的情况下产生了一种让鳏夫和寡妇合拍的想法。该想法那简单的曲调应当证明自己就是耳熟能详的旋律,它以普遍的人情味,用波兰语,用德语来迎合他们。

看来,这一定是一次不断边冲咖啡边进行的长时间的谈话。在多次倾听附近钟楼组钟"很快就要打九点"的钟声之后,这次谈话引

---

① 玛丽亚·科诺普尼茨卡(1842—1910),波兰女诗人、作家。长诗《巴尔采尔先生在巴西》反映了流落异乡的波兰农民的苦难。

起了这种想法,并宣布这种想法就是他们的想法,最后把它变成了促使各国人民和解的想法。她能够欢欣鼓舞,他利用他的题目《被驱逐的世纪》,列举数十万被驱逐者或者是被迫迁移者。所有的人,所有的亚美尼亚人和克里米亚鞑靼人、犹太人和巴勒斯坦人、孟加拉人或者巴基斯坦人、爱沙尼亚人或者拉脱维亚人、波兰人,最后还有德国人看来都不得不带上全部家当逃往西方。"很多人在路上停了下来,死者不计其数。伤寒、饥饿、严寒夺去了几百万人的生命。没有人知道他们葬在何处。他们被草草掩埋在公路边上。有单人坑和万人坑。要不只留下骨灰。杀人工厂、灭绝种族,还有那种一直难以置信的罪行。因此我们今天在万灵节应当……"

接下来,雷施克谈到人们对于最后在那里安定下来的需要。在那里,他们在逃亡前或者被迫迁移前曾有过自己的位置,他们猜想过、寻找过、找到过、重新找到过,一直就有,从生下来那天起就有过自己的位置。他说:"我们称之为故乡的东西,比起那些纯粹的祖国或民族的概念,我们更能体会到,因此,如此众多的人,当然不是所有人,可是上了年纪,越来越多的人都有这种可以说是在家乡入土为安的愿望。顺便提一下,这是个大多数人根本无法实现的愿望,因为实际情况往往同这种要求相悖。但我们应当谈到天赋人权。在人权的目录中最终想必也会以书面形式确认这种要求吧。不,我指的并非我们难民联合会的干部所要求的那种居住权——我们固有的故乡已经债台高筑,最终挥霍一空——但是也许能够、应当、可以通知死者要求回归故里的权利已经到了实现的时候!"

我估计,雷施克博士教授在开始和结束时,在人数较多的听众面前阐明了这个报告以及其他关于死亡和人类最后长眠之地的思想。他喜欢在讲了一大通之后才切入正题,而这时他即刻又让刚表现出来的勇气成了问题。

她不是这样。亚历山德拉·皮亚特科夫斯卡喜欢把看到的问题讲到点子上。"也许能够、应当、可以,这是什么话!这是漂亮的虚拟式!这种东西我已经学过。不过最好的是:能够、应当、可以!我们马上就会做这件事。您会大声说，那时候政治会终止，人们会从头开始，也就是说，在人们死亡时，囊中空无一物的情况下，正如妈妈和爸爸所说的那样，只剩下了最后一个愿望，因为他们仍然人地生疏，尽管在前往卡舒布山郊游时妈妈偶尔也曾经叫道：在这儿就像在家一样好！"

只是每当寡妇激动时——这次晚间谈话喝的咖啡太多，大概一再使她，尤其是在教授说完那些较长的虚拟式句子之后激动不已吧——她的冠词丢得比平常还要多，她的句子磕磕绊绊，颠三倒四。雷施克硬塞给我的这份报告要求我在这里逐字逐句地引用她的话。现在，在这个想法公之于世之后，我再也不能回去了。再加上他这封同那堆废物一道寄来的信，使用了大量让我出丑的影射。譬如，据说我吞下了一只活蛤蟆，听说他和其他同学对这件事都钦佩万分。所以，我就要像人们要求的那样，再吞一次。

大概雷施克在市场上，至迟在墓地就已经向皮亚特科夫斯卡打听过她的德语知识的缘由吧，打听时自然说了不少恭维话。只是在后来，他的流水账本才作了详细的提示："母亲不说，不过父亲却说德语。除美术史之外，她在波兹南有可能把日耳曼语言文学作为第二专业来学。她那个据说另外还能讲一口流利的英语的丈夫一定像个老师似的：'他纠正每一个错误，他这个人啦，就是这样！'她儿子维托尔德由此获益匪浅。亚历山德拉说，只是他这个人啦，讲得太复杂了一点儿。她这种事没什么可给人家议论的。说得对。最后这件事不能忽视：好几次在外国逗留对我这位为赚外汇输出的镀金女技师大有益处。她说：'三个月在科隆，四个月在特里尔，每一次都有所收获。'前不久，在我们为了用磁带录音，去湖滩时，她甚至还唱了科隆地区嘉年华会的流行歌曲。"

那是后来，是她的想法已经自动传布开来时的事。可是在第一次冲锋之后涉及死者的权利时，皮亚特科夫斯卡的语言却变得不够用了。在波兰语的惊呼之间，挤进了清除掉冠词的句子和从句："最后长眠之地必须神圣不可侵犯……最终一定会和解……我学会了德语词：公墓使用规则……公墓使用规则！好吧，我们就来制定德国－波兰公墓使用规则吧……在那里我们一定得学会的是，不允许有波兰经济，只准德国经济存在。"

我估计这是能够在寡妇的厨房碗柜里找到的第二瓶保加利亚红葡萄酒。无论如何雷施克的日记都会为皮亚特科夫斯卡多次重复的哈哈大笑作保。他已经开始在数她发笑时的皱纹："这道光环！"这种想法的翅膀刚长硬，虽然只涉及殡仪馆、按规定的期限安葬、尸体运输、在运送棺材和骨灰坛时可以估计到的困难，可是亚历山德拉却认为所有这一切，甚至就连业历山大建议的、他们有共同想法的那个名称，只能引起一阵哄堂大笑，引起她那个钟声鸟似的哄堂大笑。

他的建议是"波兰-德国公墓公司"。她认为她的反建议"德国-波兰公墓公司"更有效，"因为德国人有钱，所以总得在第一位"。

最后这一对男女取得了一致，因为维尔纳必须关心富有者和优先者要居于中间位置：波兰-德国-立陶宛公墓公司——很快就被称为PDLFG①——虽然在1989年11月2日没有建立起来，可是已经宣布要成立这一个公司了。作为附属物还缺少别的创建成员，缺少一个股东合约，缺少章程和议事规程，缺少监事会和——因为在这个世界上没有不要报酬的东西——创办资金连同账号。

假定屋里再也没有红葡萄酒，也没有伏特加，那也肯定可以在一个瓶子里找到一点剩下来的，好像是节省下来备用的蜜酒——刚好满满的两小杯。他们以此碰杯。他说他试了一次波兰式的吻手。她没有哈哈大笑。寡妇同鳏夫告别后，鳏夫就走了，"现在要把一切都拖过一夜，明天再作决定，"寡妇破天荒第一次指名道姓地说出，"亚历山大，可不是吗？"

"对，亚历山德拉，"他在门口说，"这件事我们要，所有的事都要拖过一夜，明天再好好作出决定。"

---

① PDLFG为波兰-德国-立陶宛公墓公司的德文简称。

二

很可能,因为这一堆穷极无聊的人想看看这种玩意儿,我为了说明情况,或者说是出于好心,才仅此一次吞下了一只蛤蟆。那是在农村寄宿学校或者别的什么地方。但是我只想得起我在运动场上或是在施特里斯小溪旁按照要求吞下的那些蛤蟆来,我又把它们从口里取出来,然后便让它们跳跳蹦蹦地跑了。有时三四只一起。可是他说,他看见我并没有使劲咽,便把一只长大的蛤蟆,不,是一只铃蟾,一只红肚皮铃蟾吞进嘴里,往下咽,咽了下去,完完全全咽了下去,再也没有吐出来。

这倒是值得钦佩,雷施克写道。这个满脑子胡思乱想、喜欢胡说八道的人要让自己更清楚地想起我来。当时,这对我很重要:听说我在班上分发了被称作 Frommser 的避孕套。现在,当我要带着我那些剩余的词汇到别处去时,他把我又带回到了学校的乌烟瘴气之中。"你还记得吧,当时,在斯大林格勒会战①之后不久,在高级中学参议教师②科恩吉贝尔突然丢失党徽时……"很可能是我在 1943 年初同他那个据说名叫小希尔德的表妹经常碰头,而且还是在多米尼克市场大门口。小希尔德和我老在放学后会面。不过这里肯定谈的是亚历山大和亚历山德拉:她在喝完两小杯蜜酒后正好同他在住宅门口告别……

---

① 斯大林格勒(今伏尔加格勒)会战始于 1942 年夏,1943 年 1 月以德军损失二十万人告终。
② 当时德国高级中学固定教师的职称。

他已经形单影只地站在露天台阶上。可是因为我在学生时代就已经沿着雷施克预先确定的所有往返道路踏破了铁鞋,因此这座从废墟中用能够以假乱真的方式仿建好的城市给我留下的就是一条绝妙的石子路,而且这条石子路的弯路穿过制袋工人巷,朝圣玛利亚教堂延伸,也许会通向我的弯路。我跟着他,一直走到赫维留世界饭店,我适应他那踢踢踏踏的步伐,我是他身后的影子和回声。

亚历山大·雷施克怕经过市场边那条路。市场的荒凉和遗留下来的气味也许会给他的兴高采烈大泼冷水。他办事深思熟虑,不出差错。我听见他在哼着曲调,哼着介于《小夜曲》和《霍尔堡组曲》①之间的某种曲调。他往右拐弯,绕着晚期哥特式巨型建筑物走,然后又停了下来。当女人巷及其露天台阶出现在眼前时,他犹豫不决,真想试一试,在一家还开着的酒吧,比方说在那个从洞开的双重大门传出歌声,说明此刻正在营业的演员俱乐部里,一杯又一杯地喝个痛快。但他经受住了诱惑,依旧情绪高昂,朝着饭店的方向走去。

在赫维留饭店里,他可并不想走进十五层楼上的房间。他犹豫不决地在接待厅里走来走去,就是害怕饭店酒吧。他再一次从无动于衷的门房身边走过,走出大门,走进散发出硫黄味的夜色中。现在,尽管并非没有习惯性的疑虑,但他正拖着踢踢踏踏的步子,坚定不移、目标明确地朝着一家小酒馆走去。这家小酒馆是一间严格按照原有风格修缮过的木架小屋,它就在高高耸立的饭店紧后面。小酒馆正等待他的到来。他已经动作滑稽地向拉杜尼亚河岸边的灌木丛走去。

从前,教授在这个虽然贫穷,却又富有众多钟楼的城市参观时,就常在这里逗留。当时,他的科学研究对他来说,还是娱乐消遣,一些教堂建筑物,譬如说最后从废墟中拯救出来的佩特里教堂就可以

---

① 《霍尔堡组曲》又名《霍尔堡时代》是挪威作曲家格里格丁1884年为纪念丹麦文学奠基人霍尔堡诞辰二百周年所作的乐曲。此处的《小夜曲》指莫扎特于1787年所作的弦乐五重奏。

给他提供最近发现的墓穴板。

他只是短时间闻到拉杜尼亚河的气味。"不,亚历山德拉,它一直就发臭,至少在我的求学时代就已经发出这种臭味。"

在顾客不算多的木架小屋里,柜台桌边还有位子。亚历山大·雷施克后来记下了这种"讨厌的、尽管是模糊不清的确定性,确定这一天是空前绝后的,它还不能结束。他在那个舒舒服服或者心烦意乱地渴望登台演出的计划中列着某种东西。不管怎样我感觉到了惶恐不安的好奇心。我的基本知识,说得更确切些,是我那早就已经表现出来的、从反照的镜面中看到未来事件的才能对刺激有所准备"。

尽管如此,他还是认为他开初在小酒馆的熟人"仅仅滑稽可笑而已"。有一个东南亚外交官装束的先生从左边隔着三张空着的酒吧间的高脚凳向他打招呼。从这位先生奇特的、咕噜咕噜的英语可以推断出是一个上过大学的巴基斯坦人或者印度人。身穿上面开纽的青灰色外套,这位身材虽然矮小,却具有巨大能量的先生自称持有英国护照,在巴基斯坦出生,从那里逃出来之后,在孟买长大,可是知道他那个庞大的、有很多分支的家族却有一部分人在达卡,一部分人在加尔各答,因此或多或少以孟加拉人自诩,即使他在剑桥除了十九世纪英国文学之外,还攻读经济学,在伦敦积累了初步的经商经验,尤其是在交通事业方面造诣颇深。他往前挪了一张高脚凳的距离说——按照雷施克的翻译大致是:"请您把我看成是一个后面有九亿五千万人作后盾的人,不久就会有整整十亿。"

就连雷施克也往前挪了一张高脚凳的位置,现在只剩下最后一张作为间隔的高脚凳是空的了。这位世界公民的数字还缺少具体的证据。可是因为鳏夫在白天以及在同寡妇直至夜晚的交谈中,只把注意力集中在死者及其最后的愿望上,所以在使他大吃一惊的同时,这个新结识的、有如此众多的活人作背景的熟人使他感到高兴。在小酒馆空间狭窄的四壁之间,他大概清楚地感受到了不久的将来可望出现拥挤。

现在雷施克把自己连同他的职业活动一起作了一番介绍,当然不会漏掉巴洛克式象征的多样性。他称之为榜样的伟大名字有:卡西雷尔①、帕诺夫斯基②等。他提到瓦尔堡学院就是他进行伦敦考察的根源。随后,他影射波兰最近发生的变化,把所有德国人可能进行的联合称作"一锅德意志大杂烩",他试图以此来证明自己的诙谐。与此同时他也承认,至少有八千万具有他那有抱负的国家国籍的人抱成一团使他感到有点不安,尤其是这种潜力将会在欧洲中部积聚。"同您那些给人留下深刻印象的数字相比,也许这是少数,尽管如此,这仍然是无法想象的!"

与雷施克一样,同喝一种出口啤酒的查特杰先生马上就能够消除他这个酒馆朋友的担心。"只要欧洲传统的弱肉强食的等级制还有效,就会存在这些问题,肯定会。不过这种情况不会继续下去。正如希腊人早就知道的那样,一切都会进行下去。我们来了。我们不能不来,因为在我们那儿已经变得有点儿狭小拥挤了。人们在你推我,我推你,直到大规模移动再也找不到立足之地为止。顺便提一下,有几十万人已经在路途上。并非所有的人都能到达。可是别的人已经收拾好行装,准备出发。请您把我视为未来世界社会的先驱或者设营员③吧。在这个未来世界社会中,您的同胞这种自我中心的恐惧感将会消失。甚至就连那些只想当波兰人,一直就想成为波兰人的波兰人将来也必须学会,除了琴斯托霍瓦的黑圣母像④之外,还为另一位黑色女神留有足够的位置。因为我们当然也带来了我们既喜爱又敬畏的时母⑤——她已经在伦敦落脚。"

雷施克立刻高举啤酒杯表示赞同:"对这种事我也有类似看法!"另外,还从他嘴里说出了期望,因为他那个被他称之为"亚洲在

---

① 保罗·卡西雷尔(1871—1926),德国出版商和艺术品经销商。
② 帕诺夫斯基(1892—1968),德国出生的美术史家。
③ 设营员:旧日军队中安排宿营的人。
④ 琴斯托霍瓦为波兰中南部城市。市内的亚斯纳古拉隐修院有珍贵的壁画和著名绘画"黑圣母"。
⑤ 时母,意为"黑色女神"。印度教女神。雪山神女十个化身之一。性嗜杀,喜吃恶魔,其像黑面獠牙、口吐红舌、身带血污。

悄悄地用殖民方式占领土地"的预感如此形象地得到了证实。"就是嘛!"他叫道,"没有任何东西比时母——圣母玛利亚共栖现象,比由您召来的这种双重圣坛更值得向往的了。"

尽管专业知识使这位教授专门研究墓穴板,可是他对印度斯坦神灵也大致了解,甚至知道女神时母也叫雪山神女。他说:他看见这一切正在到来,不可阻挡。他这样说,不只是为了礼貌。他希望通过各民族的融合过程,实现最终的文化交流。一种未来的世界文化将会适应查特杰先生所预测的世界社会。

可是目前雷施克那一口无可救药的英语同孟加拉人使用这种昔日占据统治地位的殖民主义语言相互之间还不习惯。只是在柜台后面那位被雷施克称得上漂亮的姑娘问先生们是否要"more German beer"①,证明她在学校里学的英语时,在查特杰用波兰语回答,紧接着又用奇怪的德语请求,允许他请教授再喝一杯啤酒时,一个重新打成一团的欧洲便开始显现出来。它发出响亮的声音,说起话来咕噜咕噜,语调异常生硬,发出唇腭音,再掺加相互喝倒彩的嘘声。

三个人一起哈哈大笑。那位漂亮的酒吧女郎哈哈大笑时依旧楚楚动人。查特杰那只瘦骨嶙峋的手就像同啤酒杯结下了不解之缘似的。雷施克的长头颅稍微歪向一边。他把巴斯克帽遗忘在寡妇那儿了。柜台后面那个女孩名叫伊冯,自称是医科大学生,一个星期只能在酒吧间柜台上两次班。查特杰称赞这种出口啤酒。雷施克把鲁尔区说成是这种啤酒的发祥地。随后他请求再来两瓶,记在他们的账上。这位医科女大学生接受邀请,喝了一杯苏格兰威士忌。我未被邀请,而且相隔六张酒吧高脚凳的距离,我真想给自己要一杯伏特加。

谈论天气、美元行情、造船厂持续不断的危机,他们现在谈的,其实都是无关紧要的事情。那个重大的话题打住了,不用再去提高亚洲的身价了。即便查特杰在讲话时,他那双被左右上眼皮一高一低

---

① 英语:还要一杯德国啤酒。

不同程度遮住的眼睛也毫不动容,按照雷施克的说法,是"悲伤沮丧,心不在焉"。尽管如此,仍然没有沉默下来。据说他们甚至引用了一些诗歌:这位孟加拉人朗诵吉卜林①的诗,这位教授则想起了爱伦·坡②的诗句。

当这两位先生相互询问对方的年龄时,他们开初让伊冯猜一猜。最后,这位在印度次大陆遭到分裂时出生的孟加拉—英国商人的四十二个年头,比起我昔日的同学,这位像我一样,在玛利亚教堂的尖塔因为摇摇欲坠,直至扁平的圆顶四周都竖起脚手架时降临人世的同学这六十年来,更令人惊异。查特杰稀疏的头发同很快即将退休的教授那头虽然已经斑白,可是仍然在不断生长的头发形成对比。然而这位商人却通过其手势使自己变得年轻起来。这些手势慢慢召唤着,然后又突然动作剧烈地——而且还借助所有的手指——讲述一个东方连环故事当中的种种插曲。相比之下,这位教授只熟悉少数几种总是同样糟糕的手势,比方说按照日渐衰老之人的方式,默默无言地把手举起来,又放下去。就这样,我至少使这两个人变得协调起来了。

现在正喝第三瓶出口啤酒。当查特杰声称,他证实从事体育活动可以保持充沛精力时,伊冯觉得这很可笑。看来她知道这个孟加拉人不仅仅是个酒馆顾客。她那一再受到传染的哈哈大笑现在使她的容貌减少了几分俊俏。当她称他为"自行车运动世界冠军",而且在雷施克称之为"尖酸刻薄"记录下来的话语中"轻蔑地打着榧子"时,查特杰忍受了这种做法,不过几乎等不到雷施克付完款,他马上就付款了。

半夜刚过一会儿,两位先生便在木架小屋前分手。"我们还会见面的!"持有英国护照、身材矮小、已经重新充满活力的孟加拉人叫道,随即便顺着拉杜尼亚河岸,在夜幕中消失不见了。雷施克从饭

---

① 吉卜林(1865—1936),英国小说家、诗人。1907年诺贝尔文学奖获得者。
② 爱伦·坡(1809—1849),美国诗人、小说家和文艺评论家。

店停车场走过,只需要走不长的一条路。

那瓶保加利亚红葡萄酒,那杯蜜酒和三瓶多特蒙德出口啤酒仍然没有使这位鳏夫醉得昏昏欲睡,不管怎样,雷施克还是够清醒的,这在他的流水账本里得到了详详细细的证实。他回味着过去这一天所有的交谈。他不漏过其中的任何一种观点。对他而言,轻微头痛至关紧要,开始胃灼痛的可能性也不容忽视。为了治这些病,他箱子里放着药片、滴剂、药丸——这是雷施克的旅行药箱。

我不想让他再一次从眼镜盒里取出眼镜,打开,呵气,擦净。他写得很顺畅。一旦他感到自己写得太详尽,譬如在赞美那道牛肝菌菜时,就考虑到可能产生的不良后果,就会像一个训练有素的记录员似的,概述他的顾虑:"再一次违心地行事。"他甚至准确地记下了查特杰先生所预言的这次会在坚定不移的移民浪潮中确定自己的走向,会为真正带有戏剧性的连环画辩解的民族大迁徙:"这个言谈举止像个英国人的孟加拉人形象生动地描绘了亚洲这个溢洪盆。就他所列举的这个印度次大陆而言,他是无法反驳的。难道说现在灾祸正虎视眈眈,或者说——这竟然会成为值得追求的东西——古老的欧洲要经受一次既残酷无情,又有疗效的年轻化疗法的治疗不成?"

值得注意的是,雷施克把最后才经历到的一切,事先都写到他的流水账中去了。一次仅仅只不过是小酒馆里的相识在他那里意味着"使一切都完美实现的会见"。他喜欢拔高查特杰,把这位在他面前自称经营交通事业的商人称为"交通专家",而且还说查特杰"和蔼可亲"。

后来才读到花桶前的跟跄,读到铁锈红色的紫菀,读到那位寡妇和命运进一步的安排。很快就由皮亚特科夫斯卡太太变成了亚历山德拉。尽管她精神苦闷,没有摆脱自以为是的习惯,而且又老于世故,有同情心,他还是说她充满活力,喜欢冷言冷语,对政治感兴趣。"我觉得,好像亚历山德拉是想用自己的魅力来弥补她那有时候让人感到是幼稚可笑的犟脾气似的。这是一次好玩的决斗,我就喜欢给这种决斗当助手。她说她强调'当今',所以看起来很可能打扮得过头了一点儿。她多次说自己并不时髦,或者用她的话来讲,'还是老气',可她看来对我那些我承认有时候是强调得过头的举止感兴趣。"

他将"被并入"街景的"波兰的贫困"、兹罗提的贬值和他举例说明工资与价格不相称的全国性物价上涨连成了长长的一串;他抱怨那怨声载道的黑市买卖、在饭店前乞讨的孩子、人行道的状况、有缺陷的街道照明和"自共产党国家政权瓦解以来"与日俱增的犯罪率,也同样抱怨天主教教士权力的增长;与此同时,他既未忘记硫黄臭气,也未忘记城市上空的废气云。在所有这一切之后,亚历山德拉·皮亚特科夫斯卡再一次进入了他的视野。他称她是"不可抗拒的"。他嘴里冒出了诸如"时髦的妙龄女郎"和"不要看她身材矮小,可是很棒"这样的词语。他觉得,狗巷这套住宅变窄了,变成了"一个总而言之是舒舒服服的安乐窝"。我读道:"在她那儿我又觉得自己了不起了。"

只是在他啰啰唆唆地描述了一番哈格尔斯堡公墓之后,他才言归正传,寡妇建议的"波兰-德国-立陶宛公墓公司"在他心目中才变得重要起来。他把这个公司称作"我们刚产生,就已经降临人世的想法"。他把立陶宛那部分看作是"显而易见和值得追求的",但同时又认为它"难以付诸实施"。可是他仍然答应助这个计划一臂之力,给它一笔预支款:"会向维尔纳规划提供资金。必须取消会在维尔纽斯声张开来的所有保留条件。最后这一件事的成功与否完全同另一件事情有关。就像必须赋予我们德国人以死者返乡权一样,也必须把这种权利赋予波兰人。这种人权是不受限制的!"

简直是掷地有声的话语。我承认:这种举止高尚、为死者服务的自以为是,从一开始就让我厌恶。"你听着,雷施克,"我用他的自来水笔往边上一画,"这是一个屁想法!"我可是马上就动身了。这是寡妇的一句只会得到支持的话:"在公墓必须同政治一刀两断!"这一句话给我指明了道路。现在我对她的失败感到好奇。

还有一件事情引起我的好奇心，这就是：两人都丧偶这一情况对她有利。如果说她的故事混杂着普遍流行的通奸事件，如果说在雷施克的记录中，一个足以置人于死地的桃色事件可怜巴巴地要求有一个位置，如果说妻子狡猾地欺骗或者老练地给自己丈夫戴上绿帽子也来插上一手，那么雷施克，你就相信我吧：我是不会为你效劳的。可是，丧偶多年，当时由于配偶去世免除了婚姻义务，现在再一次达到法定年龄，这两个人，尤其是在他们的孩子都长大成人，而且不在家的情况下，他们都在我身边，经常都能看到，我可以跟踪他们。

在他那些"万灵节"记录快要结束时，寡妇的购物网袋在雷施克心目中又一次变得举足轻重了。他在一再重复的开场白中述说这件传家宝的重要意义：他多么乐意在亚历山德拉身边拎着这只装满东西的网袋。这件不再时髦的日用品使他多么感动。有多少愿望，其中有不少朝思暮想的愿望可以在其中找到自己的位置。那好吧，甚至还有这种情况："我觉得，好像我现在已经落入了她的罗网似的……"

就这样，鳏夫跟在寡妇从她母亲那儿遗传下来的所有购物网袋编织和钩织的网眼后面，大概也就进入了梦乡。要不，这就是雷施克开始从左到右数过的那作为查特杰先生后盾的九亿五千万人吧？关于亚历山德拉·皮亚特科夫斯卡，可以假定，她正在心算，试图算出公墓公司的费用。只是在结算了启动资金之后——"大致得用整整五十万德国马克"——她大概就已经带着更多的"零"进入了梦中计算的境地。

在宽阔的房屋正面前边儿是圆柱，圆柱的混凝土心盖上了一层有疙瘩的、环绕四周的陶瓷外壳。到厨房那边的圆柱罩上了一层陈旧的砖红色外壳。另外，便是光滑的木质护墙板。背后是浮雕，像圆柱一样疙里疙瘩的。

雷施克快九点钟时在饭店餐厅里找到一张空桌子用早餐。比起掺有燕麦片的咖啡来，早餐时雷施克更喜欢喝茶，所以他要了茶，还要了果子酱和凝乳。身穿白褶上衣的女招待犹如在克服内心的阻力般,犹豫不决地往前挪着身子。他刚订好早餐,在他那一桌就有一位——正如所证实的那样——老乡坐下来,此人不像邻桌那些大多是年纪不轻的男士和太太那样,属于一个旅游团,而是为一家总部在汉堡的私人疾病保险机构出外公干。人们开始交谈起来。

这位在雷施克的日记中仍然是无名氏的先生试图用咒语"合资公司"来建立联系,此人声称正在寻找地段具有吸引力的休假房屋,他要提供投资以及使人感兴趣的消息。他说,他的公司计划使保险公司成员都能待在东欧,特别是待在昔日的德国省份进行长期或者短期疗养。在需求方面不成问题。作为一大批中等规模疗养院的业主,代表政府的工会至少对此表示有兴趣:"瞧,真是绝招!那些疗养院可是背了一身的债。"

尽管如此,与雷施克同桌的这位邻座仍然抱怨波兰方面缺乏合作诚意。他倒是可以理解,所有权问题首先是一个棘手的问题,不过具有优先购买权的长期租约,在存在所有这些仍然可以理解的怀疑的情况下,应当是不成问题的。"要不然,在这儿一切很快就会再也无法运行。他们终究得明白这个道理。人们不能一方面想要资本主义,另一方面又装扮成一个单纯的乡下姑娘的样子。这儿的波兰人还一直以为自己得了什么礼物呷。"

雷施克——从昨天开始就在研究类似计划——想知道,做成这样一些联合冒险交易的希望到底存不存在。

"这首先就是波兰问题。我们最终得向他们承认他们的奥得—尼斯边界,而且是毫无异议的。再也不会顾及少数几个剩下来的职业逃亡者。这样一来,在这儿就有可能做大量生意。波兰人确实需要我们。自从民主德国倒台以来,这儿的人就惊慌失措了。除此之外,谁会助他们一臂之力呢?难道是法国人?你瞧,是这样吧。我给您讲:两三年之后我们就会在这儿狠狠地插上一手。他们不会避开我们的德国马克。要是波兰人不愿意,我们就去找捷克人和匈牙利人。那儿的人更坦率……"

这位愿意投资的先生是一位快五十岁的人,他点的东西太多了,他杯里的两只鸡蛋几乎动都没有动一下。这位先生站起身来说:"即使波罗的海不再是它从前的样子,不过在这儿倒是最好不过的了。我仔细观看了其中的几家工会疗养院。在新开辟的滨外沙洲上,在赫拉半岛上。这是一片海滨松木林!要不就是所谓卡舒布人的瑞士。一切都是一流的疗养环境,除此而外,一切都是熟悉的,充满了对于我们那些不得不离此而去的成员当中那一部分人的回忆。这些人不在少数。顺便提一句,我们一家也在其中。我们一家来自马林河中小岛。尽管当时我很小,但我还是清清楚楚地记得那次逃亡……"

雷施克离开饭店时,气候一直都是过于暖和的秋天在同十一月初的天气发生冲突。他尽量克制自己,别给那些乞讨的孩子任何东西。他用过高的价格从一个牵住自己小妹妹手的男孩那里买下了六张风景明信片。他在格但斯克的最后一天该再去一趟圣玛利亚教堂呢,还是该在上午漫无目的地去城里逛逛,他举棋不定。他在饭店入口处徘徊良久。

他刚决定去参观圣玛利亚教堂的墓穴板,就听到有人叫他的名字,而且是用那种奇特的英语叫他。他那个午夜在酒馆柜台桌边结识的朋友,那个具有英国国籍的孟加拉人说得一口流利的英语。

这一点我在亚历山大·雷施克的记录当中读道:"查特杰先生在离一长串等候载客的出租车有一段距离的地方,站在一辆人力车旁。他自然而然地把胳膊放到车的把手上。另外,他穿一套慢步长跑服装站在人力车旁。这辆人力车尽管不是那种臭名昭著、由苦力拉动的步行式人力车,却仍然显得不合适,这当然一眼就可以看出来。他向我挥手示意,直到我能够欣赏到他的人力车为止,因为这辆车是他的。一切都光洁明净。一个红白条纹相间的折叠式顶篷保护乘客免遭坏天气之苦。结实的支承杆呈深蓝色,没有锈斑,没有任何地方油漆剥落。查特杰声明:他一会儿站在这家,一会儿站在那家饭店前。人们没有在以前就彼此相遇,这是一种偶然。不,他没有从达卡或者加尔各答引进这种人力车,荷兰生产的这种交通工具更适合欧洲人的要求。施帕塔这个牌子能够保证质量。变速是挖空心思想出来的:'sophisticated!'①他另外还有六部人力车,全是新出厂的。可是只有两部在市内环行。不错,他获得特许,可以在城内交通范围内行驶,直至进入步行区,最近甚至还可以在格伦瓦尔茨卡林荫大道上上下下走来走去。开始时他遇到不少困难,可是他可以对有关部门表示好意。世界上到处都是如此,概莫能外。可惜缺乏司机或者人力车夫,正如人们在加尔各答所说的那样,尽管出租车司机像人们所见到的那样,几乎失业。正像他感觉到的那样,还有一点,那就是过分的自尊妨碍波兰人把他们的劳动力投入交通企业。他支付的工资优厚。整个公司都有发展的可能性。因此他让人又从荷兰运来十二部人力车。'因为未来,'查特杰先生叫道,'属于人力车。不仅仅在贫困的波兰,不,是在欧洲各地!'"

雷施克马上就把这个孟加拉人的规划当成了伟大的规划,因此认为它值得一提。再者:他在笔记中,把他早餐桌旁这位邻座所计划的疗养地和人力车这种对环境无害的交通工具视为建立公墓公司的附加努力。"三个规划全是一码事。它们都为人们,尤其是为上了年纪的人服务。它们可以说都讨年长者喜欢。"

为了回答雷施克的问题,查特杰发表了意见,详细述说所有的欧洲人口稠密地区的公路交通即将崩溃的局面,述说易于驾驶、噪声很低、显而易见是没有废气的人力车在城市短途交通方面的优点,接着又概述亚洲的经济增长会给欧洲带来的生机,最后,尽管具有讽刺意味,却唤起了关于资本主义市场缺口的想法。在他发表了一通意见之后,现实印证了他的幻景:迄今为止,只有一个波兰人驾驶人力车。这时,一部同样型号的人力车在饭店入口处驶了进来。这部车把一位面带笑容的老人在早上乘车游览全市之后送了回来。紧接着,有两位衣着雅致的女士——两人同雷施克年龄相仿——需要查特杰服

---

① 英语:很复杂。

务：她们彼此紧挨着坐在车子上，就像孩子一样高兴。

他为了我坚持这种看法："主要是西德顾客，他们毫无畏惧地利用人力车。大多数人都在这儿长大，他们之所以回来，正像人们所说的，是为了重温旧梦。我从妇女们喋喋不休的谈话中听出来，她们的愿望是在短暂的乘车游览市容之后，就像当时，在学生时代那样，乘着车在但泽到朗富尔的长林荫大道上来回走一趟。看来这两位女士是朋友。很可能她们过去经常骑着自行车走这一段路。另外，她们背诵起所有的小巷名字和地点名称来如数家珍。查特杰也熟悉这些地方。"

孟加拉人戴上一顶赛车运动员便帽。雷施克祝他一路平安。这两个中学同学叫道："我们可以极其热诚地向您推荐这种娱乐！您也是本地人吧，要不？"查特杰用力踩踏板，仿佛驾驶这部弹性很好、载着两位体态丰满的女士的人力车是他的一种体质训练似的，他再一次叫道："再见，雷施克先生！"

那就这样吧。我当中学生时应别人的要求吞下了蛤蟆。很可能我在光线昏暗的城里，在公园的长椅上抱着雷施克的表妹小希尔德狂吻过，甚至在空袭警报时一直吻到解除警报。雷施克和我在学校是同桌，说我可以抄袭他的数学、拉丁文，情况大概就是如此吧。可是要我现在对他非步步紧跟不可，这个要求也太过分了。大家都知道，他走起路来踢踢踏踏的。不能说他走多少弯路，我也得走多少弯路。我让他就这样，不戴巴斯克帽不背摄影包便走了，而这时我的思绪还尾随了那部人力车一会儿。这部人力车无论往何处走去，都在奔向未来……

为数不多的旅游者和几个去祈祷的波兰人消失在厅堂式教堂里。该教堂于一九二六年新建的圆顶直至前不久遭到破坏时，一直都由八角形露天柱子支撑着。当圆顶最后一次塌下来时，有一些墓穴板在瓦砾下面断裂了。尽管如此，沿着侧面祈祷室，穿过中跨或者十字形耳堂，走过圣坛室那条用石块铺成的路，显得十分醒目，意味深长。按照雷施克的说法,尽管有裂缝,那条在诺伊韦尔格徽章上由植物的卷须长成的狗一直在吞食一块石制骨头,而且这块徽章是从一五三八年起,就作为塞巴尔德·鲁道夫·封·诺伊韦尔格的浮雕石板放在那儿的。

就好像他要同他热心研究的这些被脚蹭得发亮的对象告别似的,教授再一次巡视墓穴板。这些墓穴板的凸形文字几乎无法辨认,昔日那些显赫一时的城市贵族的名字和死亡日期,还有那些《圣经》引文用巴洛克式德文书成。家族徽章和徽章装饰物,所有这一切都被一代又一代心怀敬畏之情的教堂参拜者,被后来的旅游者踩坏,蹭得发亮,踏得平平整整。在紧靠美丽的圣母①的地方,北厢堂地面上的墓穴板就是如此。该墓穴板浮雕上的装饰性盾形徽章位于垂直分成两部分的分格上,左边是一上一下两颗星星和一棵树,右边的沙漏上面是冠冕,下面是死者头颅,盾形徽章上方有一只天鹅,影射"西里西亚天鹅"。诗人和宫廷史编纂学家马丁·奥皮茨·封·博贝尔费尔德②在丰收学会③圈子里被人称作"西里西亚天鹅"。一六三九年八月,一场瘟疫把他带到了这块石头雕刻而成的墓穴板下。

雷施克多次对"出于地方观念的迟钝"而于一八七三年用凿子补凿进去的铭文"同乡向诗人致敬"感到生气,一直到后来,在马蒂亚蒂和路易丝·勒曼夫妇的墓穴板上,那篇于一七三二年献给死者的墓志铭才使他笑逐颜开:"你们的遗骨永远常青,你们的名字将在你们的子孙当中备受赞扬,它是子子孙孙的传家宝……"

不过后面却写着一件怪事:"我遇到自己的坟墓,而且是在教堂的中跨。在一块灰色的、被踏得面目全非的花岗石石板上,新近用楔形文字雕凿了我的名字,尽管使用的是比较古老的拼写方法,而且还补进了我兄弟的名字,这样,我看到自己成了亚历山大·欧根·马克

---

① 指十五世纪初德国造型艺术中圣母像的一种特殊形式。
② 马丁·奥皮茨·封·博贝尔费尔德(1597—1639),德国诗人,生于西里西亚。
③ 1617 年为纯洁德语而成立的语言学会。

39

西米利安·雷施克。我念了一次又一次,最后为了保险起见,我压低了声音。当然没有日期。也没有给我写墓志铭,更不用说徽章了。仿佛我不忍知道自己就在花岗石下面似的,我好像发疯一样跑开了,巨大的响声滑过石板。我把祈祷者吓了一大跳,无数的目光在追随着我。我从早期的大学时代开始,就熟悉这种暂时性的假定,我不想去弄明白这种欺骗。因此我就跑开了,离开那儿,跑出南边的边门,跑呀跑,我早就没有这样跑过了,不停地跑,最后感到高兴的是能够知道去哪儿了……"

因为亚历山大·雷施克同亚历山德拉·皮亚特科夫斯卡约定十二点整到达长市场,碰头地点为:尼普顿泉。寡妇休假半天。他们想找一个合适的地点,促使那种想法作为规划形成固定的轮廓,尤其在鳏夫不得不于次日踏上归程时更是如此。

他气喘吁吁地准时赶到,但并没有讲使得他汗流满面的事情,而是一边跑一边叫,仿佛逃跑不该有个尽头似的:"最好的办法是,我们坐车……"

雷施克当汽车司机。没有一张照片显示他在驾车。每次我要给这一对男女拍照时,他们从未站到发动机保护罩前,没有一颗梅赛德斯之星[1]同他们一道进入画面。他的日记不肯作出答复。总是这样写着:"我们坐车……"要不就是:"我们把车在有人看守的停车场内停好之后……"

所以我只好瞎猜一气,或者说碰碰运气。难道他开的是一辆在易北河西边显现出异国色彩的斯科达大型轿车?既然雷施克放荡不羁,比方说给裁成小腰身的秋大衣配上一个丝绒领子,那么,一辆虽然有皮软垫,却装上昂贵的净化器的标致[2]404型汽车也许会引起他的乡愁,讨得他的喜欢。因为如果雷施克要加油的话,他总会加无铅汽油。我从来就没有看见他把一辆保时捷开到赫维留

---

[1] 德国奔驰汽车标志。
[2] 标致汽车是法国标致—雪铁龙公司生产的一种小汽车。

饭店门前。

他改写时写着:"最好是,我们坐车……"因为他要徒步完成在市内主要教堂里的研究工作,所以他先把车停放在有人看守的饭店停车场内。当寡妇和鳏夫在海神尼普顿的弧形三叉戟下面相会时,皮亚特科夫斯卡带来了一个业已准备停当的下午安排计划,这个计划只能坐小汽车才能付诸实现。在他们往停车场跑去之前,亚历山德拉给他擦去额上的汗水——"您忙坏了,亚历山大!"——然后才给他戴上前夜忘掉的巴斯克帽。

雷施克记录里写着:他开始时认为布伦陶与马特恩之间这个地区适合辟为森林公墓,尤其是"树干高大的山毛榉彼此保持适当距离,使这个规划具有一个自然环境。人们只需砍伐少数标本。与此相反,那为数众多的矮乔木必须砍掉。因为那些返归故里的亡灵应当在树叶庇护下安息,但不是隐蔽藏匿,而是受到保护"。

对这个理想的公墓环境大为不利的是位于格但斯克附近的那个机场,该机场的跑道在那儿,在过去比绍村的农庄把它们那丘陵起伏的耕地聚集在自己周围的地方,占据着平坦的场地。当然要保证伦比霍沃机场能扩展到马塔尼亚。另外还传来飞机起降的轰鸣声。谁会乐意在飞机着陆时的进场航路下安息!

很可惜,那个沿着奥利瓦西南方延伸的山谷同样不合适。在那使雷施克想起林中草地和星期日郊游的地方,挤满了设计成帐篷式的木屋,木屋四周是小花园。虽然小园圃的好坏是以篱笆划地为界,好的受到精心照料,充分利用;虽然奥利瓦森林的混交林林木一直密密麻麻、病恹恹地伴随着这个山谷,雷施克还是建议往回走。这儿不是地方。这个漂亮的地区给毁了……

刚过中午他们就已经往回走了。我想这位司机和这位女助手虽说不是失望透顶,正在沉思默想,那也是默然不语。如果在冥思苦想,想的就是:他们的想法被人损伤,他们刚作出的决定已经受到阻碍,他们昨天还在燃烧着的满腔热情遭到遏制,已经明显下降。

当他们在名叫格伦瓦尔茨卡,将近郊弗热希兹采兹和城区联结起来的长林荫大道上,在昔日体育馆的山上往城区和有人看守的停车场驶去时,雷施克降低了车速,指着位于右手的那个宽广的公园说:"这儿过去曾经是联合公墓,我的祖父母就安息在那儿……"

皮亚特科夫斯卡说,不,她是在命令停车:"瞧吧,公墓又会像从前那样……"

"可是亚历山德拉……"

"什么事?我们下车吧。"

"我是说,在此期间这个公园……"

"我同意,在此期间就只是在此期间……"

"可是人们不能把历史……"

"我们要看一看,人们是否能做到。"

就在雷施克停放汽车,两个人有一会儿还在讨论保留历史事实的可能性时,我不得不追溯既往,测定这些根据决议平整的联合公墓,按照它们一个挨一个,一个接一个的情况,测量它们的大致范围。这个后来被称为学院公园的地区在门诊部与工业大学,平行走向的长林荫大道与通往火葬场的米夏埃利斯路之间,给圣比尔吉滕和圣约瑟夫天主教教区那个占地约一点五公顷之多的公墓提供了场地。这个公墓就像其他公墓一样,自一九六六年起被夷为平地。学院公园为之提供场地的公墓有:与之邻接、占地两公顷之多的福音新教圣玛利亚公墓,在该公墓通向米夏埃利斯路那一部分建起了大学生专科医院;占地约有三点五公顷之多的福音新教圣卡塔琳娜公墓,从前的工业大学,后来的格但斯克综合技术大学的几座新建筑物就坐落在该公墓的东半部分;占地范围为两点五公顷的圣尼古拉教堂和国王教堂教区的天主教公墓;位于米夏埃利斯路另一侧、占地一又四分之三公顷的火葬场公墓,火葬场一直作为一座有悼念厅和两个烟囱的雄伟的缸砖建筑物耸立在那里。就连这个安放骨灰坛的公墓直到六十年代末也被夷为平地,后来作为公园,冠上"Park XXV-lecia PRL",也就是波兰人民共和国建国二十五周年公园的名字,对外开放,供大家使用。

关于长林荫大道对面一侧同样被夷为平地的公墓,可讲的话还要多,因为在小教场——后来叫做五月草坪——和斯特芬公园后面,圣约翰、圣巴尔托洛迈、圣彼得、圣保罗教堂联合公墓同与之邻接的门诺宗①教徒公墓连成一片。在该公墓后面是铁轨、新苏格兰居民区、造船厂、码头。可是因为雷施克指的就是那个地区,那个有专为父母亲保留下来的、他祖父母双人墓的地区,所以他把车停放在那儿,在那个有一栋世纪之交时建造的砖木结构楼房作为公墓管理处所在地守着公墓大门,让他牢记在心的地方。

就连寡妇也想起:"那是在哥穆尔卡②时代,那时候他们把最后一批德国人的公墓都夷为平地了。为什么我没有当时就退党,而是在后来,在战争法规颁布时才退党呢?"

在这座砖木结构建筑物前,仍然是那条两边的菩提树疏密有致的林荫大道通往米夏埃利斯路,在那里建起了平屋顶的新建筑物,在被夷为平地的坟场上,或者就像寡妇所说,"在死者的遗骨上"建起了这所大学生专科医院。

在半山腰,菩提树林荫大道形成一个圆形广场。从圆形广场开始,菩提树林荫大道分别以同样方式拐向左右两边,因此有零星树木和树林的四个大型墓地也就可想而知了。当然,就像公墓林荫大道一样,它们也形成了一个交叉路口。从这里开始,分出了另外一些主干道和支路。这些路的两旁是高高的、遮天蔽日的栗子树、榆树和垂柳。有一些或多或少出现裂缝的公园长椅。长椅上不是坐着手拿啤酒瓶的男人,就是坐着带着小孩的母亲。有时候是正在看报的人,那儿是一对情侣,那儿是一个大学生,雷施克断定,此人低声读了几首诗,几首法语诗。

---

① 门诺宗是基督教的一个教派,由门诺·西门(1496—1561)所创,故名。
② 哥穆尔卡(1905—1982),1956年10月起任波兰人民共和国执政党波兰统一工人党第一书记,1970年12月下台。

寡妇和鳏夫从通往工业大学的马路出来,沿着横向的菩提树林荫大道往前走,一直走到与城区邻接的门诊部,步测了学院公园的面积。与此同时,皮亚特科夫斯卡则大声给雷施克比较长的脚步用公尺计数。在步测完后,雷施克用眼睛瞟着这个建于二十年代初的门诊部说:"有人在那儿给我这个孩子摘除了扁桃腺。从那以后只准我吃香草冰淇淋。"她也说:"真可笑,当我还是黄毛丫头时,就已经摘除两边的扁桃腺了。"

在他们步测完一切之后,亚历山大和亚历山德拉估计这个同公园间隔开来的公墓的大小。她估计得高了。他估计十到十二公顷,接近官方报告。这一对男女面对这荒废的使用面积感到欢欣鼓舞。训练有素、卓有远见的雷施克看见坟场一个接着一个。当他们在米夏埃利斯路另一侧——如今按照起义者头目特劳古特命名——预料到火葬场四周有比较大的地方可作为坟场和安放骨灰坛的场地时,他们的热情充满了这大概有整整一公顷半的地区。就连这个地区他们都边数边步测了一番。就亚历山德拉所知,火葬场的悼念厅被从战争结束时起在格但斯克安家落户的白俄罗斯少数民族用来做东正教仪式的礼拜。火葬场紧后面,公园地带在有裂缝的篱笆后面逐渐变成了小菜园。"那后面,"雷施克写道,"一直都有宽敞的体育场地,所有这些场地都是足球场。"

他想在自己的日记里提醒我,在一九三九年这个合并①年后,紧接着就改建海因里希·埃勒斯运动场,后来冠上一个来自弗兰肯的纳粹省党部头目的大名,有人帮他搞到了但泽—西普鲁士这个帝国省区。

是的,雷施克,确实如此:"我们佩特里理科中学的学生在阿尔贝特·福斯特尔体育场多次参加一年一度的帝国青年比赛。汗水、发出颤音的哨子、命令和无聊。令人恶心,这些回忆……"

---

① "合并"原指纳粹德国于1938年并吞奥地利。此处指1939年德国法西斯进军波兰。

我只能给他那令人不愉快的回忆作一些补充：我想起但泽队——更确切地说但泽队是中等水平——同外地足球协会，同布雷斯劳、菲尔特，甚至同沙尔克足球协会的足球比赛。我想起了诸如戈尔德布龙讷、勒讷这样一些当时著名足球运动员的名字。一九四一年六月二十一日，在一个星期天，当时对俄国的远征以特别报道开始，我在那儿，从站位上，在凹进去的体育场场地上观看了一场比赛。同谁比赛，我记不清了。

"就是这儿！"当两人再一次站在圆形广场上时，亚历山德拉·皮亚特科夫斯卡叫道。她把四个坟场都考虑到了，她用短短的胳膊指着每一个方向。亚历山大·雷施克被她占有者的姿势感动："不只是我，就连亚历山德拉都清楚地看到迄今为止还仅仅是想法的东西。她谈到一行行的坟墓和那排列成行的墓碑上的德文名字。她甚至像背诵咒语一样，背诵诸如'安息吧！'和'长眠于此！'之类的碑文。她的目光流露出她要说的话：'这儿，那些死去的德国人以后回归故里就到这儿！'尽管我非常希望她那过于大声的惊叫——人们都在东张西望地寻找我们——会得到证实，她的预见仍然使我感到可怕。"

寡妇一定会安慰他的。当这一对男女终于离开公园时，她对亡灵回归故里的要求和她那种想法的可行性肯定是充满了信心，她说："为什么说可怕呢，亚历山大？我们把波兰夷为平地这件事才可怕。因为政治总是牵涉到所有的领域，因为我明白共产主义意味着什么时已经太晚了，不过这种事并没有过去，现在到处都变得可怕了。现在您一定会认为：如今将要发生的事情会使人高兴，因为它有人情味。不过计算必须正确。您要明白，计算！"

在昔日的公墓地区，在疏密有致的菩提树之间，后来在走向停放着汽车的路上，亚历山德拉·皮亚特科夫斯卡还在谈论她那几乎是不眠之夜的进款，谈论作为启动资金必不可少的钱。她穿着高跟鞋时而忸怩作态地走到前面，时而又停下步来。女镀金技师又短又粗的手指既实在又生动地通过计算给他解释：因为兹罗提毫无用处，所以西德货币必须给他们那个业已成为规划的想法奠定基础。现在情况已经是这个样子,因为所有的东西,就连死亡都有价格。"用德国马克就会搞定。我已经看到一点儿,以后会是非常美好的……"

当他们向城里驶去时,天色已经暗了下来。他们坐着车一边走,一边心算。我试图想象他们俩坐在一辆萨博汽车①里的情景。她说:"开始得有一百万德国马克。"这是一部能确保安全的结实车子。两个人,连同他们的欢欣鼓舞一道,都用皮带扣得牢牢的。现在他们沉默不语。在离奥利瓦大门前不远处,雷施克相信,自己不是超过了随便什么车,而是超过了一辆载着两位客人的人力车。他记下了那辆人力车和查特杰的赛车运动员便帽:"……我敢肯定,那个用劲踩踏板的人就是他。尽管我们会随着我们公墓计划取得如此巨大的成功而兴奋万分……"

这是一辆萨博还是沃尔沃,或者是一辆标致?我不管是什么汽车型号。他把车停放在饭店停车场上。不过在他们的故事再一次加快动作之前,还必须补上一次拥抱。雷施克报告说,当寡妇从圆形广场往外看,未来的公墓就浮现在眼前时,是她拥抱了他。他不无恐惧地体验了这次拥抱。这位身材矮小壮实的人儿踮起脚尖,几乎能与他匹敌。他感到自己从此时此刻起好像被唤醒了似的,甚至在那里,在他再也不想进行猜测的地方变得活跃起来。她用手镯戴得过多、不断啪嗒作响的双臂搂着他的脖子,吻他的左右两边,嘴里嚷着:"啊,亚历山大!现在在维尔诺就缺场地了!"他的胳膊好像不听使唤似的。"我像木桩似的伫立着,虽然激动,却呆若木鸡。"

寡妇肉体上的感情洋溢很可能使鳏夫激动万分。可是他经受住了这个穿着裙子和上衣的躯体的冲击,感到了它的接近,至少没有反对这种转移到他身上来的热情。后来——已经在波鸿,而且注明的

---

① 萨博汽车是瑞典多种经营的工业制造公司萨博—斯尼亚公司生产的高级轿车。

日期是十一月九日——他甚至用一句正如他所承认的那样，一句轻率的话来回答亚历山德拉对足够多的德国马克的提示："亲爱的亚历山德拉，这件事情完全让我来管吧。要是我连必要的资产都拿不出来，岂不可笑。在一切都摇摆不定的今天，要生存，就要承担风险。虽然我们不想大手大脚地干，但也不想反过来小手小脚地干。无论如何我们的双重规划要求全力以赴！"

雷施克把车在赫维留饭店一侧停好时，城市已经隐没在十一月的暮色之中了。再也看不见人力车了，不过出租汽车倒是像往常一样，在饭店前等客。废气和硫黄味又苦又甜的混合气味对他来说并不陌生。还没有拿定主意傍晚时该做什么，鳏夫请寡妇走进服务台紧后面的酒吧去喝酒。因为世界饭店大巴载着那些一次付清车旅食宿费的旅游团去马林堡和佩尔普林，去埃尔宾和弗劳恩堡作一日郊游，还未回来，他们俩——喝了第一杯威士忌，又喝了第二杯威士忌——仍然是长柜台旁唯一的顾客。在刚才如此亲近之后，他们彼此之间很可能都感到有点儿陌生。杯子里叮当作响的冰块代替他们讲了话。

当酒吧很快就挤满了接二连三进来的一批批人群，紧接着便开始人声嘈杂，变得喜气洋洋时，雷施克马上就付了账，因为他不想要求皮亚特科夫斯卡忍受这么拥挤的环境，更确切地说，男士们穿得不修边幅，女士们身穿旅行服，戴着很多首饰。在倾听片刻之后，雷施克认为可以在背后说这些一次付清车旅食宿费的旅游者都是出生在本地的人了："他们对这个城市太熟悉了。大多数人都不比我们年轻，因而也就处于一种迟早会使他们成为我们规划的受益者的年龄。"

不只是他，就连寡妇也懂得这个道理，她用太大的声音耳语道："所有的人很快都会成为顾客。"

"我请求您，亚历山德拉……"

"肯定会有足够的德国马克……"

"我们可不想公开……"

"得了,话可不能这么说。"

随后,是她咯咯的笑声。没法使亚历山德拉控制住自己。要是他没有正式邀请她去饭店餐厅用晚餐的话,她很可能——在仅仅只有两杯威士忌下肚之后——就会积极主动地直接去做广告拉顾客了。

皮亚特科夫斯卡拒绝了——"真是太贵了,吃起来什么味都没有!"——随后又马上邀请他,"好啦,我们走。"

她就在附近,走过雅各布教堂,在一家小型的私人餐馆里订了一张双人桌。他们坐在烛光下,吃着皮亚特科夫斯卡所许诺的东西:"正宗波兰菜,就像妈妈在维尔诺曾经做过的那样。"

在吃饭时——有餐前小吃、主菜、餐后小吃——他们俩真是彼此间有很多话可讲的一对。肯定不是他讲他那去世的太太,她讲她那早逝的丈夫,在这时,除了整理得井井有条的回忆之外,不存在任何东西。他们只是轻描淡写地提到她在不来梅攻读哲学的儿子和他那三个在职的、差不多都已成家的女儿。"她们把我看成双料外公……"

他们的谈话不大连贯,涉及一点政治——"现在界墙很快就会拆掉"——有一会儿喜欢交流一些被人背后说成是波兰人和德国人典型的、具有民族特点的陈词滥调,总是离不开本行,尤其是亚历山德拉的工作,说她作为女镀金技师往往好几个月专心致志于木制和石刻铭文的文字和图案镀金,最后是在圣尼古拉教堂里。已经不复存在的贵族世家的姓名和徽章,从陪审员和议员安格尔明德到商人施瓦茨瓦尔德——荷尔拜因①在伦敦曾经为他作画,他的徽章尽管是舌头般的红色和头盔般的蓝色,不过底色却是黑色和金黄色——直至约翰·乌发根那个银质天鹅隆起的鸟嘴钉着一个金制马掌的徽章。她对所有这些东西,甚至对费尔贝尔及其三个猪头都熟悉,确实,直至极其荒唐的花饰和最后的头盔,她都非常熟悉。这位女镀金

---

① 此处指小荷尔拜因(1497—1543),德国肖像画家、版画家。

技师在地上踩得发亮的墓穴板这一领域显得缺乏自信,因此她在偶尔寄给他博士论文之后,不只是出于礼貌才说出这一请求:"您知道,教授先生,到我们这样的年龄,感受力就不够了。人们必须知道,不是什么都知道,但必须知道许多琐碎小事。"

要是我可以相信他的流水账本的话,她用这个头衔来称呼他这件事使他伤心。寡妇在吃晚饭时——这一次喝的是匈牙利葡萄酒——借助缩小词缩小他的大学头衔。她在谈兴正浓时——从现在开始,谈到人们应该对出生于但泽的版画家丹尼尔·柯多威基①当作波兰人加以赞赏呢,还是必须把他视为普鲁士政府官员加以谴责——多次对他说"小教授",接着又越过杯子对他说"我亲爱的小教授",甚至对他低声耳语。正如后来所记载的那样,只是在这时,雷施克才认为:"可以稍微肯定一下亚历山德拉的爱慕之情了。"

顺便说一下,因为柯多威基,差一点就争吵起来。皮亚特科夫斯卡有强烈的民族感情,易于冲动。她把这位在晚年曾经改革普鲁士皇家科学院的画家和铜版雕刻家称为"波兰事业的背叛者",因为他正值波兰在分裂后苦难深重时,待在柏林,偏偏待在柏林让波兰为自己服务。

雷施克反对这种看法。他认为她的观点"太狭隘",认为这位版画家"因为超越了洛可可时期,很有名望,享有全欧的声誉"。虽然信仰新教,柯多威基对父辈的波兰出身仍然怀有感激之情。当然,比起天主教教士来,流亡到普鲁士的胡格诺派②教徒对他更为熟悉。"尽管如此,亲爱的亚历山德拉,您还是应当为这个波兰出身的欧洲人感到自豪!"他叫喊着举起酒杯。寡妇同他为此干杯,而且是破天荒第一次让步道:"您使得我同伟大的波兰艺术家和解了。我谢谢您,小教授!您是非常可爱的小教授!"

---

① 丹尼尔·柯多威基(1726—1801),德国画家、版画家,出生于波兰。
② 胡格诺派为16至17世纪法国基督教新教教徒组成的派别,因反对国王专制,受到迫害。

49

这时他们已经在用餐后小吃。看来这不是名点,因为在雷施克的笔记中虽然记下了甜菜汤、俄式馅饼和麦芽啤酒鲤鱼,却没有记下饭后甜食。

后来出现了一点麻烦。她坚持要付账。他不得不让步。可是在她陪他去了附近的饭店,然后在昏暗的街灯下,想要独自一人走这条通往狗巷的路时,他达到了目的,挽住她的胳膊,拖着鞋在她身边踢踢踏踏地走——而这时她也穿着高跟鞋忸怩作态地走着——一直走到位于她那房门前的露天台阶的阶梯前。这个露天台阶刻在砂岩上的浮雕看来很难让人想象到小天使雕像和小爱神的游戏了。

他们从一个小街口走到另一个小街口,彼此之间讲的话大概也就越来越少了。他只记下了他突然感到的忧虑,要是东西方之间这道界墙倒了,一切都很可能变个样,变得更加困难:"在德累斯顿,金箔国营企业就会完蛋。我们会缺少材料……"

后来,在匆匆一吻,说了"好了,要是您愿意的话,您就写信来吧"这句告别的套话之后,寡妇让鳏夫站在了房门前。在此之后,他便孑然一身,拖着踢踢踏踏的步子,踏上了归途。

不,雷施克并不打算躲进拉杜尼亚河边那间木架小屋里去。十一点刚过不久,他就要了钥匙,乘电梯来到十五层楼上,打开他的房间,换上他每次旅行都要随身携带的便鞋,用自己的肥皂洗手,坐下来,埋头记他的流水账,打开眼镜盒,戴上阅读用的眼镜。然后,他关上眼镜盒,好像在催促他要对自己确信无疑似的,拿起了自来水笔。

很可能,圣玛利亚教堂内那块刻着他的名字的墓穴板促使他书面引用这家高高耸立的四方形饭店那个被人竞相以其名字命名的圣徒,也就是人称赫维留的天文学家约翰·赫威尔克①,以及他的妻子,娘家姓雷蓓施克,又称雷蓓施金的卡塔琳娜,以便像他父亲已经白费力气做过的那样,把同啤酒厂厂主雷蓓施克家有亲戚关系的血

---

① 赫维留(1611—1687),本名约翰内斯·赫威尔克,作品中为 Johann(约翰),出生于格但斯克的波兰天文学家。

统一直追溯到十七世纪,并借此赋予他的墓碑令人吃惊地显露以某种意义。这时,有人敲门,开始两次很轻,后来敲得很响。

"我又来了。"寡妇亚历山德拉·皮亚特科夫斯卡在将近半夜拜访鳏夫时说,她气喘吁吁地走来,除了她的挎包外,她还提着那个装满东西的传家宝——妈妈的购物网袋。这一次是一个有锯齿形图案的棕蓝色网袋。她好像有急事似的,匆匆忙忙地给教授装了各种东西,还装了几件小礼品,以便后来能片刻不停地紧跟他,紧跟这当儿很可能正在多米尼克市场高处的亚历山大。这个网袋伴随着高跟鞋短短的脚步传遍所有小巷的脚步声。

"我全忘了。带着路上用吧!"

一玻璃瓶密封的甜菜,穿在一条长长的、编织成链条的线上的干牛肝菌和一块胡桃般大小的琥珀——"里面有钱!"——塞满了购物网袋。她脱下鼠灰色雨衣,脱下短上衣,穿着闪耀着丝一般光泽、腋下由于出汗颜色变深的浅蓝色胸衣,站在他面前,还在一直不停地喘气。

我该不该在场,尽管饭店房间灯火通明,该不该还开着灯呢?她看见他穿着便鞋。他看见她的汗迹。她让这只装满东西的网袋滑到地毯上。他摘下眼镜,还有时间来关眼镜盒。她往前挪了一小步,他迈出了跌跌撞撞的一步。随后,她又挪了一小步,与此同时,他又迈出了一步。他们已经搂在一起,相互拥抱。

看来情况就该如此。或者说,我对他们的情况是这样看,尽管雷施克只把少数细节写到了他的日记上。在他的墓穴板那恐怖形象和那些对于联想到亲戚关系的提示后面——"很可惜赫维留的第一次婚姻没有子嗣……"——接踵而来的是同钱一起放在购物网袋里的干牛肝菌、密封大口玻璃瓶、琥珀和深蓝色汗迹。正像鳏夫在次日早上所发现的那样,寡妇把她的牙刷也带来了。他把这件事称作"一种虽然奇特,却又是理智的预防措施"。她那句在半夜过后或者说在清晨哈哈大笑着说出来的话就是:"我们交了好运,亚历山大,因为我已经过了更年期。"他把这句话作为消息记了下来:"亚历山德拉多么坦率地给所有的东西命名啊！"

接下来，还有一些对于过于狭窄的单间床铺和在他们看来污渍太多的地毯的暗示。在暗示有一次短暂的争论之后——他要把灯关掉，她不同意——写着他的自白："不错，我们彼此相爱，我们可以，也允许彼此相爱。而我——啊，上帝呀！——也能够去爱！"

我要说的就是这一些。在我的中学同学泄露了这件事之后，我就再也不想躺到饭店那张窄床上去了。不管是在灯光下还是在昏暗中，他都清瘦，但并非老年人那种干瘪，她丰满、健壮，却不肥胖。这两个人倒是很般配的一对。

亚历山德拉和亚历山大只睡着了一小会儿。他们大概是要像完成一项任务那样来实现自己的爱情吧。在他们这样的年龄迫切需要耐心，需要那样一种幽默，要将失败排除在外。就像他们在饭店餐厅里用早餐时能够相互保证的那样，在短暂的、疲惫不堪的睡眠期间，他没有，她也没有打鼾。可是后来，在他们故事发生的另一个地点，他记下了不是十分扰人的鼾声。看来几乎是在采取宽容的态度了。我要把"我们要做双头鹰"这句话归功于她终于要睡觉，也就是说要背靠背地躺着这一请求。

在这段时间他们谈到自己的想法没有呢？至少是顺便提到了格但斯克和维尔纳的公墓，提到了足够多的德国马克吧？或者说在狭窄的床上，除了爱情之外，有时候就没有公墓的一席之地了？要不，就是他们那种一直就缺乏导火线的想法被爱情注入了氧气？对于雷施克在早餐时提出的关于她是否在服务台打听到他的房号这个问题，伴随着接踵而来的哈哈大笑声，他得到这样的回答："瞧，我们在谈论普鲁士科学院里面那位伟大的波兰艺术家发生了一点争论时，那可是你告诉我房号，说楼层有多高的。"

他们匆匆告别。他付清单人房间的房钱后，就说："你马上就走吧，亚历山德拉，你会听到我的消息的。你再也摆脱不了我啦。"

听说，当他的箱子放在他身边已经随手可取时，她开口道："我知道，亚历山大。公路上开车别开那么快。现在我再也不是寡妇了。"

在雷施克把他的行李提到停车场之前,皮亚特科夫斯卡走了。这样做是事先就商量好了的。把小费给了那个他不让人家提箱子的门房。早上的太阳照耀大地,天空晴转多云。风从西北角吹来,把港口硫黄灭火场的臭气吹向别的地方。

雷施克八点刚过走到饭店门口时,还没有出租汽车,不过在斜对面的太阳下有三部人力车正在等客。漆和铬闪闪发亮。那三个人力车夫正在交谈,查特杰戴着帽子就在他们中间。第三个人力车夫看起来像个外国人。查特杰注意到这位提箱子的人,于是三两步就来到他的身边,这时,查特杰称这个巴基斯坦人是新雇来的:"别的人在诺沃特尔饭店前。"

我的中学同学表示祝贺,尤其是在第二个波兰人克服了自己的自尊心之后。

查特杰说:"您什么时候再来,雷施克先生?我现在就邀请您环游全城。您知道我的论点;如果这样做还有点意义的话,那么用自行车带动的人力车就大有可为!"

这次告别留下的是对那位孟加拉人郁郁寡欢、依依惜别的目光的 再暗示。他交给雷施克一沓广告单——"查杰特观光旅游"——带着它踏上旅途:"为了您那些在旧德国的朋友!到处都堵车,都处于紧张状态,都人声嘈杂!这里只有一种办法见效:请询问查特杰,此人知道怎样才能帮助这些城市。"

亚历山大·雷施克把这些广告单放进汽车仪表板放手套的夹层里。他把另外那件礼物放到司机副手座位上。这件礼物就是一只装满带来的小礼物,其中也有干牛肝菌的钩织购物网袋。

三

现在也许可以开始写一部书信体小说了吧。这种在纸上沙沙作响的书信往来，这种用假嗓子诉说衷情的书信往来，它略过一些地方，不断地给读者制造机会，去同意味深长的空白打交道。坦率，这种坦率只能容忍标点符号这个禁猎区。如饥似渴的问句和激情，严格局限于两人之间，它借助信纸形诸文字，没有外人打断他们的话头……

可是这一对情侣公开了他们的想法。这种想法已经在发生效力，它促使那些按照章程想要发表意见，不仅仅是想要间接地低声耳语的人员采取行动。很快就会索要一个议事日程。

既然我昔日的中学同学把他的自来水笔给我放到经邮局寄来的这堆破烂中间，我就可以确定这种写字用具——同他选择的汽车相反——是一支黑色的万宝龙，它像一支巴西雪茄烟那样粗，有金笔尖。他为了我能够使用，灌好了蓝紫色的墨水。我写道：雷施克呀，你在这儿给我捣什么鬼啊……

从注明的日期看，还在波兰，在波兹南默尔库吕饭店时——他在那儿因为过度劳累，中断了旅行——他写了第一封信，这封信的口封得很均匀，他那写得像刻出来似的字体一直都是得"优"的。我在这儿把他这封好几页长的亲笔信摊开，我并不想给自己减少麻烦。没有一本书信体小说会这样开头。更何况一字不删地公开发表还会令人讨厌，因为在五张两面都写满字的信笺当中，有三张信笺上雷施克在重新开头时，都经历了单人房间里的那个夜晚。对那个夜晚，他想出了有的是无聊乏味，有的是新奇古怪的、委婉的表达方式，这些表达方式着力表现的是两个情侣的生殖器。虽然赞美过度的词句从他的笔端流了出来，但他几乎没有放弃在过于狭窄的床上的任何现实的努力，除非认识到这位年纪不轻的人既是在晚年，同时也是在青春期坠入情网。恰似在管道破裂之后猥亵的话语涌流而出一般。这些堵得太久的猥亵话以无可争议、冷静描述的文字形式充斥着一页又一页；在这件事情上我不得不承认，这位教授的感情洋溢或许在那个地方使我豁然开朗了。在那里，按照形容词的巴洛克式排列方式，他最后把他的阴茎称作"发育得晚的傻瓜"。他实在渴望用尽一切办法达到目的，渴望成为粗野无礼、猥亵下流之人，渴望在两三个地方使用亚历山德拉在房事的亢奋中对他低声耳语的那些话语。他的书信就透露了这些话，比方说刚做完爱，她就请求他："在我这个放破烂儿的小房间里再待一会儿吧。"

可以理解，皮亚特科夫斯卡在她那封在波兰曲里拐弯的路上，需要十天才能到达波鸿的回信中提出了异议。虽说狭窄小床上那个夜晚给她留下了不可磨灭的印象，甚至就连她都希望"鸳梦重温而且尽快重温"，可是在一封逐字逐句记下来的信中，她希望再也别看到这一大堆粗话，竟然是这样一大堆会使她想到热情的粗话。"为了礼貌起见，再也别这样了，这倒不是因为我一直害怕检查。"

后曲，她同意这封信最后那三分之一的内容，该内容写得更实在一些，几乎就不用惊叹号。雷施克小心翼翼地，再饰之以一些疑虑和异议，也考虑到未来，给那个共同的想法预支了几笔数额相当可观的款项："在遭遇人们受到过的所有这些冤屈之后，也许现在，自从许多领域逐渐明朗，这么多在一年前看起来似乎还不可思议的东西成为既成事实以来，确实有可能不仅仅给活着的人呈现出一个更为美好的未来，而且也使死者得到了自己的权利。墓地宁静这个词往往用于消极方面，现在必须——不，亚历山德拉，我看见你在皱眉头——必须具有新的含义。这个驱逐的世纪将在回归故里的标志下寿终正寝。这样，只有这样，才能欢庆它的终结。再也不要犹豫不决！亲爱的，就像我答应你的那样，我在返回之后，就会同各界人士和各种人群,尤其是同教会人士建立联系,同时也会为一种卡片索引打下基础……"

皮亚特科夫斯卡也打算做类似的事情:"你得明白,在格但斯克和格丁尼亚,不,在全省有多于三分之一的居民来自维尔诺,在他们生命结束时,都希望在此长眠。并非所有的人,不过已经足够了。在离你那家赫维留饭店很近的圣巴尔特洛米雅教堂里,来自维尔诺和格罗德诺的朋友经常碰头。我会给住在奥利瓦的主教写信。我会问,不过会小心翼翼地问,同教会打交道老得小心翼翼的,因为在波兰,教会就是一切……"

雷施克在他接踵而来的几封信中已经有所收敛。尽管如此,亚历山大与亚历山德拉之间的关系——这种关系被他称为"我们无与伦比的爱情"——仍然占有很大的篇幅。他再也不把两个情侣的生殖器藏在不断更换的服装里,而是让他们那"超感觉的亲昵与交媾"时而作为激越的管风琴声,时而作为弹拨乐器的琴声发出余响。"我们后来的齐唱,这种令人欢欣鼓舞的荣誉,这个受到压抑的信念在我脑海中持续不断地鸣响着。就连你的笑声——我老把这种笑声看成是在嘲笑我——都总会找到新的回声室,尽管这使我痛苦地意识到你不在身边,而且这样一来,使我感触更多的不是有主心骨,而是痛苦,它变成了我的痛苦动机。"

如果说刚才应当赞扬雷施克的书法的话,那么现在就不得不承认,去辨认皮亚特科夫斯卡那些自始至终写得十分潦草的书信,就使我感到痛苦了。并非她的句子排列或者她很少使用冠词——她基本上把冠词当作"典型的德国式痛苦"加以摈弃——更确切地说是她写作过程中时而往后倒过来,时而往前冲的步法,给我带来诸多困难。这就好像她的单词以及单个的字母同这些词一道得了癫痫症似的。它们比肩继踵,相互勾连,相互推挤,相互碰撞,相互赐予,既没有行距,也没有词与词之间的距离——蹦蹦跳跳的字母都极度兴奋,而且都具有外表的魅力。

此外,那些从乱蹦乱跳中可以看出来的东西都写得十分理智,非常准确。比方说,当她想要把她那个亚历山大的长篇大论引导到某一方向时,她就写道:"也许我们都交了点好运,因为我们彼此在市场偶然相遇,而且马上就不得不为花和钱的事情发生争执。可是我已经知道了站在我身边这位可笑的先生特别……"

我承认:比起允许报告的程度来,亚历山德拉还要亲近我一些。可是我的估计不算数。按照我的估计,她喜欢的也许是另外一个家伙,而不是雷施克。

从第一封信到最后一封信,她都按照她的名字的波兰写法来写名字。总把"Aleksandra"(亚历山德拉)写在"Aleksander"(亚历山大)旁边。在书面上,她从不叫他"Aleks"或者"Alex"。没有一个绰号流传下来了。"踢踢踏踏走路"毕竟还是可以想象的。有时候,一旦他那不离本行的谈话需要证实时,就只有用"亲爱的小教授"这个称呼了。

在这一对情侣于基督降临节期间,以后在圣诞节和岁末所写的书信中,大致可以看出,他们的努力通往何方。她报告说,其主教住在奥利瓦的天主教不光表示有兴趣,而是在能预料到各种困难的情况下,说"我们的想法"是"令上帝满意的"。"这很重要,"她写道,"因为在波兰,教会无时不在,政府却是时而在,时而不在。"在她那些波兰-立陶宛出身的同胞那里,她虽然能看见很多人摇头表示惊讶,但也能听到赞许的话:"到时候在维尔诺很多人都愿意来此长眠。因为想法很好,有些人都哭了。"

雷施克写了同有组织的同乡会最初的几次接触。"这些人没有她那本家庭讲道书中的一些社评所说的那样反动。"一些社团在下萨克森州和石勒苏益格-荷尔斯泰因州各城市的地方组织作出了肯定的答复,别的地方组织还有怀疑。在一份公函中表现出"对回归故里,尽管只是死者回归故里的极大兴趣"。公墓公司的想法受到异乎寻常的欢迎。在同路德教会的显贵们对话之后——同天主教教士的对话尚未进行——初步成果可以形诸文字记载下来了。"一个在埃尔宾出生、想要积极参与此事的新教教会监理会成员对我说,这样一个公墓作为一种预兆,现在已经使他感到开心。你瞧,亲爱的亚历山德拉,我们的想法尽管受到死亡的约束,但也包含着乐观的因素,这种因素使不少人抱有希望,这就恰似世纪题材死亡舞蹈作为平等原则,对死亡表示的不只是令人毛骨悚然的敬意,不,表示的是愉快的敬意。请你想一想那件很可惜被战争毁掉的吕贝克死亡舞蹈祭台雕刻,想一想伯恩特·诺特克①大师放在塔林里的那件雕刻作品吧。各个阶层人士的这场永无休止的轮舞,从城市新贵到矿业公司股东,也不管是国王还是乞丐,他们全都蹦蹦跳跳,进入坟墓,迄今为止仍然如此。亲爱的,所有这一切都发生在以无法描述的结局收场的伟大变革的时代。我看见充满野蛮暴力的变革正间接和直接朝我们走来,有些变革也许是不无益处的。尽管如此,我还是没法毫无保留地分享现在的乐观情绪,这种乐观情绪骤然之间变成痛苦是命中注定的。虽然界墙时代结束使我感到心满意足,我却预感到某种糟糕的事情即将发生。不错,我犹豫不决,我感到冷一阵热一阵的,我高兴的是,在我们这儿不像在罗马尼亚那样,酿成流血事件,可是我并不排除特殊方式的粗暴行为,因为在德国总要……"

这里只是暗示,亚历山大与亚历山德拉之间的书信往来在多大程度上为当前发生的事件所困扰。在十二月份的一封信中——当时就有四封信之多——雷施克虽然详细讲述了"另外一些初步成果有益于促进我们的公墓想法",但紧接着就宣布,"出现了一种虽然是渴望得到的,但又是开始使我感到害怕的统一……"

皮亚特科夫斯卡坚定不移地反对他这种看法,就好像对于波兰未来的恐惧都随着兹罗提的贬值烟消云散了似的:"我不理解你的意思,亚历山大!作为波兰人,我只能衷心祝贺你的人民。谁不希望波兰民族分裂,谁就得希望德意志民族也获得统一。要不,你是想在格但斯克造两座分别在东方安息和在西方安息的公墓吧?"不过她到底还是马上就想到了,人们肯定会在两个对立的民族之间划定国

---

① 伯恩特·诺特克(约1430/1444—1509),德国画家。

界,"要不然,统一就会变得危险,就像对于全世界来说,过去往往都充满了危险那样。"

有人也许会认为,这种注明日期的现实的冲击——这种多管闲事的干预政治,这种甚至是追赶梦幻的、"骑马传教士的马蹄声",这些标语牌上的刻印文字会有损于这一对情侣之间刚激发起来的爱情吧。难道说"我们是一个民族!"这一强有力的呼声就没有盖过情侣的低声耳语,盖过他们的低声中哼"我们融为一体了"?

莱比锡星期一的情景①传遍世界各地。当人们在勃兰登堡门上和门下庆祝除夕时,直至印度人和巴西人的贫民区,人们都可以共同欢庆,遍及全球的民族大家庭也在一旁注视,惊叹不已。甚至在格但斯克和波鸿,亚历山大和亚历山德拉都看见电视带进他们房间里来的东西。谁会在这时走神,在这儿观察一张展示牛肝菌的照片,谁又会在那儿手拿一块核桃般大小的琥珀对着灯光呢?

他们的爱情没有受到损失。在圣诞节和新年的信中,就是这个平时坚信实事求是精神的皮亚特科夫斯卡,是她回忆起在她身上、身下和身旁那个瘦削的身躯。当她保证,她多么喜欢摸,多么喜欢数她"亲爱的亚历山大"的肋骨时,对她来说,一切都近在咫尺之间。"你有男孩一样的身躯!"她喊道。她把他那稀疏的胸毛当作得到的好处。在一封信中有一段,皮亚特科夫斯卡使用了一种想必是她作为输出的女镀金技师在特里尔或者科隆听来的表达方式:"你同我做爱真舒服,我还想经常……"

雷施克则相反,他放弃了任何一种肉体上的暗示,却用崇高的概念,以十分珍贵的方式来表达他们的爱情,就好像他要把它放到一个基座上去似的。他甚至把政治性的重大事件驾在它那极易破碎的旧车前面。新年伊始,他就写道:"在那儿,在除夕夜发生的事情;在那个古典主义的、长期用界墙堵住、现在终于打开的建筑物上面和下面

---

① 指1989年10月初在莱比锡发生的群众性抗议集会,该集会导致德意志民主共和国的巨变。

发生的事情；当时钟敲响十二点,当一个血腥的、直到最后一刻武器都在铿锵作响的十年过去时,突然发生的事情；紧接着,我怀着恐惧与希望看到其开始的这个新的十年,以不可阻挡之势刚刚开始,而作为其吼声刚开始发生的事情——因为在柏林和别的地方,人民太得意忘形了——所有这一切把一份发行量很大、每天每日都在同我们的人民讲话的报纸引向一个空前绝后的大字标题词语——'疯狂！'是的,亚历山德拉,就用这个词宣告新的十年开始了。最近,人们相互问候时就这样说：'这是不是疯狂？''是的,这就是疯狂！'不管发生什么事情,疯狂都要插上一手。要是发生不可思议的事情,这种惊呼马上就会说明一切。对于每个打开的锅来说,疯狂都是合适的盖子。亲爱的,疯狂,当然是那种激励爱情的、可爱的疯狂甚至有可能使我们相聚在花摊前,把我们带到公墓,用气味引诱我们去吃牛肝菌菜,把我们再一次聚集在一起,让我们在狭窄的床上融为一体。然而对这种疯,对这种狂,对我们的疯-狂,我表示同意,同意,一而再,再而三地表示同意……"

从此之后,大约从一月中旬开始,很多事情都变得漫无头绪。我再也没有见到这一对情侣,要不,就只看到他们的剪影。虽然在手边这堆杂乱的资料当中,一封信也不缺,可是一个局外人却会如此开心地去阅读这堆在这儿情话喁喁,在那儿对一种固执的想法坚信不疑的来往书信。具体情况写得很少很少。我不得不紧紧抓住附带的评语不放,要不就只好漏掉一句话,好让他们的事情继续进行下去。

关于这个缺陷,我想说明一下：雷施克和皮亚特科夫斯卡通过电话完成了他们通信往来当中美好的一部分。这方面的情况几乎一点儿也没有提供。这些书信和他的日记充其量提供了一些对于东西方之间通话时遇到重重困难的暗示。这些肯定不是中立的,更确切地说是区分善与恶的方位就像透明水印花纹一样,压印在他们的信笺上面。当她抱怨东方的贫困、物价上涨、简陋的厨房时——在波兰,现在针对一个以社会福利部长雅泽克·库龙的名字命名的"库龙依奥夫卡"的草案,为缺吃少穿者备有满满一勺汤——他却悲叹西方产品过剩和西德货币,在他那里,按照亚历山德拉的语言惯用法,只叫做"德国马克"的西德货币残酷无情的坚挺。当她把自己在党内待得太久的党籍斥之为耻辱,很快就认为共产主义要为即将到来的灾祸负责时——据说共产主义借助反教义甚至造成了天主教的坚持教义——在他看来,资本主义就是承受一切负担,也是承受自身负担的驮驴。在他出于纳税方面的原因——"这种事在我们这儿能扣税"——买了一台电脑之后,他看到自己不得不服从资本主义的增长原则。"在这种情况下大学便拥有了大量贮存各种数据的设备……"

这件事在写信时就像是顺便提到一样,可是这台按照他自己的说法,他"只能胡乱凑合"使用的电脑也许在实现他们的想法时能派上用场。这是一种所谓的个人电脑,很可能是"苹果"牌。又一次缺少详细说明,他省掉了技术上的琐碎小事,而我也不能因为没有电脑坚持蛮干,便可以从帽子里变出这种琐碎小事来。

不管怎样,正如他马上就对自己这种不可名状的设备所作的说明那样,"有益的购置"抛出了种种推算。这些推算以统计数字为基础,包括有组织的同乡会越来越多的地方组织提供的各种报告。他第一次不带任何讽刺意味地谈到"乐意安葬者"。人们现在就可以把这不到三万名的乐意安葬者作为出发点。这些人准备预先支付超过本人福利金和后来由疾病和死亡保险机关支付的津贴数额,直至一千马克。这样一来,估计可以筹集到一笔整整有二千八百万马克的原始资金,保证可以获准建立 座公墓。当然,这笔款项的三分之一必须留给维尔纳那座公墓,存入一个限制使用的存款账户,因为人们肯定在等待:"立陶宛希望看到通过支付外汇满足乐意安葬的波兰人回归故里的愿望。事情就是如此,亲爱的亚历山德拉。只有借助德国马克,我们才能使我们的想法获得美好的形象……"

直至一九三九年还是自由的,后来被交给德意志帝国的但泽市及郊区昔日的居民,大多数都在石勒苏益格-荷尔斯泰因,在汉堡,在不来梅和下萨克森即使不是安家落户,那也是找到了一个还过得去的住处。雷施克把西德和南德移民区的数字一输入电脑,马上就可以预测到有整整五万乐意安葬者要补上去。我昔日的中学同学并不排除这种情况:在统一完成之后,人数还可望继续增长,"尽管到那时能够指望的是一笔至多只有五百马克的基本款项。最后即使东德经济情况的好转会比我们那儿快,但是这儿也像波兰一样,不能不在类似的旧有重负下呻吟。你们现在到底缺少一个对什么事都可以作出回应的老大哥"。

看来,玩电脑一定使雷施克感到开心。诸如网络、显示器或者数码版之类的词溜进了他的信里。他给亚历山德拉说明,ROM 就是只读存储器,是配上各种指令的内存的说明书。既然他们的想法产生了使人震惊的效果,一大批游戏材料就会像潮水般涌进他的家里。他通过键盘把这些游戏材料输进去,使它们聚集在硬盘上。虽然不能说家用电脑在他心目中会取代远方的情人,但他却是充满深情地谈到他这件新购进的物品:"……就像我对面那个发出嗡嗡声、博学的结巴声,然而又是如此谨慎的家伙不久前对我低声耳语过的那样,我们可以用一笔启动资金组建公墓公司,这笔启动资金可望远远超过我最初预测有希望得到的数目……"

看来我并不相信他会做这种事,不相信他会同软件系统有这种松散的交往关系。开始时雷施克还认为,必须用科学需要来说明他个人电脑存在的理由。他举出一些从评论文学的书籍中摘出来的引文,举出一堆乱糟糟的巴洛克象征的旋涡饰,说需要把它们储存起来,可是后来储存的只是波兰-德国-立陶宛公墓公司及其正在拟定的条款,正是这些条款使这位教授在"资本主义怪物"面前停步不前。

他通过大学图书馆,查阅了好几年的《我们但泽》月刊。在此之后,他给他那台家用电脑——我看见他穿着便鞋坐在"苹果"牌电脑前——输入他从这本家乡刊物最后几面上看到的各种信息。他在那儿找到讣告,找到对寿诞、对银婚、金婚、钻石婚和对"光荣退休"的贺词。附有注释的老同学聚会的照片向他表明，有多少剩下的、现在已经是高龄的中学同学依然爱好旅游。另外还有各种不同的国民小学和初级中学、女子中学和文科中学的老同学照片。在这些照片上特别列了一个名单，在前面是蹲着的，然后是坐着的，后面是站着的，在他们后面是站在高处的男同学和女同学。他们的侧分发和辫子、螺旋桨式蝴蝶结和翻到外衣上的衬衣领，他们长及膝部的长袜和带横条花纹的短袜，他们的露齿冷笑、羞羞答答的微笑和板着面孔、一本正经的表情——两侧是学校校长和班主任——是雷施克事先整理得井井有条的宝库，因为这一些和另外一些信息透露了一些有关昔日的逃亡者长寿的情况。我的中学同学在这些类型之间摇摆不定，他说"移民者"，指的却是"被驱逐者"，要不就东拼西凑，把我们那些年事越来越高的同乡当作"被迁移的逃亡者"，放在他的栏目当中。

为了证明估计寿命超过一般高寿的年龄，他寄给皮亚特科夫斯卡这样一些生日广告和周年纪念日广告，尤其是讣告的复印件。按照这些复印件，譬如说，一位名叫奥古斯廷·哈贝尔诺尔的先生不仅庆祝他九十五华诞，而且还庆祝他从事管风琴师职业七十五周年；或者说，弗丽达·克尼佩尔太太八十六岁了，十分健康；要不就是，奥托·马施克先生九十一岁高龄，"在长期患病之后已经安然长眠"。

亚历山德拉读道："昔日移民者的高龄仿佛在试图提醒我们，向我们暗示，人们正在焦急地等待成立公墓公司，是啊，在渴望它的出现。情况难道不是这样吗？更有意思的是：我想，可能对于受到时间限制、确信只能在异国他乡长眠的恐惧，同将来要在故乡的墓地长眠的希望交织在一起，延长了我那些同乡的晚年吧。百岁寿星的数字在增长。等候的长椅越来越长。就好像是那些老人和垂垂老者在大声对我们说：赶快！别让我们老等！我那平时名声不好的家乡报纸的编辑部一直认为，人们会把历史倒回去。在这张报纸上介绍所有在周年纪念日时接受庆贺的人连同他们过去的地址，譬如说'过去：但泽，沸水路3号b'以及他们现在的住址，'现在：2300基尔，洛恩森大街57号'，这样做多好啊。就这样，我成功地储存了一千多个地址。每天每日,我那个实在是易于保养的家畜都得到了新的饲料。有组织的同乡会的多数地方组织都饶有兴趣地回复了我的连环信。他们给我提供基本数据。非常感谢,几乎所有的地方组织都四处散发我的调查表格。百分之七十二的反馈信息表明,乐意按照我们公墓公司的意图安葬。其中有百分之五十一的人希望尽快支付基本款项,只有百分之三十五的人更愿意接受我们提供的分期付款,而余数的问题看来还不好决定。我曾经多次审查这些数字,但一再使我感到惊异的却是:我认为冷漠无情,因而长期怀疑的电脑技术居然能够完成这些工作。不久我们就会在狗巷设置一个这样的魔箱。我相信,我的亚历山德拉会比我还要顺利地学会操纵这个魔箱。"

她对这个新家具的搬入作出了反应:"我已经明白为什么德国先生老是说,波兰人必须学会点什么,这样才会一切顺利的道理了……"

这差不多是在二月底的事情。当时,东德这个国家大有以西方为其终极目标之势,而雷施克也在他的个人电脑中推算每天每日的移居人数。紧接着,他便得到吐出来的一个结果,这个结果在不久之后会让人担心这两个准许合并的国家的人口减少。我读道:"当天发生的重大事件使我越来越苦恼,因为我们的想法会在德国人好斗的重压下蒙受损失……"

随即便收到了回信,这封回信会给他带来安慰。皮亚特科大斯卡在回信中把他们国家总理那副忧心忡忡的面孔同西德总理的标准化表情作了一番比较:"你有什么好抱怨的,亚历山大!如果说可怜的波兰有一个高贵的愁容骑士的话,那么你们就有一个肥胖的桑丘·潘沙①,我不得不老在一旁冷笑……"现在我或许有兴致发发脾气了。你的信和我有什么关系!是什么东西强迫我参加他的电脑游戏?他们的故事当中还有什么东西可以吸引我?难道他们的爱情不

---

① 桑丘·潘沙是西班牙著名作家塞万提斯的小说《堂吉诃德》中的人物,是小说主人公愁容骑士堂吉诃德的仆人。

是现在就已经平淡无奇,他们同死人打交道的工作不是一件花费工夫的事情? 我还得吞下多少蛤蟆呢?

二月份的书信以其工工整整和潦潦草草的方式表明我的不满是对的。皮亚特科夫斯卡告诉我,她在不来梅上大学的儿子把他母亲和她的情人所有那些涉及公墓公司的计划,统统斥之为"小资产阶级理想化行为的典型产物"。"因为他老要使我生气,维托尔德说,我们的想法是一种错觉,因为我在党内待的时间太长,他现在成了托洛茨基分子,他不想有一个像我一直希望的那种小个子女朋友。"

紧接着,雷施克便抱怨起在他三个女儿当中,便有两个女儿的"自私自利的不可理喻"来。这两个女儿,一个指责他搞"时代错误的故乡崇拜",另一个指责他搞"恋尸癖的复仇主义"。"最小的女儿置身事外,在她眼里我们的想法看来是一钱不值。"

另外,他还抱怨大学范围内官僚主义的琐碎小事,尼加拉瓜桑地诺主义者①选举失败,这种天气和他的同事们的新纳粹主义论调。她则相反,毫无怨言地报告她的工作,目前在玛利亚教堂里的工作:"在大型天文钟所在之处,正像你所知道的,这座钟是有位名叫汉斯·迪林格尔的人制造的。正像传说所讲的,可他又把一切都捣毁了,因为城市贵族的顾问把他的双眼刺瞎了,使他没法在别处制造奇妙的大钟。而我现在又得把他的眼治好……"

这位女镀金技师的工作就是:保护原始状态的遗迹,比方说保护宗教节日数字上的遗迹。在她写这封信时,已经在做十二月份的工作了。十二月份要镀金的有:圣巴巴拉、圣尼古劳斯、圣灵降孕和圣卢西业。摆在她面前的是金黄色的数字,从 到十九,不断转圈的月轮,在这之后是钟外环上十二个金灿灿的小时数字以及在内圈依次排列的黄道十二宫的少量镀金痕迹。"在第一批要镀金的物品中还特别剩下一头狮子。瞧,要是轮到狮子的话,一定会使我高兴的,因为我过生日,如果狮子是统治者……"

---

① 桑地诺主义者为尼加拉瓜游击组织桑地诺民族解放阵线的成员。

这是我们的一对有职业的情侣。他们一定又会使我感到好奇。幸好他们俩不只是盯着自己的想法不放。当皮亚特科夫斯卡为那个停止下来的时刻镀金时,雷施克作为教授却为他的学生想出了一些练习。"我受到,"他写道,"你亲手制作的一件可爱的礼品的推动,不再生大学和它不断搞阴谋诡计的气,我组织了一次关于日用品以买与卖为目的的课堂讨论。所有在艺术品中变得形象生动的东西都在考虑之列。这里有篮子、背篓、袋子、包、网兜、提包,有如今在青年人当中又重新时髦起来的旅行背包,可惜还有质量很差的塑料袋。当然,荷兰的细密铜版画家①也提供了不少东西。从晚期哥特式木版画上可以找到显而易见是用旧了的钱袋,这些作品的制作往往十分华丽。而直至博伊斯②的现代艺术郑重其事展出的居然就是这些东西。没有一只毡拖鞋不受到这种艺术的侵害。另外,我们共同的朋友柯多威基——你还记得那小小的论争吧——在他的版画和素描中留下了不少这类有利的东西,譬如在一页页的纸上,在他从柏林去但泽的旅途中,然后就在那里,以一个挎着手提篮的女仆为模特儿就画出了那幅令人陶醉的素描。这些原始素描使我的大学生们大为振奋。当我——但愿能得到你的允许——把你的礼物搬到讨论课的课堂上时,大学生们都激动不已。尽管如此,在我看来这里涉及的就是形象逼真,就是在艺术与日常生活之间架设桥梁。所以,两位女大学生,紧接着一位男大学生开始钩织一个锯齿形花纹的购物网袋一事,也就不足为奇了。他们把你的网袋,你那个现在可以成为我的网袋的东西作为样品⋯⋯"

很有可能,女镀金技师每天每日同天文钟打交道,使平时注重实际的皮亚特科夫斯卡陷入苦思冥想之中,因为她在三月份的第一封信中写道:"我们得赶快干。要不然时间就溜走了。这不仅仅因为德国人马上就会统一意见,再也不愿意想到公墓的事情,另外还因为

---

① 指十六世纪在德国画家丢勒影响下以创作小尺寸铜版画为主的画家。
② 博伊斯(1921—1986),德国雕塑家。

这样一来,什么东西都会短缺,你要明白这种情况!就像过去肉类匮乏或者糖类匮乏一样,现在是时间匮乏。现在商店里面货物倒是不少,只是太贵了,因为钱少了。要是我们不马上就赶紧干的话,时间就会跑掉……"

这种情况与雷施克所担心的那些事情如出一辙。当然,流逝的时间倒不怎么使他担心,而让他担心得多的却是天气:"一月二十五号就已经刮起了第一场风暴,从英国经过比利时和法国刮过来,造成了巨大的损失。有人死亡。可是在这场飓风之后,接踵而来的却是另外五场飓风。这些飓风在本来就遭到病虫害的森林里留下了一片狼藉。惊恐的气氛在蔓延。在杜塞尔多夫和别的地方,甚至不得不取消大斋期前的星期一举行的嘉年华会游行。这种事情过去还从未发生过。另外,在几场风暴之间,天气暖和,对于二月份来说,真是太暖和了。人们好久没有经历过真正的冬天了。从二月中旬开始,在屋前小花园和公园里,藏红花和别的花已经开放。请相信我,亚历山德拉,正在开始的这种气候变化不只是使我担心,就连我们大学在这一领域从事研究工作的同事也以科学的审慎态度,把这种所谓的温室效应视为引起飓风肆虐的罪魁祸首。我在同一包邮件里给你寄来了几篇有关这个题目的文章,因为我不知道你们的报纸是否报道气候变化以及报道到何等程度。在这儿人们肯定是担心发生糟糕的事情,可是我也预感到,你们有别的担心……"

雷施克和大学。也许我该试一试,更为全面地描述我昔日的这位中学同学,比从他信中可以看出的情况还要全面。这份转给我的材料提供了一些情况,我倒是该打听打听别的事情。我们共同度过的学生时代总算使我慢慢明白过来:我们——两个希特勒青年团团员虽然是同桌,可是在朝会列队入场时,或者说在五月份举行的国民大会会场上,也就是在后来紧靠体育馆,叫做小教场的会场上,列队经过观礼台时,却并不在一个中队……

他在海德堡上大学,在汉堡获得博士学位,他父亲在逃亡之后,很快就在那里作为邮局职员安顿下来。后来，在四十岁时，亚历山大·雷施克才获得教授职位。这件事发生在波鸿，在鲁尔大学。六十年代末政治风云的变幻很可能在这件事情上帮了忙。当时，一些没有收到学校聘书的助手、讲师或者教授策划了他的平步青云。尽管会引起大学的改革，尽管会唤起大学生共同决定的意识，尤其是促进对于美术史的理解，但不管怎样，从他那些受到时代限制的命题中，仍然流露出一些激进的情绪。他要求研究劳工界，而且要在艺术构思和平凡构思的雕塑产品中反映出来。光是他关于墓穴板的博士论文就可以当成后来那些命题的提纲来阅读了。在该论文中，葬礼习俗及其社会等级有了立足之地——在穷人公墓与王侯陵墓之间存在着落差。

尽管如此，雷施克还只不过是一个温和的激进派而已。他作为当时静坐罢课的教师的一员和单独的个人，对那些显得过于革命的企图一概加以拒绝。反复考虑在短期内甚至使他接近一个从共产党内分裂出来的派别。在经过几番反复考虑之后，他采取了一种左派自由主义的立场，在二十年中，这种立场的棱角不得不逐渐磨掉，但它仍然清晰可辨。同他一样，很多人把自己的种种矛盾都统一起来了，而这种统一的看法就是：生命在继续。

在八十年代，因为每年都有新的大学生，他的立场也得到了充实，使他能够在左派和自由主义基本陈设的残余中掺入生态学的信念。各种见解的这种宽泛刻度往往使他本人陷入争论的旋涡。他抱怨狭隘和污浊的空气，因为同别的教授一样，在国外的客座讲师的位置以及在伦敦和乌普萨拉较长时间的研修居留也使他接触到那么多的世事常情，这使他待在家里，就只有待在乡下的感觉。

他受到大学生们的喜爱，可是当这位六十八岁的老前辈报之以微笑时，当鳏夫与寡妇之间的通信往来开始时，雷施克却从一些大学生那里体验到"分崩离析和毫无前途"的滋味。大学——正如他给皮亚特科夫斯卡所写的那样——"再加上它的教学工作"使他讨厌。因此，这个在被关闭的公墓产生的想法立即就使他豁然开朗，也就不足为奇了。这是一个目标,而且还是一个人道的目标。目前虽然局限在一个地区,但它仍然有希望获得全世界的意义。然后雷施克谈到"显现"。他不仅仅喜欢把事物,而是喜欢把感情、白日梦、纯粹的偶然事件,甚至把幻景提到有一定基础的概念的高度。

有一位曾参加题为"篮子、购物网袋、塑料袋"的课堂讨论的女大学生对我说:"这个人总戴着巴斯克帽,显出一副相当忧愁的样子。但他并非没有同情心,只不过是当他,瞧,就像玩拼图游戏一样,将上千个细节推来推去时,显得相当古板罢了。其实我们是喜欢他的。我还要说什么呢?有时候,他就像不受欢迎的人一样闲立一旁,经常都相当消极地来回挥舞双臂,咳,抱怨未来、天气和交通混乱,抱怨重新统一以及诸如此类的事情。他说得倒是多少有些道理,是不是?"

他不知道:给亚历山大·雷施克教授博士起了个外号——出自大学生们之口——铃蟾。

因此,据说他就是这种情况:情绪分裂,无法作出直线性的动作。这是一个一方面为这些小事,另一方面又为那些小事分散精力的雷施克。每一个题目都迫使他坐立不安。因此,在统一这些问题上,就像他可以构建许多相互间的否定一样,也可以构建许多肯定。一方面,在他看来,通过联合来解决德国问题"从纯粹直觉的角度看,是值得追求的";另一方面,他又害怕民族感情的洋溢,甚至——正如他在一封读者来信中所写的那样——"心事重重,像害怕噩梦一样,害怕中欧这个庞然大物"。

第二次世界大战结束之后,几百万德国人不得不离开他们的故乡,离开西里西亚的波莫瑞,离开东普鲁士、苏台德地区——就像他的父母和我的父母那样——离开但泽市。这样的事实同样分散了他的判断力,却并没有把他撕成碎片。因为雷施克虽然遭到在他心中有两个灵魂这一诊断的折磨,但他在用手术摘除这一个或者那一个灵魂之后,也许会感到自己失去了灵魂。因此,他在一封信中承认,自己是"哈姆雷特式的德国人";因此,看来好像是允许他既说这件事,同时又说那件事;因此,他轮流讲到"被驱逐者"和"移居者"。而这时,皮亚特科夫斯卡却把波兰人和德国人,统统称作"可怜的逃亡者",而不管他们是被迫离开维尔诺呢,还是被迫离开但泽。

我在作为日记记下的流水账本和他那并未付印的备忘录《驱逐的世纪》中,对这些矛盾惊慌失措。在此之后,必须提出的问题是:这个情绪分裂的雷施克怎么会寄希望于这样一个每天每日提醒他,要达到目的、坚定不移,对,要毫无顾虑的想法?是什么东西使他,使这个优柔寡断的人,使"这只铃蟾"变成了行动者?

现在我的调查研究表明,他曾经——而且是作为教授——有过一个想法,而且坚定不移地顶着来自其他系的同事们的阻力,实施这一想法,甚至是相当肆无忌惮地实施这一想法。再说,这也涉及为美术史家开设的、结合实际的大学课程。雷施克根据各种统计表证明,有多少大学生在对未来的职业生活还没有做好准备的情况下就会离开大学。他的论证表明,还缺乏同实践的联系。既然博物馆里的工作位置紧张,艺术书籍出版社在通常情况下都省掉了审校部,在任命市级行政机关文化部门负责人时起决定因素的是政治,因此未来的美术史家必须走新的职业道路。

因此,他的大学课程计划开设成人教育、大众旅游、业余活动安排和老人照料专业。邀请一些专家,比方说旅游企业的领导,一个有几百万人经常光顾的休闲公园的女经理、一个所谓的夏季学院的电视节目负责人来作报告。在饭店连锁店,在有俱乐部的高尔夫球场以及在养老院里打听是否有文化方面的需求。

他取得了成效。他那些结合实际的大学课程被奉为典范。雷施克的想法在大学预算中受到大笔资助,找到自己的位置之后,那位在北莱茵-威斯特法伦联邦州负责经济工作的女部长就谈到"这个为社会服务的、有责任心的行动"。在报刊上既有不少赞誉,相应地,也有不少指责,说所有这一切是在对大学的学习搞平均主义,大学不能堕落成为工作岗位介绍所,以及诸如此类的话。

尽管如此,雷施克仍然获得了成功。在别的大学,都效法他"为美术史家开设的、结合实际的大学课程"。我现在回首往事时,开始轮廓分明地看到那个昔日的中学同学——这不就是他这个在战争年代组织过必不可少的马铃薯瓢虫行动,用行之有效的捉虫办法取得成效的人吗?——雷施克,这个情绪分裂的亚历山大·雷施克能够有目的地行动,能够创造事实,促使一种纯粹的想法加快速度。

因此,读到三月初写的一封信我并不感到意外。信中说,他同他那些为昔日被驱逐者"极其明显的和潜在的乐于安葬"预测到的例证得到支持,这意味着,遵守在波恩、杜塞尔多夫和汉诺威的日期。他们表示有兴趣。他们已经在这个想法中看到出现缓和德国-波兰紧张气氛的可能性。他们把他的计划看成是建设性的,值得支持的。据说,作为附加措施,这样一个长期打算甚至对于德国的统一都会大有裨益。在一个同波兰签订的、现在刻不容缓的边界条约中,与此有关的一段是不可缺少的。现在重要的问题在于,要从业已声明的放弃中获益。

官方的函件证明,雷施克已经促使当局答应扣除所有"乐于安葬者"的纳税基数。他随信附上了相关材料。"你看见,亲爱的亚历山德拉,我们的事情正在进行。甚至就连我同吕贝克的但泽中心机构的信件往来现在也可以开诚布公。在那里和别的地方,再也没有保留观望。另外,同两家著名殡仪馆的管理人的对话让我获悉,这些大企业正准备购买新的器材。因此,这一家殡仪馆现在已经同民主德国的一家企业进行了谈判。民主德国这家企业按照当地的说法,自称地下家具国营企业,生产廉价棺材。不久之前,就连这家企业也将不得不同销售困难搏斗一番。要是已经有了我们的公墓公司,那就会引诱我去入股从事地下家具的生产。看来我从未想到,把我们的想法付诸实现,就是说计算运送遗骸的费用、起草未来的公墓章程、翻阅棺材目录和准备同所谓的一贯被驱逐者的谈话会使我非常开心,不,很可能更多的是给我带来内心的欢乐。顺便说一句,两家殡仪馆都对同一家波兰殡仪馆按照联合冒险的原则进行合作感兴趣。同样地——如果有朝一日事情会发展到如此地步的话——也会对从格但斯克往维尔诺运送遗骸感兴趣……"

皮亚特科夫斯卡从维尔诺得到了坏消息。虽然人们原则上对用外汇支付的交易表现出兴趣,但仍然认为这整个计划是无法实现的。亚历山德拉写道:"在维尔诺事情并不顺利,因为立陶宛人本来就想有一个自己的国家。甚至可以说,如果他们想要脱离苏联的话,我也可以理解。然而可悲的是,我们一直都还在依赖俄国人。你报告说,一开始就成效卓著,而我却不得不一直等到政策首肯。好啦,我们就首先建立德国-波兰公墓公司吧。在这儿有很多人都想同你交谈。省政府和教会就有这样一些人。可是就连国家银行的副行长也不想再等下去了。你一定要来,我的亚历山大。就连我也非常希望你赶快到这儿来……"

可是在他动身再一次去格但斯克之前,他们俩却在汉堡富尔斯比特尔机场见了面。他们坐着受到堵车影响的出租车去火车总站,到站后他们便乘下一班火车去吕贝克。雷施克在那里,在皇室宫廷饭店订了两个连在一起,可以看见近处的磨坊门以及城市的双圆塔①的房间。这一点我从饭店的账单上可以看出来。这张账单同机票、火车票和好几张出租车收据都是复印件,是我桌子上那些资料的一部分。他什么东西都让人开发票,甚至连他们在汉堡机场站着吃的快餐都开了发票。

这一对情侣通过电话商定他们再次见面的事情。除了三月十五日这个日期之外,我知道的情况并不多。种种猜测都是从后来写的信当中得出来的。可以肯定,就在他们到达并且在饭店过夜的当天——他们的房间挨在一起——便在城里闲逛,参观了大教堂和大教堂里的天文钟之后,在"船舶公司"②餐馆用午餐,下午在恩格斯

---

① 双圆塔为吕贝克的象征。
② 船舶公司大厦建于 1535 年,现为餐厅,里面的家具和陈设仍保留当年风貌。

墓,在"汉萨同盟城市但泽之家"和有组织的同乡会会址已有约会,而且是"同当地举足轻重的先生们和太太们"约会。

也许在午餐和约会之间还有时间在圣玛利亚教堂①里参观一下。在那里,雷施克也许还会给皮亚特科夫斯卡讲述名画伪造者马尔斯卡特②的故事,会给她解释那些在高高的圣坛上大得不相称的、颇具讽刺意味的空洞画面。我听见他说个不停。他那过时的、总是带点受委屈的语言风格,他的偏离正题……得到书面确认的只有她后来对马尔斯卡特事件的意见:"如果所有的画都确实很美的话,为什么他们要把这些画都丢掉呢?我们在房屋正面画了很多以前从来就没有过的东西。难道艺术不就总是有一些伪造吗?不过我明白,德国艺术必须是百分之一百的货真价实。"

在"船舶公司"大厦里,客人都坐在长长的椅子上,在完全按原样装配的船舶模型下面,坐在长长的桌旁。在这样一个餐馆里的午餐,除了签字证明收讫的账单外,还有一张菜单可以做证。雷施克在这张菜单上用很小的字,工工整整、密密麻麻地记载着:"亚历山德拉想吃点具有异国风味的北德菜——把鱼、肉、土豆和黄瓜煮成一锅的杂烩,一道海员吃的菜。她尝了尝我的腌小鲱鱼,这种菜更合她的胃口,还有果汁麦糊作为饭后甜食……"

我相信,我们的这对情侣在饭桌上的谈话中差不多就不许谈政治,尽管那时候有不少参观者从什未林和维斯马越过附近的、现在已经开放的边境走过来,与其说是来买东西,倒不如说是来看一看——除此之外,还有什么打算呢?

本来,我希望他们俩坐在长桌旁交谈时会少谈一些私人的事情,尤其是在当时报纸上已经有了一些关于排外情绪——仇恨,特别是对波兰经常出入边境之人的仇恨——的报道的情况下,更是如此。

---

① 吕贝克的圣玛利亚教堂建于十三至十四世纪,是波罗的海沿岸一带砖式教堂中的代表作。
② 马尔斯卡特(1913—1988),德国画家,战后最大美术丑闻主角。1952年他投案自首,承认自己伪造了吕贝克圣玛利亚教堂哥特式壁画以及大量其他名画。

可是事与愿违,他们再一次回味这皇室宫廷之夜,回味一个房间一个房间的拜访,回味他们那积蓄的热情的再现。看来,很可能只是在吃了果汁麦糊之后,亚历山大和亚历山德拉才谈到波兰的日常生活——他谈到这个气数已尽的国家即将进行的人民议院的选举,她谈到波兰的物价上涨——继后又谈到在"汉萨同盟城市但泽之家"的约会。

如果说后来的信件几乎就不打算透露他们共同度过的第二个夜晚的细节的话——对饭店的赞不绝口到底道出了某种情况,她在回忆中也认为这一切"都很干净,味儿也好闻"——那么,下午的约会则受到两人的好评。一个玻璃展柜展出旧版画、城市景物画和发黄的文献供大家试看。在详细描述了这个玻璃展柜之后,他写道:"我们往前迈出了并非毫无意义的一步。"而她也写道:"我想不到,你们的干部会如此客气,说起话来没有丝毫报复的情绪……"

这说明不了什么问题,不过能说明问题的肯定是:雷施克不仅仅能够讲述他的电脑在表格和预测中那种业已证实的勤奋,而且还能讲述殡仪馆和死亡保险机构的承诺,以及政府各部高级官员赞许的函件、国家财产和未来公墓的一张平面图。皮亚特科夫斯卡提交了省政府的公函、波兰国家银行格但斯克分行的公函、波兰人民共和国议会两个议员和主管教区管理处的公函。再加上他作报告的才能——他意味深长地向昔日的联合公墓迁去一排又一排的坟墓,所有这一切都按照德国的公墓章程办理。

我事后得知,难民联合会方面——官方的叫法是"但泽已注册登记的协会联盟"——答应给予私下援助。据说,有人想要让人看一下卡片索引。可以考虑人员参与,而且联盟也不会提出一连串要求。不允许任何人以德国-波兰公墓公司这一共同的人道事业为由,提出任何要求。有一位约翰娜·德特拉夫太太说:"涉及的只是这一小块安排好的故乡土地。"大家一致认为:所有这一切将有助于和平和各国人民的了解。

他甚至把这当儿端上来的咖啡也记录下来，列上了巴尔森饼干和几杯茴香烧酒，还提到德特拉夫太太。这位太太是一位六十五岁、身体硬朗的妇女，颈脖上挂着一根用磨得又光又圆的小珠子串联而成的琥珀项链。最后是皮亚特科夫斯卡赠给联盟的礼物——但泽酿酒行业同业公会的一只用银子冷碾而成、部分镀金的杯子的复制品，上面有献词，注明的日期是1653年。联盟的回礼是：1907年在维尔哈根和克拉辛出版的艺术家专题论著《丹尼尔·柯多威基的铜版画》的一个显然是由雷施克以十分巧妙的方式推荐的样本。

他们傍晚出发。一张账单证明，他们在汉堡普雷姆饭店，这一次是在一个双人间里度过了三月十六到十七日这个夜晚。同样，他们参观奥尔斯多夫公墓——一个宽敞的、类似公园的绿化场地也是确定无疑的，因为后来皮亚特科夫斯卡兴奋不已地写道："我总算看到了这个公墓！在格但斯克的德国人公墓就得像奥尔斯多夫这样漂亮。当然不会有这么大，不过要好好保护，让人家有兴致去散步，乐于去寻找最后的立锥之地……"

在此之后，这对情侣有好几天之久待在波鸿。关于参观其他公墓的情况，没有任何文字记载。对人民议院选举结果的记录只有寥寥数笔。雷施克称这个结果是"结盟政党的一次付出极大代价才获得的胜利"。没有任何关于鲁尔区的记载，不过这位寡妇看来一定是喜欢这位鳏夫的住宅的了。她可是一回家就写道："这确实是一件意想不到的好事，我的亚历山大有这么整洁的一个家，不仅仅书籍，所有的东西，毛巾、床上用品都这么整洁。我简直就不相信，他竟是单身汉……"

这第一次游览波鸿有一些两人单独的以及同其他人合影的照片。雷施克把她带回大学，在那里介绍她与同事们认识，使她熟悉他那些结合实际的大学课程。"亚历山德拉当场作的关于镀金这种手艺的报告和她关于重建受到战争破坏的老城的必要性的论点受到我

75

的大学生们的欢迎。毫不奇怪:她用她的全部魅力战胜了以各种复制为基础的伪造……"

他们经常都在跑来跑去,不仅仅为了消遣。在杜塞尔多夫,当着一位来自波恩的部一级官员的面,由公证人公证了一份合同草案。这份草案允许在德意志银行建立一个限制使用存款的账户。虽然没有通过行政机构来进行,但是各项程序仍然郑重其事。既然波恩的全德问题部已经承认值得促进这个还在组建中的公墓公司,那就可以找到作为开业资助的资金,为这笔资金还开了一个专门账户。在雷施克的第一个银行现金报告中注明的数字是两万马克。提到一张广泛散发的入股表格,这张表格允许人们尽数或分期付清基本数额。如果直至年底成立公墓公司一事未能实现,答应归还借款。

在一张展示两个人的照片上,他们站在一家房门前。在那道门旁,一个公证人在一个黄铜牌上,好像永久性地刻下了他的办公室的办公时间。她身穿一套在埃森购买、在日记中经常提到的紫红色女装。他戴着一顶大家熟悉的巴斯克帽。两人都没拿购物网袋。他提着一只公文箱。

三月二十一日亚历山德拉出发。在此之前,在限制使用存款的账户上,第一批付款入了账。电脑进行了正确无误的计算:只有三分之一的付款人利用所提供的分期付款方式。在三月三十一日,账面上有三十一万七千四百马克。这是一个不错的起点。这个想法值得。很快就会凑足第一个一百万。

人们可能会问,为什么鳏夫和寡妇不早一些重逢,比方说在圣诞节时就重逢呢?如果在她那儿不能很快地办好签证的话,那他也有可能乘汽车或者坐飞机到来啊。两人也可以取得共识,去第三个,或者说是一个中立的地方,比方说布拉格吧。在他的日记中找不到一次一时冲动的会面。他们相互之间在书信中尽管非常渴望见到对方,而且两人现在都为他们的欲望找到狂热的言辞,但是他们一点儿也不想仓促行事。信中用娟秀的字迹写道:"在我们这样的年龄,经验要求理智。"

从她潦草的字迹中我看到:"我们的爱情不只是一点点,它跑不了。"

他在十二月份写道:"我们相互之间已经等了多年,几个月又算什么呢……"

"你知道,"女镀金技师写道,"当我坐在脚手架上,面对着巨大的天文钟时,时光好像一点儿没有流逝。"

他希望自己像核桃般大的那块琥珀中的蚊子:"我可是关在了你心中……"

"那我也关在了我的亚历山大……"

"是呀,亚历山德拉,你中有我,我中有你……"

"可是渴望已经非常……"

"我们不能,亲爱的,还不能!"

再说,这一对情侣都要尽家庭义务。她在圣诞节要去儿子维托尔德家里做客,"非常高兴,我像孩子一样受宠"。他在小女儿那里过节,他有三天之久作为外祖父,听任他的外孙们摆布:"尽管如此,比起他们长时间闹矛盾的父母亲,这两个坏蛋还没有那么使我感到劳累。"

我不知道,他们在格但斯克,比方说在赫维留饭店早餐时是否已经发过誓,只有当他们的想法学会私下运作之时,不过也包括这种情况:在有怀疑的情况下,往往要让波兰-德国-立陶宛公墓公司先行一步——彼此间才以重逢酬谢对方。"工作归工作,娱乐归娱乐",在他们四月份的一封信中写着。因此他们白白放过了复活节假,五月中旬彼此才约定第三次见面日期。直到那时,公司的组建应当说是万事俱备了。

他坐汽车,其他三个人乘飞机从汉堡出发。那三个人是:约翰娜·德特拉夫太太,六十五岁,吕贝克一位退休的县储蓄银行经理的夫人;格哈德·菲尔布兰德,五十七岁,来自不伦瑞克的一位中产阶级企业家,以及海因茨·卡劳博士,诺尔德尔比什新教路德派教会①监理会成员。这些人答应,在公司成立时作为股东在监事会中占有这三个德国人的席位。根据联盟的建议,由德特拉夫太太占有一个席位。另外,还来了一个法律顾问,他的名字没有传下来。

这当然是位于中心地带的赫维留饭店。皮亚特科夫斯卡在该饭店里预订了十八层楼上的单人房间和一个会议室。我面前摆着结清费用后的账单复印件。该账目由全德问题部那个提供开业资助的账户来结账。十四个人的午餐有两次都是由这家银行付款。关于第二个谈判日结束之后的晚餐,雷施克写道:"晚餐在无拘无束的气氛中进行,发表了席间讲话。"看来,不是格但斯克省政府,就是波兰国家银行承担了这次晚餐的费用。我找不到单据。

很多情况还不清楚:为什么雷施克和皮亚特科夫斯卡只愿意当在监事会中没有投票权的、管理业务的股东,谈判时依据的是什么样的法律基础。我面前没有一份公司合同的复印件。不过,这样一些情况则是确定无疑的:昔日联合公墓的全部地产,所以也就包括学院公园在内,一个总计十一公顷半的巨大区域,除去大学生专科医院之外,按照租约,由从现在起简称德—波的公墓公司租用六十年,并享有规定的优先购买权。根据德国公墓章程的计量单位,全部用上,估计可以安排两万个墓地,其中包括比较小一些的安放骨灰坛的墓穴在内。无论怎样计算,租金总额有四十八万四千马克,而且应当在每年十一月二日前支付。整个租约期间的附加使用费共计六百万马克,而且必须在两年之内结账。所有的额外费用都应当由公司支付。

我相信,这两个人把他们十一月份的日期写进了合同,却没有指出万灵节的附带意义。当然,丧葬费用和对新近开辟的德国人公墓的照料——该公墓官方的叫法应当是"和解公墓"——都取决于受

---

① 诺尔德尔比什新教路德派教会是 1977 年由迄今为止独立的石勒苏益格-荷尔斯泰因、汉堡、吕贝克、欧丁的新教路德派教会联合组成的教会。

益者。通过了由雷施克起草的这个公墓章程。在律师方面作了最后几次修改之后——涉及安葬期限和匿名安葬权——亚历山德拉·皮亚特科夫斯卡和亚历山大·雷施克作为管理业务的股东在合同上签了字。这个想法的立陶宛部分、"在维尔纳的波兰公墓"及其以德国马克为基础的经济来源在一个附加条款中保留下来。这是皮亚特科夫斯卡不得不勉强作出的让步。

他写道:"我们在一个设备简陋的会议室里举行会议,可是从十八层楼上眺望这座同所有钟楼一道重建的城市,却使在座诸君对正在决定的事情的范围有了明确的认识。最后会议开得十分隆重。我不知道是谁订了香槟酒而且付了钱……"

监事会组成人员有股东德特拉夫太太、菲尔布兰德和卡劳,以及波兰方面的股东马里安·马尔扎克、斯特凡·毕隆斯基、延尔曲·弗罗贝尔和埃纳·布拉库普,因为埃纳的德国出身,所以她使三比四这个不相等的分量具有了相对性。正如雷施克所记载的那样,这是一个"波兰人的友好姿态,更何况这位太太是一位特别的人物。她已经八十好几了,老在不停地喃喃自语……"

第二天,事情公开了。我昔日的中学同学把他那个以合同形式固定下来的想法称之为"一个世纪工程"。这位同学敏感地作出反应,好像并非全世界都要赞同他的意见似的。新闻界提出意见,说他们在合同签字之后才允许新闻记者提问题。对于这些意见,他像赶苍蝇一样拒之门外:"对这种令人厌烦的丁顶,我们今后不得不习惯。"

最后他说这次记者招待会开得还是令人满意的。"提了一些与其说是恶意,还不如说是善意的问题。当一张大学生报纸的主编提醒一直尚未宣布承认波兰西部边界时,我可以指出合同中的那一段。按照这一段的说法,在不承认西部边界的情况下,一切都将失败。在没有反对票,只有一票弃权的情况下,通过一条附加条款……"

作为对新闻界表示的一种乐于助人的姿态,雷施克提到前面业已提到的马里安·马尔扎克。此人作为国家银行副行长"婉转地"坚持：经济需要按照市场规律进行改组，为了波兰的利益，不允许半途而废，除非有人打算再一次看重共产主义的物资紧缺原则。"我喜欢这位马尔扎克先生，尽管我不能完全赞同他的经济自由主义……"

顺便提一下，皮亚特科夫斯卡对于长远目标维尔纳和在那里租用的公墓的提示受到好评。说这个公墓同样可以称作和解公墓，因为在立陶宛人和波兰人之间需要和解。据说首先是用她的语言，然后再用她的德语讲："我们大家都已经受够了！"

虽然如此，雷施克仍然看到对她那些激烈的——他写为"粗鲁的"——反对俄国人的攻击言论表示遗憾的理由。这些攻击虽然不是发生在记者招待会期间，可是在此之后却大肆声张出去了："听到亚历山德拉这样说，使我痛心。怎样才能说清楚不少波兰人对俄国人的仇恨情绪呢？我们的想法不容许作出总的评价。至少她为了我，也应该放弃……"

除此之外，便没有任何事情来搅扰我们这对情侣的五月份。亚历山大让他在赫维留饭店那个单人间差不多闲置一旁——狗巷里的那套三居室住宅对他敞开了大门。他从西方带来的小礼物——一台手提个人电脑使亚历山德拉兴奋不已，她很快就会使用这台电脑了。

看来，这是幸福的几天。在监事会给自己制定了一个包括议事规程在内的章程，把国家银行副行长选为监事会主席之后，股东德特拉夫、菲尔布兰德和卡劳就动身回去了。虽然存在一些还有待解决的组织方面的问题，但是到卡舒布人聚居地和湖滩直至蒂根霍夫去郊游的时间还是有的。他们坐汽车去。可是当我这位昔日的中学同学想要坐人力车，走这段并不长的路，到现在租用的公墓地区去时，却出现了一场可能会搅乱他们幸福的争执。

根据日记上的记载，雷施克让步了。查特杰先生的公司这时候经营三十多辆人力车。他答应以后载他们。

顺便提一句，亚历山大和亚历山德拉之间短暂的争执并非由于坐人力车本身引起。如果只有巴基斯坦人和孟加拉人甚至俄国人愿意受雇成为查特杰的职员,也许皮亚特科夫斯卡敢于进行这次小小的、具有异国情调的冒险,可是因为波兰人,现在只有波兰人在驾驶这三十多辆人力车,寡妇的这个"不"字是由于民族自尊心使然,因此使鳏夫生气。"现在竟到了,"亚历山德拉叫道,"波兰人必须当苦力的地步!"

四

  我昔日的中学同学给我列了好多人的姓名，他们是：量体裁衣的副行长马里安·马尔扎克，在吉恩斯当神甫的斯特凡·毕隆斯基，市政工作人员延尔曲·弗罗贝尔，据说他总穿一件风衣进行保护现场痕迹的现场调查，还有戴着窄檐圆帽，穿着雨鞋的埃纳·布拉库普，该女士在我眼中现在已经变得鲜活起来了。
  约翰娜·德特拉夫太太同卡劳先生和菲尔布兰德先生一道动身离去，这样做是为了一旦马尔扎克召开监事会，马上又可以再回来。雷施克背后议论说，德特拉夫太太在谈判中以优雅的微笑和闪电般的心算著称。在那些想要表决、插嘴、窥伺的人的包围中，亚历山大和亚历山德拉仍然可以忙里偷闲，为自己留下片刻工夫；能够为这一对情侣留下来的时间并不多。
  皮亚特科夫斯卡开始把天文钟外缘的金线痕迹固定下来。雷施克同监事会里的波兰监事交谈，尤其是同答应给他那家在高地门旁旧建筑物中的银行以种种自由的马尔扎克频繁交谈。那个由花岗石立柱支撑的花格平顶在那里佯作坚固耐用的样子。借助那个完全用马约里卡彩釉陶器装饰的图案——外面部分为绿色、白色和赭色，中间部分配上褐色、赭色和白色——这个花格平顶给各种变化无常的货币提供一座坚固的房子。现在雷施克就经常在这里进进出出。
  在此期间，很可能在用填鸭式的方法，把在波鸿储存的勤奋硬塞进亚历山德拉的电脑中去了。雷施克可以从狗巷的通讯社办公室打长途电话，后来甚至可以发传真。有人，很可能是弗罗贝尔劝告他要小心——那儿很可能像早已习惯的那样，有人窃听——可是雷施克毫不在乎:"我们没有什么好隐瞒的。"他的日记每天都在报道新的行动;可是有两次周末郊游被占用了,那就是:坐小汽车经过维斯瓦河大桥去河中小岛和乘车去一个湖边。

从五月初起,在对这个季节来说还早着的时候,油菜花便到处开放。"太早了!"他写道,"尽管这个印象非常壮观,但给人的感觉却是黄色仿佛要赞美自己本身,我怀疑,这个从二月份起就已经用暴风雨般的狂热激情过早地宣布业已到来的春季欺骗了所有的人。很可能亚历山德拉会取笑我,会把对这种单色花的陶醉称之为人们不许挑剔的、上帝的礼物。我留在那里。我们会为我们的所作所为和无所事事获得回报,如果不是明天,那就是后天。我已经预料到,比方说在千年交替之际,正如查特杰所说,在人力车把小轿车从城里排挤出去之后不久,预料到我们的处境。到那时,严厉的法律将占据统治地位。很多今天炫耀的东西,都会打上'从前有一次'这个标记,逐渐荒废。这是过时的奢侈!可是我们这个现在有了一个固定地址的想法不会被这些巨大的变革所触动,因为它是为死者,而不是为活人服务。但是我们在公墓的园圃照料方面仍然应当关心那些经受得住地球表面将会变暖的植物。我们把恳求和解这一公墓名字归功于新教教会监理会成员卡劳,因此也就归功于一位喜欢用比喻讲话的牧师。可惜我对此知之太少。我想使自己变成内行。什么东西能经受住干旱,甚至是干旱季节呢?当我穿越那个沙质、缺水、名声不好的图霍勒尔荒原时,这一次在去的途中,那个球形欧洲刺柏灌木丛引起了我的注意。我马上就想象到这种灌木丛要求不高,适合于我们的公墓绿地……"

可是,不仅仅这些开得太早的油菜花给他的预感火上加油,我的中学同学——在上每周两节的绘画与艺术史课时,他就已经能够在鹈鹕簿上极其仓促地乱涂乱画了。比方说在一九四三年夏秋之交,他就在一张纸上画出虚线。在这张纸上,这座到那时还是完好无损的城市在密集的炸弹下面,连同所有的钟楼,正处于熊熊烈火之中——找到了施展他才华的更为广阔的空间。无论是在平坦的湖滩,还是在卡舒布湖泊的岸边,不管是在这儿,在用堤围起来的陆地的水坑中,还是在那儿,在湖滨的芦苇丛中,到处都有蛤蟆在叫,雷施克从它们发自腹部的噪声中听出有红肚皮铃蟾——所谓的火铃蟾。他写道:"这儿还有红肚皮铃蟾!在位置比较高的湖泊和大水塘里甚至还有黄肚皮铃蟾。"

当皮亚特科夫斯卡为她的词汇感到自豪,大声说出"到处都是地地道道的青蛙音乐会"时,美术史教授已经准备好,不仅要作关于盘舌蟾、烂泥蟾、地蟾和变色蟾、大小各异的青蛙、无尾目的自然科学报告,因而也要作关于铃蟾的报告:"你没有听到它们的叫声多么突出吗?其声音就像敲打玻璃罩一样。一而再,再而三地敲打。这是一种在短暂的敲击之后发出的双重音响。这是一种宣告'啊,你真不幸啊!'的、持续不断的悲叹。毫不奇怪,铃蟾的叫声比起鸺鹠和猫头鹰的叫声来,还要让人迷信。在不少德国童话中——我敢肯定,在波兰童话中也是如此——铃蟾的叫声预兆着灾祸。都这样说,铃蟾预言灾祸即将来临。在毕尔格的叙事谣曲中,在福斯和布伦塔诺①那里,我们可以找到它。可是在从前,铃蟾的智慧却是诗歌颂扬的对象。只是到了后来,受到每况愈下的时代进程的逼迫,才把宣布灾祸即将来临这一宣告者的角色放到它头上,而绝不是地蟾的头上去。"

没有人会像雷施克那样,与这个题目用"你"相称。在卡尔图济长满芦苇的湖滨,当他们在从诺伊泰希到蒂根霍夫的公路卜把车停在行道树之间,去拍摄蒂根岸边或者沿着水沟排列成行的大头柳树时,因为铃蟾发出了标准音,教授便引用浪漫派诗人的作品,最后的引文摘自阿希姆·封·阿尔尼姆②——"……借着施洗约翰节③前夕燃烧的大篝火的火光,青蛙和铃蟾在如醉如痴地歌唱它们的夜

---

① 毕尔格(1747—1794),德国诗人。福斯(1751—1826),德国诗人、翻译家。布伦塔诺(1778—1842),德国诗人。
② 阿希姆·封·阿尔尼姆(1781—1831),德国浪漫诗人,与布伦塔诺共同编纂民歌集《男童的神奇号角》。
③ 每年6月24日为施洗约翰节。

84

裤……"——他利用这段引文,又回到了来得过早的春天:如果说阿尔尼姆在使铃蟾的叫声同施洗约翰节前夕燃烧的大篝火的火光协调一致的话,那他就是想暗示六月下旬,即施洗约翰节前夕燃烧大篝火的时候。可是在这儿,五月中旬能够听到的,却是沉闷的、预先发出的铃蟾的叫声。"相信我吧,亚历山德拉,就像油菜花过早开放一样,红肚皮铃蟾和黄肚皮铃蟾都叫得太早。它们要告诉我们什么……"

他在讲述了这次遇到的来得过早的大自然现象后,写道:她开始时哈哈大笑,发出惊呼,比如"你就不能干脆说:像油菜花一样开放,真美啊!"和"你自己就是铃蟾!"在此之后,她便一支接一支地抽烟,变得越来越安静,最后竟然默不作声了。"我还从未见过亚历山德拉这样沉默寡言。"她唯一的请求就是:"让我们回城里去吧。在这儿,一切都有点儿阴森恐怖。"

日记并未说明,她是在一个湖滨还是在大头柳树之间说出这个请求的。只有一盘录音带有雷施克的声音给予了答复:那时候,他带着照相机和敏感的麦克风跑来跑去,以便捕捉到铃蟾清晰的、十分轻柔的叫声。在赫梅尔诺附近的卡舒布人聚居地,我透过铃蟾轻柔的叫声,听到了亚历山德拉的声音。"蚊子咬死我了!"她叫道,而且认为,"大自然的噪声已经够了,亚历山大。天很快就要黑了。"

"马上,只要再等一刻钟,我好把时间间歇相互之间的关系……"

"我已经被叮得体无完肤了……"

"非常抱歉,亲爱的,可是……"

"我已经明白了,一切都得细致认真。"

借助录音技术,我十分详细地感受到他对地点和时间的注释、她的抗议和铃蟾的叫声怎样混合成三重唱。从那时起我就知道,火铃蟾叫的间歇比黄肚皮铃蟾长一点,恰似热情、柔和、接近低音音域地哼哼低吟。可是,当她以请求的口气说出那些话,并把它同铃蟾的叫声混在一起时,他的声音听起来却总有点儿生气的样子。

雷施克用同样的技术捕捉到一位太太滔滔不绝的讲话。该太太作为德国出身的波兰公民，是德国-波兰公墓公司监事会成员。同样，埃纳·布拉库普是德国出身的少数派在格但斯克的代言人。迄今为止，她不得不沉默不语，因为不允许有少数派存在。

一盘同样在铃蟾的叫声后面保存着埃纳·布拉库普喃喃自语的磁带录音在重温往事。爷爷和奶奶就是这样讲话的。像这样嘟嘟囔囔的还有邻居，有运啤酒的马车夫，有造船厂工人，有布勒森的渔夫，有阿马达人造奶油厂的女工，有女仆，有星期六赶集的市场女贩，有星期二收集垃圾的清洁工——他们使嘟嘟囔囔的声音逐渐蔓延开来——甚至还有参议教师、邮局职员和警察局官员，星期天还有布道坛上的传教士。

"只有当权者才会挑选我们并且折磨我们……"埃纳·布拉库普滔滔不绝的讲话在近五十年的拦洪堵截之后——只剩下了她的少量方言土语——带着自己的特点，几乎可以说是罕见的东西，这些东西大有逐渐消失的危险：以后谁知道 Peluschke① 是什么玩意儿呢？她说着一种正在消失的语言。"因此宣布，"雷施克写道，"公墓公司监事会的席位归她所有。当她——这位很快就要满九十岁的太太有朝一日被送进坟墓时，这种语言障碍也会同她一道葬到地下，这就是让布拉库普讲话，把音录到磁带上去的又一个理由。"

我有半打盒式磁带。可是在第一盘用于笔录的盒式磁带放完之前，为了更准确地理解这位老太太的话，我不得不选择进行高层政治活动的主要街道——组建公墓公司的谈判刚开始，就宣布先在华沙，然后在格但斯克进行国事访问。西德总统已经出发，以便用妥帖的话语掩盖代理总理那半打蠢事，为两个相互之间对如此众多的灾难耿耿于怀的民族所面临的邻里关系创造良好的气氛。

埃纳·布拉库普在跟着跑。这时，那位贵宾在随行人员中间，沿

---

① Peluschke(佩努什克)，斯拉夫语，意为：土豌豆，一种饲料。

着长巷往上溜达,似乎是在倾听具有历史意义的解说,把警觉的目光时而投向这儿,时而投向那儿。与此同时,他忍受着由保安人员和摄影记者组成的内圈和外圈这一自然状况,最后被人领着,走上通向右半城市政厅的台阶——在他既友好、又克制地走下楼梯挥手致意之后——消失在市政厅里。在那里,要给他展示许多贵重物品,其中就有那样一些在几年前经过皮亚特科夫斯卡的双手重复镀金,变得金光耀眼的珍品。在那些都得受到总统的目光扫视的本国观众和旅游者当中,埃纳·布拉库普是局外人。

后来她为了雷施克,在录音时这样说:"另外,也许你愿意同他讲话。现在世纪即将结束,这会使我感到很高兴。我还想见到德国人公墓会在过去的地方重新出现。我的妹妹战争一结束就跑到西方去了,现在已经在巴特泽格贝格,约尔希福格大街4号住了五十年,她寿终正寝时也可以在这儿长眠了。我只想说:衷心感谢您,总统先生,您把德国人公墓这件事干成了,这样终于满足了我妹妹弗丽达的心愿。就连我,连我也会对他讲,我在波兰待了这么久,上帝要召我去的时候,我就想在德国人公墓长眠,而不想躺在所有这些同我们混杂在一起不留一点空隙的波兰人之间。不过那儿已经很挤了,我没有赶上这种拥挤劲儿……"

不只是埃纳·布拉库普,就连亚历山大和亚历山德拉也都站在两侧没有石制枝形路灯柱的市政厅台阶前。当那位政治家从上面往下轻轻挥手致意,他那头银发因为正好就在阳光下面闪闪发亮时,旅游者都鼓掌欢迎。受访城市的市民面对这壮观的场面都惊异不已,但不愿鼓掌欢迎。就连雷施克也克制住自己,尽管他意识到,仅就宣告国事访问一事,就已经给"和解公墓"企业带来了良好的机遇。同埃纳·布拉库普一样,那位国家银行副行长也相信最高层的帮助。亚历山德拉·皮亚特科夫斯卡向延尔曲·弗罗贝尔保证,她的亚历山大虽然没有策划国家元首短暂的礼节性拜访,却拉近了谈判的日期。

后来,国事访问早已结束之后,我听到她站在岸边的芦苇前,在讲话录音,其声音盖过了铃蟾的叫声:"你的总统先生有一对漂亮的眼睛。他用不着像我们一样戴深色眼镜。他来得正是时候,这很好。要不然德国人公墓很可能就告吹了。"

出于显而易见的理由,再加上大学反正使他感到厌恶,雷施克教授请了假。他一回波鸿,便把正在进行的课堂讨论和结合实际的美术史课程交给他的助教去上,而且取消了下一学期全部教学活动。因此他用不着节约。还在组建公司的会议上,公墓公司监事会就答应给管理企业的股东一笔总的报酬。在进行这种再保险的情况下,他就可以轻而易举地同大学和它的全体教师分道扬镳了。

当然,有人嘲笑,可是雷施克并没有被他的同事们的冷嘲热讽所激怒,甚至当一位文学研究者影射那家著名的殡仪馆,称他为"格里恩艾森教授"时,他竟然哈哈大笑。现在人们已经看到,仔细编目收藏手工锻造的棺材铁钉——他把这种收藏归功于自己在北德公墓对巴洛克式墓碑的多年研究——简直是一种怪癖。公墓管理员和教堂司事送到他那儿的那些东西,既有扭弯的,也有笔直的,往往是锈蚀的以及这样一些有裂纹的钉头,不过也有完好无损、有棱有角的棺材铁钉,大多数都有整整一个食指长,出自早期巴洛克直至晚期毕德麦耶尔派①时代,它们都列上了雷施克现在的计划。他给亚历山德拉写信说:"我压根儿就没有想到,这些纯粹的副产品居然会对取得在大学授课资格的论文起到举足轻重的作用……"

他在自己的单身住宅里设立了一个秘书处。紧接着,这个秘书处便为他在大学的女秘书提供了房间和腾空的书架。那些手工锻造的棺材铁钉收藏品不得不同书籍一道搬到门厅去。

只是现在,雷施克才审视自己身上的外衣,为自己购买了——现在的收据可以给我证明——一套黑色精梳毛纺西装,买了黑皮鞋、黑

---

① 毕德麦耶尔派为1814至1848年德国的一个文化艺术流派,表现自鸣得意的庸俗生活。

袜子、灰色花领带,买了一顶博尔萨利诺①黑色男毡帽以及——同雨伞相配——一件同样是意大利生产的沥青色雨衣。因为在六月份的下半个月,和解公墓就要隆重开业,首批葬礼已经列入计划。

这一次他带来的小礼物是一个配上附件的陶瓷洗水盆。就像雷施克什么事都要考虑到一样,皮亚特科夫斯卡也补充了一个考虑周到的计划:在他和她目前还只占用半天的秘书处事先有所防备地同波兰大使馆签证处保持联系时,她通过"世界饭店"旅行社确保可望不久就能到此参加葬礼的来宾有足够多的单人和双人房间。

一家殡仪馆负责运送遗体。这家殡仪馆寻求同格但斯克的一家殡仪馆建立联系,紧接着便签订了协作合同。没有同东德的"地下家具国营企业"公司洽谈生意,因为该公司的棺材产品充其量只配用于火化。要是火化受欢迎的话,那它也应当在死者居住地举行。米夏埃利斯路边老火葬场的火化炉不久前才转移走了,目前还无法考虑修复该火葬场一事。

这倒不错,雷施克甚至把日常生活中那些陈词滥调也记进了他的流水账本中:"现在总算能够换掉狗巷那个破损的洗手盆了。亚历山德拉感到高兴的是,我在忙于各式各样的活动时没有忘记她的愿望。"

后来,事情就到了这样的地步。既然曾经答应过的奥利瓦主教突然说不能前往,毕隆斯基圣下作为佩特里教堂的神甫和新教教会监理会成员卡劳作为神学博士就为和解公墓这个世界宗教的双重性祝福。在天主教和福音新教教士的形象中反映出的不仅仅是监事会宗教信仰的混合,而且还是该监事会不按照宗教信仰划分坟场的意图,这就像联合公墓时代比比皆是的坟场那样。

人们并没有把这件事张扬出去。几乎就没有新闻界,没有电视台的人在场,不过雷施克倒是很可能给了一家私人生产单位一项任务,录下对公墓的祝福,保持必要的距离录下第一批葬礼。一盘至少

---

① 意大利男毡帽生产者。

可录半个小时的盒式录像带就是给我提供的材料。在多次放过这盘当然是没有声迹的录像带之后,我可以说:当时我就在场。

夏季开始时,在宽阔地带的右后角先举行了祝福仪式,接着又举行了两次葬礼。在那里,通向工业大学主楼的林荫大道划定了和解公墓的范围。虽然天气很好,晴转多云,谢天谢地,只有少数好奇者到来:一些老太太,几位失业者在怯生生地袖手旁观。不管怎样,进入镜头的只有参加葬礼的来宾和雷施克。雷施克身上穿的当然是新的精梳毛纺西装。这时,他站在旁边,戴着博尔萨利诺男毡帽,挎着收起来的雨伞。站在他身边的是身穿黑色丧服,头戴宽边帽,显得不能说不时髦的女镀金技师。此外还有布拉库普这个身材矮小、干瘪的老太太,她头戴窄檐圆毡帽,脚穿橡胶套鞋。在那一对情侣身后的是延尔曲·弗罗贝尔。弗罗贝尔已经谢顶,不过两边仍然留着鬈曲的长发,他看起来总像是一个令人惊奇的艺术家。他那件让雷施克一有机会就要议论一番的风衣正好成了招人议论的理由。

因为在六月二十一号这一天,尽管是在另一地点,同时进行高层政治活动,所以后来就有人讲:雷施克—皮亚特科夫斯卡这对情侣善于把重要的日期同他们感兴趣的事联系起来,这两个人真狡猾。尽管如此,在他的日记中却是这样写的:并非有意,实属偶然,如果不是偶然,那也是命运的安排,在给第一批葬礼确定日期时起了作用,当然,这是一种使他开心,感到值得的安排。"在同一天,是呀,在为和解公墓祝福的同一时刻,在波恩和东柏林,在联邦议院和人民议院,都按国际法的有效方式宣布承认波兰的西部边界。这一事实对于进一步实现我们的想法十分有利。从八月份起,我们获准使用火葬场从前的葬礼大厅举行丧葬礼拜仪式。白俄罗斯教区的全体教徒用正教的排场塞满了这间只用于特殊目的的房间往日无人问津的空旷……"

然后,人们站在打开的墓穴四周。就好像我们这对情侣在挑选第一批遗体似的:一位路德教派老头和一位信仰天主教的老太太被相继安葬,安葬时间如此短暂,以致两个教区参加葬礼的教徒只好既参加这个葬礼仪式,又参加那个葬礼仪式。此外,这种天气也使大家流连忘返。阳光透过阔叶树,洒在参加葬礼的人身上。录像片证明了这一点。

下葬的有:埃贡·埃格尔特,八十二岁,住在过去的但泽,大商人巷8号,最后的住处是伯布林根;奥古斯特·科施尼克,九十一岁,住在过去的纳森胡本,但泽低地县,最后的住处是派纳。这是一口黑棺材,那是一口栗色棺材。毕隆斯基和梅斯布本分别穿着白色和紫色衣服。卡劳打着领带,身穿法衣。

从雷施克的报告看,在场的不仅有死者的家属和朋友,组织起来的同乡会的一些地方组织也派出了观察员,协会联盟派出了约翰娜·德特拉夫太太。人们想考察一下在波兰的现实中是否能确保德国葬礼的隆重进程。应当察看公墓的状况,了解有关坟墓照管的情况。另外,人们对于双人墓地的兴趣也很大。因为埃贡·埃格尔特的遗孀玛尔塔·埃格尔特参加了葬礼,所以她有把握在自己夫君身边取得以后的一席之地。低声询问着这所有的事情。延尔曲·弗罗贝尔用轻声的、总在寻找恰当表达方式的语气回答问题,俨然是个公职人员。

雷施克还在他的笔记中为第一批葬礼激动不已。我相信在录像片放映过程中可以看出,皮亚特科夫斯卡不管是在这个葬礼仪式,还是在那个葬礼仪式中,都戴着宽边帽,泣涕涟涟。佩特里教堂那个男孩般瘦长而笨拙的神甫在他简明扼要的墓前悼词开始时对他那——正如他所说的——"有毛病的德语"表示歉意的情景,十分感人。新教教会监理会成员卡劳的布道过于长了一点,他过分强调那些不断地为"故土"和"回归故里"这些词寻找比喻的句子,借此蒙人。我想德特拉夫太太就是那位身材高大、身着黑装、打扮漂亮的女士了。本来,她作为协会联盟的代表是要在祝福之后做一次有准备的讲话的,可是雷施克把她给劝住了。可以,但她还是想在另外的、在不大容易引起误会的场合讲话。

葬礼就像这样十分得体地进行下去。总的说来,和解公墓的第一批葬礼被认为是隆重的、有益的,没有来自波兰方面的干扰声。新闻界就是这样评价的。在表示哀悼时,录像摄影师摇着慢镜头,把十字交叉的菩提树林荫大道、巨大的圆形广场、零零星星的树丛、这儿的榆树和栗树、那儿的垂柳以及那儿的一根欧洲山毛榉树拍了下来。他把绿化设施的使用者,把带小孩儿的妇女,把领养老金的人、正在看书报的人、一个孤苦伶仃的酒鬼和玩牌的失业者这些对葬礼几乎毫不理会的人介绍给大家,从波兰人的角度看,摄影师强调了某些方面的东西。然后进入镜头的是公园及公墓入口处旁那座巫婆屋似的砖结构房屋,同这座房子一起进入镜头的还有那块装在黄缸砖上的黄铜牌子。这块牌子用德文和波兰文宣布:这个绿化设施以后要用作"和解公墓"——"Cmentarz Pojednania"。

那些参加葬礼的上了年纪的来宾觉得这样做有伤风化;有几个年纪不大的来宾,其中有些人还是死者的曾孙,已经坐着查特杰的人力车从饭店到公墓去,然后又坐着人力车往回走了。"尽管,"正如雷施克所写的那样,"没有发生任何不合礼仪的事,因为人力车同出租汽车走的都是那条旁边飘着黑纱的路,只是车价不同而已。"

人们过去称之为葬礼后的宴席在赫维留饭店举行。两个教区参加葬礼的教徒在预订的饭店餐厅长长的餐桌旁落座。在雷施克的记载中提到,约翰娜·德特拉夫太太借这个机会还作了她那总的说来是得体的讲话。很可惜我面前既没有讲话稿,也没有讲话录音。可是后来周年纪念会时,监事会成员埃纳·布拉库普一高兴,就放起了录音。透过干扰音我听到:"瞧,我还是交了点好运,我不让别人来否定我,可是当上帝把双手伸给我,让我抓住这个……不过我还是喜欢葬礼,尽管这不像从前,不像还是联合公墓时那样。我确实很感兴趣,很快我也会下葬。天啊!好啦,我还得等一段时间……"

雷施克在他的流水账本中把墨西哥人和中国人的葬礼进行比较,最后列举了印度教火葬的诸多优点,给在赫维留饭店举行的葬礼后的宴席提供了一篇悼词。这时,他到底想干什么呢?他颂扬"遗体的微型化",竟敢使用"节约空间"这个词。难道是他害怕和解公墓地方狭小,有朝一日会挤满,挤爆了?难道他这个坚决拒绝万人墓的人——"绝不允许再发生这样的事!"——预先感到可能会集体墓葬?

他穿着新西装——下雨时拿着伞——继续伴随葬礼,同皮亚特科夫斯卡一道表示哀悼,同时注视着仪式有秩序地进行,小心翼翼地引导仪式的进程。在这之后,他中断了自己在格但斯克的逗留,以确保从他的波鸿住宅定期寄送和解公墓所需要的展品。在一封简短的、好像是仓促写成的信中可以看到:"这么早就设立秘书处,亲爱的,这样做是对的,尽管这样一来我的住宅对于我们来说就变小了。封·登克维茨太太证明自己在完成新任务时是大有用处的。作为我多年的女秘书,我是完全可以相信的。账面情况令人高兴。很快就会有第四个一百万的整数了。愿意埋葬者的数字在增长。除了不少小额捐款之外,还有数量可观的会费,其中有一些来自海外,在从六月初新开的捐款账户上入了账。封·登克维茨太太现在整天都待在这儿……"

生意不错,可是我这个中学同学的成就并非清清白白的:在成堆的信件当中有不少谩骂信。报纸上的评论喜欢罗列"阴险的笑话和恶意的诽谤"。雷施克阅读报纸上的讽刺性短评时如此敏感,使我不能不考虑,我中学时代的同桌是否就是那位十分敏感、脸上有小脓疱、一批评就哭的年轻人。虽然他几乎所有的学科都是中上成绩,但他还是希望受到赞扬,受到大家的赞扬。当那幅拙劣的画——在画上,城市在密集的炸弹下正置于一片火海之中——给他带来的只是全体师生的责难时,他泪如雨注。再说,一切事情他事先确实都料到了。

不管怎样,雷施克感到可笑,有人居然骂他是"执迷不悟的复仇主义者"。硬说他"做死人的生意"。在那些短评中,有一篇的标题是《确保德国墓地宁静!》。在谴责中最精彩的部分是,想要"重新夺回遗体"。作为训练有素的、书写读者来信的行家里手,他很快就对

93

此作出了回应。他称自己有组织的努力是"可能促成民族谅解的最后形式"。

所以,雷施克看来不可能是那个脸上有小脓疱、十分敏感、一心想要受人赞扬的男孩,相反地,我倒是把我过去这位同桌看作中队长。这位中队长除了组织捕捉马铃薯瓢虫行动之外,还以建立收集处出名。在同俄国人打仗的第一个和第二个冬季,为东线士兵募捐的毛织品,从套头毛线衫到保暖的腕套、长内裤和皮大衣,另外还有护耳和滑雪板,这些东西在收集处堆积如山,打成了包。甚至就连那幅恐怖万分的画想必也是这位中队长的成绩吧。只有他才预见到……

此外,众多表示赞成的文章和大量热情洋溢的来信抵消了这些谩骂。同胞们甚至从美洲和澳洲写信来。书信引文应当公之于众:"……最近,当我在我们往往要迟到的通知单上能够看到,兴登堡林荫大道旁的联合公墓又开放了时,我感到兴奋不已。祝贺你们!我这个快满七十五岁的人虽然身子骨还很硬朗,还在剪羊毛,但我考虑采用你们的慷慨提供。不!我不愿意长眠在异国他乡……"后来便有了海外遗体运送业务。

雷施克亲自回复了这封信。不过大部分信件他都可以交给自己的女秘书去处理。好几年来,他写信的风格也就成了她的风格。在这两个人之间没有,再也不会有绝对的秘密,没有任何会使亚历山德拉相形见绌的东西。再说,我也拒绝在这里引入次要情节。

我手头没有埃里卡·封·登克维茨的照片。当她母亲同她和三个姐妹以及管家和管家妻子从施图姆乘坐两辆塞得满满的马车逃往西方时,她才五岁。两个姐妹和管家的妻子死在路途上。只有一辆马车坚持到底。登克维茨失去了她的玩具娃娃。

雷施克在他的记录中对他的女秘书这种"对西普鲁士农村生活细节如此刻骨铭心的童年回忆"感到惊奇。可是,这位女秘书并不愿意把自己编入收集在电脑中的愿意安葬者的卡片索引。他借口理解她的顾虑,不想劝她去做任何事情,称赞登克维茨"虽然基本上持怀疑态度",却坚定不移的忠诚,没过两个星期就把秘书处交给了她。我昔日的中学同学善于委人以任务。要不然我也不会看这份报告了。

回到格但斯克,亚历山大就不得不安慰他的亚历山德拉。亚历山德拉因为不久前实现的货币联盟为贫穷的波兰担忧,担心它从此以后得同德国马克成为紧邻。"要是你们用胀鼓鼓的小钱包来收买我们的话,我们又有什么办法呢?"

雷施克肯定,德国马克有能力使东德的经济恢复元气。"这时候给波兰的也就所剩无几了。尽管如此,公墓公司几乎不会受到变化了的市场状况的冲击。为死亡早做准备顾不上经济发展的趋势。相信我,亚历山德拉,在葬礼方面人们是不会吝惜钱的!"

这次谈话是在一个周末,他从波鸿一回来就进行的。这一对情侣坐着汽车去卡舒布人聚居地。虽然再也见不到盛开的油菜花,可是万里晴空,夏日天气依然如故。这里还有罂粟花和矢车菊以及驾着犁和马耕地的农民。儿童图画册上的公鸡站在粪堆上喔喔啼叫。

亚历山德拉买了野餐用的食品。她在楚考附近的一个湖滨,在一张漂亮的、蓝里透红的绣花巾上摆出的野餐食品有:粗蒜肠、拌上洋葱和香葱的凝乳、一瓶用芥末泡制的酸辣小黄瓜、小红萝卜、太多的煮得老了点的蛋、浸泡着醋和油的菌子,另外还有黄油和面包,不要忘记还有那一小瓶盐。她把四瓶啤酒泡进吧嗒吧嗒亲吻着堤岸的湖水中。他们在芦苇丛中找到一个沙质湖湾,湖湾很小,只容得下这对情侣。两人光着脚,坐在折叠椅上,他把裤腿卷得很高。

不,这里没有蛤蟆扰人的叫声。有一次,远远地,有一辆摩托车。除了水面上的蜻蜓,除了丸花蜂、菜粉蝶,还有什么呢?就这样,一直到傍晚。偶尔有一条鱼泼剌一跳。用香烟的烟雾驱走蚊子。可是忽然间却发出一只单独的铃蟾的叫声。与其说是叫,还不如说是在撞出持续不断的钟声。"当我们已经不再存在任何希望时,这个撞击了三下的钟发出了一短、一长、一长的钟声……这样持续不断的钟声同静如死水的水面形成特别鲜明的对比。这是从哪儿来的呢？我没法说是从近处,还是从远处传来。要不然,这里真是万籁俱寂,除非那些直至傍晚在早熟的田野上空粉墨登场的云雀一展歌喉。我知道,从东北方飘来的云团是卡舒布人聚居地夏季的云团。铃蟾的叫声没完没了……"

皮亚特科夫斯卡对着寂静,用盖过没完没了的铃蟾叫声的声音说:"现在我们该刹车了。"

看来雷施克并没有立即回答:"你认为我们已经开始的事情不会成功吗？"

"我只是讲刹车,因为情况还不错。"

"可是我们刚开始……"

"尽管如此我还是要说。"

"还没有葬满三排墓穴……"

"相信我,亚历山大,情况不会更好。"

"就是说,放任自流,因为再也没有人能使这辆车停下来……"

"只是因为我们有过某种想法吗？"

"……这个想法尚未完成,只不过是残缺不全的……"

亚历山德拉结束了这些同铃蟾的叫声一道重复着的对话。她咯咯的笑声通过雷施克的磁带录音流传下来。

当然,这两个人继续干了下去——现在我甚至想咒骂他们继续干下去这件事！——可是,在情况还不错时就建议刹车,这就等于在他们的故事当中刻下转折标记。后来我找到登记的内容,这些内容证实了这一重大事件:"这就是那只孑然一身的铃蟾,是它劝亚历山德拉预先结束我们的努力。我要不要听从这个劝告呢？"

关于那次野餐,还值得报道的是:四只啤酒瓶在温热的湖水里泡不凉。"我们真该像我建议的那样,把游泳用品带来。"雷施克写道。可是我对这种疏忽却感到高兴,因为这样一来就免去了报告人把美术史家和女镀金技师,鳏夫和寡妇,脸色苍白、瘦骨嶙峋的雷施克和时而严厉、时而放纵的皮亚特科夫斯卡,把奥莱克和奥拉这一对晚年情侣作为沐浴者描绘一番的任务。

他们只是把裤腿高高卷起,把裙子撩起来,站到岸边的浅水当中去。他看着水下的双脚,看着它们模模糊糊地,时而这样,时而那样地移动着,在他看来,既遥远,又陌生。她用右手撩起裙子,左手抽烟。

后来,雷施克从沙滩湖床上拾起一些表面刚被水冲刷过的扁平石块。"在我年轻的时候,这儿有螃蟹。"当石头下面一点动静也没有时,他这样说。

她说:"我同妈妈和爸爸待在这儿的时候,战争刚结束时,螃蟹还很多。"

当亚历山德拉接着说"这种事现在已经成为过去"时,亚历山大则证实道:"这种事永远过去了。"

第二天,雷施克为了庄重起见,不得不匆匆穿上自己的西装。计划上列着三次葬礼,在两次新教葬礼之后是一次天主教葬礼。当时,身穿丧服的家属都带来了牧师、神甫。公司合同允许这样做。

年迈的太太们被埋葬,有很多家属给她们送葬。伴随着天主教仪式的葬礼,第四排坟墓可以开始了。从雷施克拍摄的那些在背面注明日期的照片看,波兰那些抬棺材的人也很可能是德国人。当时,除了两个掘墓人,还有两个公墓园丁受到长期雇佣。面朝长林荫大道的方向,在一个砖结构房子里,坐着一位看墓人,他在白天回答参观公墓的人提出的问题,除此之外,他还负责保管灵车、园圃工具和掘墓人的工具。

布拉库普倒是乐意担任这项当时还十分清闲的工作。延尔曲·弗罗贝尔费尽唇舌,向她解释,属于公墓的一个工作岗位同她在监事会里的位置不相称,不过也只是在他给布拉库普清楚地说明她担当少数派发言人这一职责的级别有多高之后,是在雷施克付给她的录音独白优厚报酬时,这位老太太才心满意足了:"好吧,如果不行,那就拉倒。我倒是想得挺美的,在小房子里面,而且布置得舒舒服服

97

的。甚至在夜里也是如此,这时外面黑漆漆的。要是有坏家伙来捣乱,我会注意到。就这样办吧。不过我还是希望在公墓当看墓人……"

不仅仅雷施克在听,如果可能的话,他正凭借放着的录音,在仔细听着她的讲话;延尔曲·弗罗贝尔出生在格罗德诺,战后被赶进格但斯克市的废墟,在脚手架下长大,现在醉心于过去的故事,因为他或许可以在土地登记局找到这座从废墟中成长起来的城市过去的历史。老师和神职人员曾经使他相信,格但斯克过去一直就是波兰的,是早期波兰的。自从这种儿童的信念出现裂痕以来,弗罗贝尔就想知道更多的东西,比文件上能找到的还要多。虽然那些用绳子捆好的、装得很满、用德文写成的,关于地皮界限和道路法,关于很旧的契据和遗产继承权的诉讼档案,那种积聚着几个世纪祖传下来的刚愎自用的臭气并没有使他感到厌烦,可是布拉库普太太却能给他提供有滋有味的细节。她的格言——"应当称赞外国,可是不要到陌生的地方去"——就是毫不动摇的定居生活的证明。她从时过境迁的回忆中拾起背后议论和政治上抹黑的法宝。她知道谁曾经住在沿着林荫大道修建的大资产阶级的别墅里,也就是说,住在联合公墓附近。"他们都是经理,而且富得流油。雇有照顾孩子的保姆和房屋管理员。瞧,这儿,沿着兴登堡林荫大道往上走,直到阿道夫·希特勒大街中心,这条主要街道过去就是这个名字。我还记得很清楚,因为我当时由于心脏不好到过齐特隆大夫的别墅。我给您讲,弗罗贝尔先生尽管是个犹太人,却是一个能干的大夫。他们折磨他,直到他被迫逃到瑞典,因为再也不准他在这儿当大夫……"

对于弗罗贝尔十分重要的东西,甚至连有轨电车的行车路线以及谁在哪一座教堂里长期或短期布过道,所有这一切,布拉库普太太都有问必答,能够脱口而出。因为她同一个造船工人结了婚,这人于一九四二年在克里米亚半岛阵亡了,所以她知道谁同谁在共和国时期是冤家对头。"我可以跟您讲悄悄话,弗罗贝尔先生!在这儿,在席豪造船厂和在车厢制造厂里,一切都乱七八糟。赤色分子反对褐色分子,然后褐色分子又用棍棒对付红色阵线。好啦,直到希特勒来了,对大家都一样……"

这些故事弗罗贝尔还嫌听得不过瘾。这样的故事没完没了,如果皮亚特科夫斯卡同雷施克坐在那儿,她就会同一位叔祖母进行比较,这位叔祖母讲起很久以前的往事,就会提到毕苏斯基元帅以及该元帅进驻维尔诺的情况:他的目光炯炯有神,他的髭须高高翘起,他的马是一匹灰斑白马。亚历山德拉咯咯笑着:"别以为什么事都是真的。"雷施克在他的日记中写道:"我们不应过分沉溺于回忆之中,重提那些陈年旧事,因为,正如布拉库普所说:'谁用棍棒来打泥坑,谁就会溅上一身污泥。'再说,公墓要做的事已经够多的了。即使我们的想法只答应给死者提供很小的一块故土,但它却指明了前进的方向。"

对塞得满满的墓葬地的这种召唤指的只能是迄今为止比比皆是的土葬。七月底就不得不在和解公墓建造一个安放骨灰坛的场地,因为人数不断增加的"愿意安葬者"都注重火葬。有不少人,从不久前才不以国家形式存在下去的东德各州前来预约,要求火葬,放弃基督教的葬礼仪式。来自施特拉尔松、新勃兰登堡或者巴特多贝兰的申请人虽然并不自称无神论者,却希望"只举行一次没有牧师,没有墓前演讲的朴素葬礼"。此外,为了实现这些愿望,特别是在运送骨灰坛时,花费不多,更因为新的,只规定以一比一的比价兑换的货币虽然没有它的光彩,却变得短缺了。

既然不可能再将米夏埃利斯路旁的旧火葬场投入使用——在那儿的地下室里,一家录像带出租点租了一个房间——第一个安放骨灰坛的场地也就同样设置在和解公墓的西区,而且与长林荫大道平行。

在安放骨灰坛时,哀悼者的范围更小,往往只限定在家庭成员这一狭小范围内。这种更小范围的哀悼也可以从很快就风行起来的,运送早已去世者的骨灰这一实践中得到说明。在这种情况下,人们的出发点肯定就是死者生前所表达的愿望。这些愿望总是用同一句话来寻求满足——在那儿,只有在那儿,在人们的出生地找到长眠之地。这样的补偿也许很快就会给德国-波兰公墓公司监事会带来麻烦,不过我不想预先就采取措施。

甚至一切都还进行得很顺利。只有雷施克因为自己由于职业的缘故,是一个唯美主义者,面对这些运来的骨灰坛发愁。因为,他连同公墓规章提示一起,给所有在电脑中储存的资料发了一页形式规范的表格。他禁止使用塑料容器,促进了烧得很硬的、用陶土制成的骨灰坛的使用。

紧接着,竖立的墓碑的状况成了人们谈论的话题。在墓葬地下沉之后,就会出现这种状况。通过皮亚特科夫斯卡介绍,雷施克同一些住在市区临时工棚里执行修缮任务的石匠交谈。自从露天台阶,最后一次是在面包工作台巷的露天台阶修复以来,他们抱怨工作少得可怜。在支付了监事会经过短暂的、有一部分是通过电话进行的辩论才批准的无息贷款之后,在昔日的火葬场地区,一家石匠工场开业了,该工场马上就开始为和解公墓大量制造产品。

雷施克严厉注视,不要有一块墓碑违犯公墓规章里的规定。在一些条款中规定:"……每块必须立得稳稳当当,用楔子同基座或者基础连接在一起。禁止安放照片、假花花圈和玻璃牌或搪瓷牌……"在别的禁令之后,还写着那道禁用人造石的禁令。

可是雷施克并不满足于这些规定。一些由石匠工场推荐的样品——它们的复制品就摆在我面前——要使巴洛克式墓碑形状再度流行起来。他建议使用流传下来的徽章和图案。按照那些从他取得大学授课资格的论文中摘出来的引文,图画似的浅浮雕应当复述《圣经》题材:原罪、关于回头浪子的比喻、拉撒路奇妙的顿悟、我主基督的丧仪、死者的复活……并不缺少爵床科植物叶片和果实的伞形花序。

备受欢迎的墓碑铭文带来的困难还要多。因为不得不谢绝不少墓碑铭文,其结果总免不了要同家属们进行令人难堪的书信往来。我在我这个矫枉过正的中学同学的笔记中找到一些没有刻上墓碑的格言,譬如说这些格言吧:"敌人从你手中夺走的东西,你死后又夺回来了。"或者:"我们亲爱的父亲和祖父阿道夫·策尔考在德国的故土安息。"或者:"遭到驱逐再返归故里,在这里,安卧在上帝怀里和故土中的是娘家姓蔡德勒尔的埃尔夫丽德·纳普夫。"或者简明扼要地写着:"在德国的土地上安息着……"

在讨论"在遭到冤屈之后正义得到伸张,他永远不会失去故乡"这一墓碑铭文时,在中产阶级企业家格哈德·菲尔布兰德和副行长马里安·马尔扎克之间出现意见分歧。在这件事情上不得不麻烦监事会。经过短时间的反复讨论之后——在讨论中,德国人自以为是和波兰人的敏感势均力敌——据说,埃纳·布拉库普的异议"我不想在这儿谈论现在并不存在的正义,可是故乡始终就是故乡"促成了谅解,根据达成的谅解,碑文的第一行抹去,第二行可以刻上墓碑。

菲尔布兰德书面致歉,因为他在一次电话干预过程中使用了审查这个词。马尔扎克请求不要过分琢磨他所表露出来的某些神经过敏。据说皮亚特科夫斯卡可不管这场争论,咯咯大笑:"干吗要刻铭文?难道墓碑上的名字还不够吗?"

八月份多次证明这一个月是确定税额的危机性月份。在格但斯克和别的地方,旅游者销声匿迹。虽然在华沙看来,可以说兹罗提不知在什么时候稳定下来了,而且发行量很低,可是物价却在不断攀升,以轻蔑的态度对待工资和薪金。离得很远,可是借助电视却又拉得很近,伊拉克袭击石油酋长国科威特引发了一场危机,这场危机很快就被称为海湾危机。不要忘记,在格鲁吉亚、立陶宛、南斯拉夫本来就已危急的形势变得更加尖锐。可是即使不把目光移到境外,境内的情况看起来也并不妙:德国-波兰公墓公司面临着一场争端。

关于是否应当把工业大学与大学生专科医院之间叫作和解公墓的那块公园地带用篱笆围起来的问题,早在公墓公司刚成立时就已经提出来,却认为并不紧迫而被延误了。可是新堆起的坟丘上的花束和花圈不翼而飞,尤其是因为有人断言:人们在第二天就可以在多米尼克市场旁边的货摊上,在出售鲜花和花圈的商人那里买到赃物,虽然没有花圈饰带,可是仍然漂亮、新鲜;尽管已经赔偿了损失,但是有关丧家的控告却没完没了,后来甚至有一个骨灰坛,虽然没有破成碎片,却被碰倒了,被粗暴地故意碰倒了,这时刚好达到法定人数的监事会——在德国方面,监事会成员卡劳和菲尔布兰德缺席——在经过短时间讨论之后,根据约翰娜·德特拉夫太太的建议——她称所有这一切"要求太高,令人气愤"——作出决定:公墓地带用一道篱笆保护起来,另外,雇用一个值夜班的人,当然费用由公墓公司负责。

皮亚特科夫斯卡和雷施克作为管理业务的股东在监事会里没有投票权这一状况现在酿成了恶果。他们提出,说这道篱笆会惹起麻烦的反对意见,却无足轻重。甚至就连弗罗贝尔都赞成修建这道篱笆。

当海湾危机每天每日只提供众多报道危机的消息当中的一则消息时,已经是八月中旬了。这时,沿着格伦瓦尔茨卡林荫大道,立起了一些柱子,用来撑住有一人高、以后也许要绿化的金属丝网。报刊立即开始报道这一事件。有一篇短评用上了诸如"公墓集中营"和"德国人喜欢篱笆"这样的措辞。该短评在结尾时奉劝:人们真该省掉贵重金属丝网,把最近才失去作用的柏林墙建筑构件免税输入波兰,再把它们竖起来,以保护德国公墓。"必须把界墙搬来!"

总的说来,是嘲笑声多于谩骂声。刚修起来,有一部分篱笆就被拆毁了。人们干这种事时小心翼翼,他们爱惜材料,因为金属丝网和水泥柱在别的地方,比方说在市郊小菜园之间,要不就是在用篱笆把鸡舍围起来时找到了用途。拆卸这些东西变成了民间的节日。

"尽管如此,"雷施克写道,"这仍然是一种令人讨厌的景象!"因为算来每天都会有六至十个土葬。第七排墓葬地已经挤得满满的。安放骨灰坛的场地需要扩充。当公墓遇上这场篱笆争端时,它的生意正兴隆。变化不定的哀悼者人群开始提出他们死者的安全问题,这是不足为奇的。一些家属怒气冲冲地带着父亲和祖父的骨灰又走了。最近在剩下的建筑构件前面举行了多次抗议集会,集会上的齐声高呼影响到公墓的宁静。这时,监事会在通过电话进行一番商量之后,取消了它的决定:没有人喜欢这种事,喜欢政治上的争吵。

篱笆残存物一夜之间便消失殆尽。对于栽种生长迅速的矮树篱——雷施克建议欧洲刺柏——没有反对意见。监事会公开表示遗憾,而新闻记者们也失去了对这件事情的兴趣。尽管夜间有人值班,偷窃鲜花和花圈的行为仍未停止。虽然如此,至少墓地宁静重又得以保持。另外,还存在着世界范围的危机:在这儿是阿拉伯大沙漠,要在该大沙漠试验新的武器系统;在那儿是苏联,它大有分裂成自己彼此相距遥远的各个组成部分之势。八月份的节目单排得满满的。只有从德国才传来令人愉快的消息:预先就匆匆忙忙地给统一的日子规定了期限。

雷施克上一次从波鸿带来的小礼物,一套带可调节混合电池组的镀铬淋浴设备,已于八月七日——而且远离任何危机——首次使用:亚历山德拉的六十华诞就在如此开怀畅饮中开始了。他写道:"她多高兴啊!'够奢侈的了!'她叫道。无论如何我们得一起站到新购置的东西下面去,就好像我们都是孩子似的……"

然后,这一对情侣走进圣玛利亚教堂,来到亚历山德拉的工作场所,来到天文钟面前。看来所有修复工作都已完成。她不无自豪地站在动物和栩栩如生的人物形象圈内,把那头狮子指给他看。那头狮子同巨蟹星座和人马星座、公牛星座和室女星座一起,不是发出新镀上金的那种闪闪金光,而是发出暗土色的微弱闪光。"这是我的画。狮子使得我去满足冒险的愿望,变得有点轻率。当然,狮子想统治世界,但它往往又宽宏大量。它想长途旅行,兴高采烈地同朋友一道欢庆……"

他们只在至亲好友中间吃过饭。他们的一位女同事和延尔曲·弗罗贝尔光临狗巷。熏鳗鱼端上了饭桌,然后是梭鲈鱼片。谈到了所有能够谈论的事情,最后谈到各地发生的危机。可是以前这一对情侣混杂在旅游者与本地居民中间。就像往常八月初那样,在所有的巷子里都举办多米尼克集市。有一幅剪纸作为剪影可以证明他们两人一道闲逛。这幅剪纸把两人放到了一张纸上——是侧面像,一前一后,亚历山德拉在亚历山大之前。看得出那是她的小鼻子,他的鼻子,她丰满的嘴巴,他向后瘪的下唇,她那个在短短的脖子上隆起的双层下巴,他那个同下巴有点不相称的,既是高高的,又是平直的额头。他的后脑勺往后延伸,就好像——估计已经是——她的胸脯。这是毕德麦耶尔派画中的情侣,雷施克的第二件生日礼物同这一对情侣很相称,这件礼物是一本很多剪纸的画册。

在我的资料当中,找不到对于旅游的任何暗示。在经历了如此众多的事情之后,这两个人开始倾诉衷肠。尽管如此,但我并不相信他们相互间会推心置腹,无所不谈。不管是寡妇还是鳏夫,都有理由抱怨死去的丈夫,抱怨死去的妻子。不仅仅是在狗巷的住宅,还有在波鸿的公寓住房,都保留着环绕四周的和照相簿上收集到的正常幸福日子回忆片断。在昔日的经历中探查没有必要,因为少量越位的冒险只能提供模模糊糊的或者颠三倒四的回忆。他十四岁半就当了中队长,她十七岁就十分兴奋地成了共产主义青年组织的成员,他们俩就像原谅天生的缺陷一样,原谅他们这一代人。用不着彻底研究任何失足。尽管他在自我怀疑的情况下认为,必须在内心里同希特勒青年团进行不断的斗争,尽管她也很想早一些,在一九六八年或者在此之后两年就注明她的退出日期:"当民警在这儿向工人开枪射击时……"

从八月底起,他们很少去参加葬礼。人们让弗罗贝尔和埃纳·布拉库普去干这种事,他们不错过任何一次葬礼,在赫维留饭店不错过任何一次葬礼后的宴席。和解公墓现在运转顺利。天文钟最后一道工序交给了皮亚特科夫斯卡:巨蟹星座与双子星座之间的太阳,甚至天秤星座与天蝎星座之间的月亮都要镀金。雷施克把精力集中在组织工作上面。

因为波鸿的电脑同狗巷的电脑相互输入数据,相互提问,有通信往来，在向和解公墓供货时很少出现差错或者瓶颈现象。不管是波兰方面还是德国方面，报刊上都平静无事。别的消息便享有了优先刊登的权利，比方说在海湾地区人员和装备的与日俱增，来自立陶宛的最新消息和一直在伤心的总理与居住在格但斯克的工人领袖①之间耗尽精力的紧张关系。这位工人领袖就像很多身材矮小的人一样，自以为有责任干一番大事。可是公墓公司的账面情况证明，紧张的世界局势对于德国-波兰和解事业并没有害处。

尽管有很高的额外费用和生活费用，存款仍然急剧增长，到了出乎意料的数额。投入得当的一千六百万德国马克带来一笔如此高额的月利息收益，所以附带产生的遗体运送和使用费用——疾病与死亡保险公司支付余额——所减少的那部分资本也就微不足道了。不用说捐赠账户了，借助该账户，可以清偿贫困人家的葬礼费用。应当确保他们，譬如说在格但斯克的德国少数派的家属在和解公墓有一席长眠之地，德—波公墓公司在公益事业方面发挥了作用。

尽管账面情况良好，但必须说，三分之一的资本连同一直失效的立陶宛合同部分的利息还有待解决。可是立陶宛人对于民族独立的要求排斥了少数派的愿望。不给那些昔日居住在维尔诺，现在已经去世的波兰人的特别公墓留出空地，就是说，至少还没有留。首先，必须是主权国家，而且都是自己人。也许以后，当人们把俄国人赶出去时，可以在外汇基础上进行谈判，可是现在……

我在我那个中学同学的流水账本上看到："亚历山德拉忍受着这种拒绝一切的态度的折磨。为了至少能有所作为，她新近通过她的联合会——'维尔诺和格里德诺志同道合者协会'把一些波兰教科书寄过边境。我们俩都觉得，做的事情很少，太少了。尽管如此，她仍然不允许她的痛苦给我们持续不断的夏季幸福投下阴影……"

---

① 工人领袖指波兰团结工会主席瓦文萨（1943—　）。当时，即 1981 至 1985 年雅鲁泽尔斯基（1923—2014）任波兰总理。

后来抢拍了那些照片,雷施克把这些照片摆在十分显著的位置。其动机产生于九月初,一个周末。既然这些照片并未像通常比比皆是的那样,写上地址,我就只能瞎猜了。这一点是肯定的:他们坐渡船从希温霍尔斯特到尼克尔斯瓦尔德去,经过流入大海的维斯瓦河。一张快照展现的是身穿浅蓝色胸衣,倚在汽车轮渡栏杆旁的皮亚特科夫斯卡。那就是说,他们很可能是在窄轨铁道旁的公路上,在通向施图特霍夫,通向新滨外沙洲途中,在沿着海滩树林栽种的公路行道树的树叶隧道中。我的猜测依据的是日记中记载的内容:"在穿过洼地的旅程中,引人注目的是:在城市东边蔓延开来的工业区犹如癌症似的蚕食着平坦的,只是由于有维斯瓦河堤坝才被隔离开的土地。'在盖莱克①时代就已经开始了!'亚历山德拉叫道。压倒一切的是硫黄味……"

在这四张照片上,一条公路的沥青路面在闪烁发光。在路面上,一些被碾扁的蛤蟆的轮廓清晰可见。这并非同一只蛤蟆。我敢肯定,有四只蛤蟆不止一次,而是多次被车碾过。也许它们四只一群同时在半路上,也许是一对一对的。也有可能,它们彼此相距一千米,被车碾了。只是这些照片才把它们彼此拉近了。我想,可能不止四只蛤蟆试图在这儿或者那儿,或者说所有蛤蟆都试图在一个地方横穿公路。一些蛤蟆运气好,另外那些则遭到了不幸。简直是被碾扁了,变成了浅浮雕,尽管如此,仍然可以看得出来它们就是蛤蟆。这是一条典型的公路,这类公路两边都有菩提树和栗树,夏天它们就形成一条深绿色的隧道。对于蛤蟆来说,它就成了陷阱。

前腿的四个脚趾,同样,后腿的四个脚趾连同蹼膜,都看得出来,甚至连前腿和后腿第五个脚趾的爪也看得清。扁平的头部和凸起的眼睛被压进了躯体。尽管如此,仍然清晰地呈现出疱状背部痕迹。躯体上的汁被榨得一干二净,躯体起了褶。在两张照片上,内脏被压出来,在旁边晾干了。

---

① 盖莱克(1913—2001),1970年12月20日成为波兰共产党第一书记,1980年7月被解除第一书记职务,1981年7月被开除出党。

根据我对蛤蟆的了解——我承认,自己了解不多——这些蛤蟆可能是土蛤蟆。可是雷施克却在这些照片背面写上:"这是一只铃蟾"——"这只铃蟾再也不会叫了"——"扁平的铃蟾"——以及"还有一只被碾扁的铃蟾,不是好兆头!"

很可能他说得对。既然红肚皮和黄肚皮铃蟾比土蛤蟆小,他声称扁平躯体的长度为五厘米,有两次说明是五点五和六厘米,那它们大概就是无尾目,也就是铃蟾,而不是身长可以长到十五厘米的土蛤蟆了。因为是在河流与小湖间的滩地上被碾扁的,所以肯定是低地铃蟾。要是雷施克小心翼翼地把这个或者那个浮雕从沥青地面上揭起来,翻个个儿,把两侧被碾的底面拍摄下来的话,我现在就会明确地谈到红肚皮铃蟾了。可是他厌烦从高处往下看。教授很有把握。

我看,他们并没有继续往前走,到施图特霍夫和与之同名的集中营纪念馆去。大概是亚历山德拉想往回走了吧。尽管她喜欢站在无神论的立场讲话——在另外的场合她说:"尽管我退了党,那我仍然是共产党员。"——但她仍然摆脱不了迷信。

关于这些事,没有会议记录。既没有费用账目,也没有照片证明这一多次重复的会面。只有他的日记透露就连亚历山德拉都守口如瓶的事情:雷施克从九月初起,同查特杰多次见面,"因为"——他是这样解释自己的秘密的——"这个在世界各地四处漂泊的孟加拉人不断地让希望,让地地道道的双重希望萌发出来。他从所有沉重地压在我们头上的东西当中,挤出一道有用的涓涓细流。譬如说使他开心的是,上涨的油价使汽油越来越贵,尤其是在穷国可以感受到,甚至在波兰也有同样感受,因此去找他的人力车企业的顾客也就越来越多。情况就是如此。每天我都看到,他怎样利用油价的上涨实现自己的计划。那些灵巧的、当时由年轻的波兰人随随便便驾驶的人力车不仅在老城跑来跑去,有人看见它们沿着格伦瓦尔茨卡林荫大道跑上跑下,在索波特和奥利瓦装满客人,而且再也不只载旅游者了。造船工程师、市政当局的官员、高级教士,甚至还有民警军官花很少的钱,就让人把自己送到工作场所,要不就是下班以后让人送到家门口。查特杰说:'我们不仅对环境无害,我们也是独立的。不依赖马上就要激烈争夺的油井,我们保证价格公平。而且情况还要变得更好,因为一切都会变得更糟糕。您是知道我的论点的:只有人力车才有前途!'——我没有反驳他;我怎么也会……"

我昔日的中学同学大概经常在他们初次相遇的地点,在木架小屋里同这个孟加拉人会面,而且同他一道喝多特蒙德啤酒吧。他们在酒馆柜台桌边的对话是:雷施克从巴西雨林一直谈到在劳齐茨的褐煤开采,给那个生态学的原罪预言最坏的后果,我听见雷施克在说晦气话,那些被碾扁的蛤蟆也证实了他的话。我听见查特杰在未来高速公路的车道上拯救塞车的大城市罗马和巴黎。唯一使他发愁的是,从荷兰进口人力车时间太长,尤其是在海关老让人生气。

接下来我便顺理成章地找到了对于这个持英国护照的孟加拉人最新倡议的提示。"他出资成了过去的列宁造船厂的董事。新的自由法律允许这样做。他要在自造船厂危机以来空空如也的两个中等大小的装配车间生产人力车。他口袋里已经揣上了鹿特丹一家公司的许可证。不只是要满足波兰的需要,出口才是他的目的。查特杰说,他与二十八个经过挑选的、能干的船厂工人签订了合同,并把他们交给了两个荷兰师傅培训。他们的专业知识就是这个力争实现的流水线生产的基础,马上就要开始进行这种生产……"

在两瓶出口啤酒之间,这位名叫雷施克的教授向这位孟加拉人指出:格但斯克这座城市在几个世纪期间,当它还叫但泽时,就同荷兰和佛兰德人保持着贸易关系,把艺术家召进国内,使得来自梅赫伦的建筑工程师安东尼·凡·奥伯根有可能受市政府之托,修建就近的老城市政厅,在毛纺织工巷修建大型军械库,以及在按照文艺复兴晚期风格建造的卡塔琳娜教堂旁边修建布道室。查特杰很可能回想起了,在加尔各答成为英国人的战利品之前,胡格利河畔就已经有荷兰人的贸易分公司了;另外,在一八七〇年前后,有一个祖籍荷兰、在日本传教的弗朗西斯派托钵僧发明了人力车,这个词来源于日语的

"Jin riki shaw"，意指：由走路之人拉动的运输工具。

这些都只不过是一些猜测罢了。不过，在进行这样一次柜台桌边的交谈时，在这个商人和这个管理业务的股东之间那个初次的财务约定肯定用文字记录下来了，这两个人这么早就达成了协议。不过，德国-波兰公墓公司向查特杰人力车生产企业投入百分之三十资本股份一事，只是在很久以后召开的一次管理人员会议上才公之于世。不管怎样，雷施克非常大胆，卓有远见，向这个可望会成功的项目投资。公墓公司的账面情况允许进行这一大宗额外交易。

在日记中没有提到数额。没有任何银行结单证明这种有风险的专横武断。从他的流水账本上能够看到的只有那些"面向未来的优势"。"这位查特杰先生很善于让我那些往往是令人沮丧的预感化为泡影。要不他就在一转眼间将它们染成玫瑰红的乐观云彩。要是我能够让亚历山德拉相信他那种想法的慈善该多好啊！我多么想让她能稍微了解一下这个与我们志同道合的孟加拉人啊！不管怎样，我清楚地记得，我们这项奉献给为灰尘之人的事业，怎样才能配上他的计划。如果说我们是在对死者尽义务的话，那他就是要保证人类活得更长久。如果说我们关心的是结局，那么他面临的却是开始。如果大话还有意义的话，那它就是在这儿，在我们共同努力的领域。死者回归故里，每天每日都在我们和解公墓举行这样的仪式；人力车作为运输工具，我们年轻的悼念者特别喜欢使用这种交通工具。我说呀，这两者就是永恒的'死亡与生存'行之有效的证明……"

亚历山德拉依旧置身圈外。还没有如此大胆的一箭能将她带到查特杰身边。她不仅仅拒绝乘坐伴有音乐声的人力车，她还反对人力车的所有者，反对她并不理解的这个人。这个人真叫人害怕。这个人散发出异味儿。她白天不相信他，晚上也不相信他。"总要睁开一只眼睛！"她叫道。很早的时候，还在第一批葬礼之前，雷施克就已经把她的判断记录下来了："是个假英国人！我们会屈服的，就像我们波兰人在维也纳城外战胜了土耳其人一样……"

若是涉及查特杰的出身，亚历山德拉的怀疑也不是没有道理的。

在一次柜台桌边的交谈中,好像是顺便就承认了:"这个人力车夫"——就像皮亚特科夫斯卡用轻蔑的口气提到苏布哈斯·钱德拉·查特杰一样——只是父系方面祖籍孟加拉。他不无尴尬地声明:他母亲确实出身于马尔瓦利种姓的一个商人阶层;马尔瓦利人①从北部,从拉贾斯坦邦移居孟加拉;不久他们就在那里控制了地产市场,后来又在加尔各答占有了不少黄麻工厂,使自己不太受人欢迎。尽管如此,马尔瓦利人却会做生意。至于他,查特杰么,倒是很像母亲,而父亲却是个诗歌爱好者,一心在做主宰梦,因此他给这个独生子取了相应的名字。可是他不想继续追求传奇般的苏布哈斯·钱德拉·鲍斯②的自大狂,——鲍斯作为印度领袖不得不遭到如此可怜的下场——更确切地说,他要这个离不开妈妈的孩子继承马尔瓦利人的商业道德。"请您相信我,雷施克先生,如果要想有前途,我们就必须预先向它提供资金!"

所有这一切在狗巷自然是不会谈的。雷施克穿着便鞋在那儿住下来了。我敢肯定,亚历山德拉觉察到了他的秘密。可是因为柜台桌边的交谈纯属例外,这一对情侣也很少接受晚上赴约的邀请,因此可以说:他们深居简出。只有几分钟的时间,他们允许电视用充满危机的事件占据他们的起居室。他们按照意大利烹调法相互为对方做饭,在这一方面他们意见一致。有几个波兰字他都听熟了。他们轮换着玩小电脑。当她在厨房里为雕刻得十分花哨的画框上底色,离开镀金技师专用软垫,为一幅又一幅画重新镀金时,雷施克则在一旁观看。而当他沉醉在象征性之中,给她揭示巴洛克式墓碑的双重意义时,她也全神贯注地倾听他的解释。有时候奥莱克和奥拉一起听盒式磁带录音。周末去湖滩或者卡舒布湖泊的芦苇岸边郊游时留下来的就是:在合唱和独唱的铃蟾的叫声。

---

① 马尔瓦利人是印度北部说拉贾斯坦语中一部分操马尔瓦利方言的人。亦指出身于印度拉贾斯坦邦的商人和高利贷者种姓的人。
② 苏布哈斯·钱德拉·鲍斯(1897—1945),印度独立运动领袖,因飞机失事遇难。

五

  在照片上,我看见他们不是手牵手,就是手挽手。这种配上适合周末穿的衣服,配上时装的举止被雷施克前往波鸿的旅行所中断。除了日记上记载的内容和复制的收据外,那些只是顺便表示爱情的信件也作了报道。他手脚麻利地报道"不可避免的大宗额外交易"和"到期革新账目"。他在对一些保险企业集团货币流通盈利的暗示之间告知,"有时候设立不动资金"是必要的。可是他并没有在任何一封信中写下"目前,适应政治趋势的高额利息使人们有可能进行有利的投资"这句话,相反,他只是用工整的字体把这句话写进了他的流水账本,好让我可以推测:雷施克善于理财。

  亚历山大·雷施克一直就善于理财,譬如说,在战争年代,在他组织了当时必不可少的捕捉马铃薯瓢虫行动,并将它改名为对付美国马铃薯甲虫行动时,就是如此。在向县农民协会负责人进行了一番慷慨激昂的汇报之后,他得以把奖金从满满的一升瓶一个格罗森①提高到接近一个德国马克。接着,他把这笔额外收入当作"不动资金"保管起来。这样一来,我们队——我参加了"捕捉马铃薯甲虫行动"——在举行该行动结束庆祝活动时,就能够在克尔平田庄粮仓里提供一些特别的东西:发面糕点、棒糖和麦芽啤酒。

  凭借这些早就训练有素的才干,这位美术史教授开始使用德国-波兰公墓公司的资金。他绕过监事会,证明了自己的鉴别力,分散了户头,在这儿使货物迅速脱手,在那儿获了利,在照顾到各方面

---

① 当时德国货币单位,一格罗森为十芬尼,一马克为十格罗森。

的情况下为各种投资打下了基础。我认为,借助这些投资,德—波公墓公司变成了一个有若干分支的、令人捉摸不透的企业。只是从他那个波鸿秘书处即可"管中窥豹,可见一斑"了。"……尽管那儿,"雷施克写道,"再也不是很适于居住之地了。登克维茨太太不得不雇用一个文书,再雇用一个在变得相当复杂的簿记方面能帮她一手的人。"

他的公务旅行注明的日期是九月底至十月初。他宣称在美因河畔法兰克福、杜塞尔多夫和乌珀塔尔的约会都是很紧急的,可是在他的流水账本中却只字不提那些日子发生的重大事件,只是在十月四号的一封信中我才读道:"现在统一成了一纸空文。对于鲁尔区那些,我承认,我几乎就不熟悉的人们来说,这种事无关紧要,充其量是要求他们在一些运动场上发出习以为常的吼叫声罢了。也许你说得对,亚历山德拉,我们德国高兴不起来……"

在此之后又谈到"志愿埋葬者"的钱款问题。钱是交给他们保管的。使用这笔钱时必须充满爱心,未雨绸缪。只是放着的钱不会生息。因此他想通过隐蔽的渠道让这些钱增值。"就让政治通过炫耀自己的存在,一而再,再而三地去出风头吧!亲爱的,我们有责任继续待在我们死者的寂静之中。终于离开了这嗜好变化的历史,他们应当安安稳稳地长眠地下。"

一般说来,雷施克都有 个愿望。他除了带来另一类小礼物,其中有一个造型美观的落地灯之外,也把这种愿望归入他回乡之旅的行李之中。可是狗巷这一对情侣却没法与世隔绝,专心致志于他们那涉及全世界的和解想法。如果说十一月份公墓的经营还占上风的话,从十二月开始,现在就连波兰也有一些重大事件需要处理了。皮亚特科夫斯卡喜欢拿来同西班牙愁容骑士①作比较的那位总理,当人们在谋取最高国家职位的两轮选举中发生争吵时,在第一轮选举

---

① 指西班牙作家塞万提斯(1547—1616)的小说《堂吉诃德》中的主人公堂吉诃德。此处的愁容骑士指雅鲁泽尔斯基,胜利者指瓦文萨。

中已经没法保住自己的职位了。他被击败后把这个领域让给了两个大有希望的人。关于那个胜利者,亚历山德拉说:"他曾经主张工人罢工。现在想当小毕苏斯基。我现在不得不哈哈大笑……"

我几乎感到钦佩的是,这两个人超凡脱俗地生活在自己的想法中,离他们的国家越来越远,要不就是他们认为,他们已经把自己移交给了这两个国家,因此他们便绕着弯,从它们旁边走过,同时从高高的瞭望台上俯视它们。从每晚都在讨论问题的这一对情侣的废话中,我能够过滤出德国人和波兰人的半打评论,其中就有这个证词:这一些富人还不够成熟,在统一实现之后,还不能作为成熟的国家观察自己;可是那一些对自己的国家,甚至在这个国家不存在的情况下总是深信不疑的穷人对于民主政治的理解还不够成熟——因为只有在抵抗中才能经历到——所以从此以后,还未完全成熟的东西便会向邻近蔓延,而不管邻近是贫是富。"这种事不会成功。"雷施克说。"一定不会成功!"皮亚特科夫斯卡叫道。

评论这样一些令人沮丧的诊断并不是我昔日的中学同学给我提出来的任务。再说,也很难做到用比较好的分数来弥补那双重的高级中学肄业证书的不足,尤其是因为那些估计悲观的人根据事情的状况,大多数情况下都估计得正确无误。不过也许可以用缓和的语气说,我们这对德—波情侣,在他们每天每日都给自己提出新的任务之后,证明自己业已成熟,可以在亚历山德拉那三居室住宅里过冬了。她背后说他——没有用"典型"的说法——自以为是。他忍受着她对俄国人的仇恨,他这么长时间地使这种仇恨具有相对性,一直到它作为失望的爱情变得可以忍受时为止。也许是世界危机状况——它的图像洪流侵袭了每一个家庭——使这一对情侣变得如此和气了。不管怎样,她对他的便鞋不反感了,而他也放弃了去整理她那杂乱无章的图书馆的打算。更有意思的是:她不只是喜欢他,甚至还喜欢上了他那双骆驼毛做的便鞋。在他看来,歪歪斜斜的书架上那副乱七八糟的样子同她本人都讨人喜欢。她不要他戒掉趿着鞋踢踢踏踏走路的习惯,他不要她戒掉吞云吐雾,使劲抽烟的嗜好。这个波兰女人和这个德国男人啊!也许我会把他们装进一本儿童图画册的:没有口角,满足于和睦相处,简直难以置信。

很少有客人来。提到佩特里教堂那个神甫及其唯一的题目:他那座教堂由于战争一直荒芜着的中跨缺掉的拱顶。埃纳·布拉库普和延尔曲·弗罗贝尔来做过两次客。据说亚历山德拉试着做了一只填满苹果和蒿的圣马丁节鹅。注明日期为十一月中旬的磁带录音让布拉库普有说话的机会:"这样一种填满苹果的小鹅,我已经好久没有吃过了。不过我还记得,在共和国的时候……"就这样,弗罗贝尔听到了卡舒布鹅的古尔登①价格,听到了一九三二年秋天,当埃纳·布拉库普最小的妹妹弗丽达·福尔梅拉同阿马达人造奶油工厂的一个工长奥托·普里尔举行婚礼时,都有谁入座就餐。

这一年迟迟不能结束。秋天似乎没有尽头,冬天变得如此暖和,以至和解公墓在冻土只有一铁锹深时,会自己生长:长出一排又一排的坟墓,一个挨一个的骨灰坛场地。如果没有那个记录,也许我会用除了葬礼之外,什么事也没有发生这个调查结果把话说得简短些。这个记录就是:"在平时公墓经营活动一切正常的情况下,在十一月五号的监事会会议上发生了争论。从此以后便不得安宁……"

人们本想在哈格尔斯堡旁的公墓安安静静地过一个万灵节。但仅就这个节日而论,就已经搞得够热闹的了。"比事先估计到的人数还要多的参拜者不怕长途跋涉。在预订饭店房间时出现了瓶颈,因为在和解公墓人潮如涌。虽然登克维茨通过电话和传真事先就警告过我,可是这股蜂拥而来的人潮……怨声载道。多米尼克市场旁品种少得可怜、无法挑选的鲜花看来着实令人生气。只有紫菀和菊花。再加上过高的价格。我不得不承诺下一次纠正,不得不去听诸如'波兰式的混乱'之类的责推。只是在下午我们才找到时间安葬亚历山德拉的父母,只用了一小会儿工夫,而且是在天黑前不久。弗

---

① 古尔登为德国古代金、银币名。

114

罗贝尔陪着我们。他熟悉奥利瓦与奥拉之间所有那些早就收拾好的公墓。后来，他领着我们走进邻近的地区，走向昔日的卫戍部队公墓。在那儿，我们找到真正罕见的东西。延尔曲怀着发现者那种难为情的自豪感，让这些东西就像很多年前的物品一样暴露在我们面前。譬如说：在茂密的灌木丛中，有一个可以证明石匠活儿做得精致的贝壳状石灰岩十字架。十字架上的碑文是为纪念在1870—1871年间死在集中营里的法国战俘撰写的。纵横交错，写了三页。他知道在另一个地方，藏在杂草丛中，有一个高高的、用石灰岩做的墓碑，在墓碑前有一个牛锈的锚。这一次，帝国舰队马格德堡号巡洋舰上的多名水兵和26号鱼雷艇唯一的一名水兵遇难死亡注明的时间是一九一四年这一战争年代。另外还剩下一些东西，我们的朋友为我们留下来，以后再讲。比方说那块嵌进一堵空着的砖墙上的石灰华石板吧。在那块石板上，在一片橡树叶上方的深浮雕上，一个共和国时代警察头盔轮廓明显可见，头盔下面是遭到敲击受到损坏的文字："我们的死者"。亚历山德拉对一打磨得光光的黑色花岗石感到惊奇，在上面连同蛾眉月和星星一起，雕凿着已经波兰化的鞑靼人的名字和死亡日期。没有一个死亡日期在一九五七年以前。'这些人在军人公墓干吗呀！'她叫道。弗罗贝尔有时候也像亚历山德拉一样，变得狭隘，成为沙文主义者。他不知道怎样解释才好，穿着他的风衣，尴尬地站在墓碑之间，认为必须原谅这些'违法安葬'的鞑靼人坟墓。在离此不远的地方，儿童坟墓上的木十字架令人惊恐万分。我们在一年前已经在这些十字架上看到过德国和波兰名字下面的那个瘟疫年——一九四六年。我说'你还记得吧，奥拉……'——'咳，我可能记不得了，奥莱克……'——'我提着装上蘑菇的网袋……'——'在妈妈和爸爸墓前我们突然想出了这个好主意……'我们就是这样过万灵节的。时间从我们身边溜走了。我在徒劳无益地寻找一个能抓住一切的说法。可是，在与市郊小菜园相邻、用有裂缝的篱笆围起来的地区的边缘，一个故意涂上油漆的、第一次世界大战的俄国战俘的坟墓使我们大吃一惊。这时，就连延尔曲和亚历山德拉也都呆若木鸡了。有如此之多的丧命历史学和暴行！有如此之多的死者躺在异国他乡！有如此之多的和解理由！树叶不断地从老林木和新长出的林木上掉下来。这就是那片悠然飘落的树叶。就像所有委婉表现死亡的象征都属于自然界一样。忽然间,我看见亚历山德拉和我,看见我们在异国他乡寻找我们的坟墓……当弗罗贝尔在正降临的暮色中把我们从这个荒凉的地区带走时,我建议要对这儿进行整顿,当然要由公墓公司负担费用。延尔曲答应在即将举行的监事会会议上提出这项动议。亚历山德拉在咯咯地笑,我不知道为什么。"

虽然会议开始时情况令人满意——国家银行副行长批准按规定期限汇划租金和使用费——可是后来仅仅由于这些愿望的提法问题,德国方面引发了一场原则性的讨论。在葬礼后,一些年迈的悼念者,同样地,还有一个垂垂老者,一再表示这个愿望,如果不能在紧靠和解公墓的地方,那也希望能够在公墓附近景色宜人的环境里安度晚年。在约翰娜·德特拉夫太太支持下,菲尔布兰德已经对一项建立舒适的养老院的动议进行了陈述:波罗的海海滨、海滩松树林和卡舒布湖滨备受欢迎。

就在德特拉夫太太更多的是凭感情用事时,菲尔布兰德则举出了一些他认为实实在在的理由。"我们那些年迈的同胞甚至准备搬进空着的,或者说受到破产威胁的工会之家,当然是在进行彻底修缮之后。"接下来,他建议现在就"有远见地"规划新建筑物。对于在本乡本土建立养老院的兴趣会与日俱增。如果不能说是在要求的话,那么家属的决心也清楚地表明,要满足父母亲、祖父母、曾祖父母的愿望。这时候,费用问题扮演的是一个次要的角色。保险企业集团准备共同为此项目提供资金。估计养老院可能需要两三千个床位。到时候需要很多护理人员。这就创造了工作岗位。这对手工业工场,对中产阶级将会大有裨益。"因为波兰所缺少的,就是一个稳定的中产阶级!"菲尔布兰德说。可是如果有人抱着怀疑的态度去听老人们的这些愿望,——就像有人引用毕隆斯基圣下的呼喊声一样——担心不受控制的回归故里的危险,因而以为必须卡住,彻底卡住,他就会把"在故乡安度晚年"这项规划完全局限在德国-波兰公墓公司的范围内,因为归根结底,这里要建立的是临终之家,当然不能这样叫。在现有的规划说明中,只使用养老院这个表达方式。

德特拉夫太太引用书信中的话,效果极佳。新教教会监理会成员卡劳博士把晚年称作"回首往事,因而也是回归故里的时代"。毕隆斯基神甫突然到来,不合时宜地提到佩特里教堂那个由于战争而荒芜的拱顶。"请谈正题!"主席马尔扎克大声说。紧接着,市政工作人员弗罗贝尔立刻就想起了沿着禁止游泳的海湾建造的工会之家,同样在赫拉半岛上,在那里,在亚斯塔尔尼亚,从前的鹊巢,"驱逐舰"工会之家就合适。弗罗贝尔表示愿意给济济一堂的管理者展示佩隆克路旁的几个方案,比方说叔本华家族那个类似宫殿的避暑地,或者那个从前就已经用作养老院的佩隆肯地主庄园住宅。他说起话来活像一个提供优惠的经纪人,他可以提供房间很多的附属建筑物,提供列柱门廊和内院的一个椴树圆形花坛,再加上奥利瓦森林山脚下的鲤鱼池。

可以指望的是:以其副行长为代表的国家银行表现出兴趣,该动议得到波兰方面赞同,最后获得批准;对股东合同有一个补充,可以从该补充中看出,站在德国方面的人将不惜付出任何财政上的代价。

有几个方案供人们参观,它们要么受到抵制,要么得到采纳,有附属建筑物和鱼池的佩尔肯地主庄园住宅就是如此,尽管这个建筑群在长年驻扎部队之后,很明显的,已经破烂不堪了。

在参观时,亚历山大和亚历山德拉也在场。这个到处看到衰落,很可能就是希望看到衰落的雷施克只记下了衰落:"地主庄园住宅与杂用建筑物之间这台被人把有用零件拆了出来的无轨电车,真荒唐。只有日晷还在发挥作用。叔本华家族宫殿还要糟糕:好像父亲的避暑地后来要证实儿子的哲学似的。啊哟,这就是那些新建筑物呀!正如亚历山德拉所说:'这是些哥穆尔卡时代的……'——从一

117

开始就是废墟。这个好心的弗罗贝尔最好还是把他那土地登记局的知识束之高阁吧。这个菲尔布兰德到处量尺寸那副样子简直令人作呕,他在这儿敲着灰泥,在那儿的过道地板上寻找干朽菌。而毕隆斯基则默不作声,因为卡劳已经答应他资助一个'真正的晚期哥特式'拱顶……"

还在年底前就签订了租赁和使用合同。对于雷施克来说,这是很痛苦的,因为他为了得到启动资金,不得不使一些账目变得简便易行,其中也有"不动资金"。私人保险公司提供额外资本,然后就是国民福利。在波鸿,登克维茨太太不得不再雇用一个办公室工作人员。

紧接着,有半打的工会之家开始了修缮工作,其中有那一些可以眺望大海的工会之家。沿着佩隆克路——如今的波兰基路——有几座大别墅和前面已经提到过的地主庄园已被租用,马上就搭起了脚手架。可以避免同迄今为止的房客发生不愉快的事情。他们宽宏大量,找到了新的临时住处。

所有这一切都发生在作出决定之后。只有埃纳·布拉库普的评论被视为在表决时弃权:"要是我不想在家乡度过我的晚年,而是想在一个岛上,在一个德语里面叫做马合烟的岛上舒舒服服地享受几年呢?"

监事会的决定不会使这一对管理业务的情侣继续发生矛盾。就我所知,两人都心满意足,因为延尔曲·弗罗贝尔提出来的这个"昔日卫成部队公墓"的提案在没有反对票的情况下受到采纳——钱,足够多的德国马克会在那里恢复秩序。

也许他们认为养老院作为他们那个想法的补充是站得住脚的,甚至是值得称赞的。这些临终之家肯定不是他们夜晚在奥加尔纳路交谈的话题。这一对情侣认为,在下班以后才能想到自己,也只能想到自己。后来要成双成对,就不要耽误时间。需要补做的事情很多。都是类似的意图。在雷施克笔下写着:"亚历山德拉有一个只与她有关的愿望,这种事很罕见。什么事她都想同我,她都想同我一起经历……"

没过多久,皮亚特科夫斯卡倒是希望做一件事情,这件事只能是她梦寐以求的目标:"我希望有朝一日沿着意大利'靴子'①往下旅游,如果可以的话,去看看那不勒斯。"

"为什么是那不勒斯?"

"因为人们都这样讲。"

"翁布里亚地区,沿着古意大利伊特拉斯坎人的足迹……"

"不过接下来就是那不勒斯。"

因为在亚历山德拉那个倾斜的书架上,在航海学专业文献之间,或者说在压着的一堆侦探小说当中,肯定能够找到一本地图,我看见这两个人在俯身查看那个意大利靴形地图。"当然是阿西西,还有奥尔维托。佛罗伦萨我们不能绕过。"现在她真不愿意独自一人沿着这只"靴子"往下游,而是要同他一道。他见多识广。所有的东西他都见过多次:"那你可以指给我看。"

因此我看见两人都心满意足。我喜欢看见他们这副样子。就着涂有荷兰芹的酸泡菜吃完烤猪肉之后,他们又一起在厨房里相亲相爱地洗碗碟。用布罩上,一个镜框等着重新镀金。在附近市政厅钟楼上的电子组钟又响过一次之后,就到了抽一支香烟的时间。亚历山德拉现在用烟嘴抽。外形美观的新落地灯找到了它的位置。他们坐在长沙发椅上,没有抓住小手,两人都戴着眼镜。商船队军官遗物当中的这张地图提供了一些建议。"得啦,要是我已经看到过那不勒斯了,那我马上就可以去死。"随后是她咯咯的笑声。

难道说这一对情侣非得表现出像一家人的样子不可吗?我倒是希望能够把这份报告局限在他们美好的想法及其可怕的化身的范围内。

到底能不能指望这两个人去进行这一次旅游呢?依我看,这次

---

① 因意大利地图形如靴子,故名。

旅游——我知道——不作数,在他们这样的年龄,他们用不着迫使自己去作就职访问。这是一些不愉快的事情,是一些狼狈不堪地去请求别人宽恕的话。

难道说那些证明这一对男女是一对情侣的照片——比方说两人在维斯瓦河渡船上或者说用自拍器拍下来的那张表现他们在湖滨野餐的快照——作为对他们今后关系的暗示,还不足以说明问题吗?难道说非得在节日期间,如果成行的话,给这次强制性的旅游,一站又一站地打上钩不可吗?

他们还在波鸿度过平安夜,不可没有圣诞树。他送她一瓶幽香四溢的香水,她送他的全是领带。在圣诞节假日①的第一天下午,他们——坐车——到达不来梅。同时已为假日的第二天在格廷根格布哈德饭店订了一个双人间。在第三天,在威斯巴登肯定给他们保留了饭店的客房。十二月三十日,计划上列的是(拉恩河畔)林堡,除夕时他们想待在那儿,参观老城。这个计划未实现。亚历山德拉只是从高速公路大桥上往下面很深处看,看到大教堂。他俩又在雷施克那套作秘书处的住宅里为新年干杯;两人都精疲力竭、垂头丧气,感到满肚子委屈,不过令人高兴的是这种劳累已经过去。"亚历山德拉胸有成竹地把上面插着蜡烛的圣诞树枝放进了一只花瓶里,真好!"

这四次就职访问在雷施克那里变成了一连串的诉苦。这一次没有颂歌式的倾诉。尽管从一站到另一站情况有好有坏,但是看来,他们并不顺利。这倒不是说,亚历山德拉的儿子维托尔德会直接用手指指点点地侮辱他母亲身边的这个男人;也不是说亚历山大的女儿索菲娅、多罗特娅和玛加蕾塔会唐突无礼地,用蔑视的眼光粗暴地对待她们父亲身边这位太太;这两个人作为一对情侣准备以满不在乎的态度对付这种接待。雷施克写道:只有那三个女婿也许会对德

---

① 圣诞节假日为12月25日—26日。

国-波兰公墓公司表现出兴趣——这一个冷嘲热讽,那一个居高临下,第三个则提出完全是在嘲弄人的建议。没有抱怨饭菜和饮料。父亲、母亲的圣诞节礼物也不会漏掉。

关于第一站不来梅,这样写道:"维托尔德拒绝同我们——哪怕只是泛泛而论——谈论和解公墓这件事,看来伤了亚历山德拉的心。他那句'这是你们的事!'至少证明,他那种用于交际的德语多么熟悉。对于我问到他的哲学研究状况的问题,他明明白白地回答说:'我们现在把布洛赫①彻底打败了。瞧,这种乌托邦狗屎!什么都没剩下。'晚餐在我们饭店——得承认是——极其典型的中产阶级的餐厅里就是这样,是在同这种音域协调一致的气氛中吃完的。他暗示,他更喜欢'油炸食品商店'。他还隔着汤碗,用波兰语把他母亲骂得狗血淋头。他根本就不理我。他从座位上跳起来,然后又坐下。有几个客人转过身来看。开始时曾试图提出异议的亚历山德拉变得越来越不吭声了。后来,还在上餐后小吃之前,维托尔德就走了,在这之后,她哭了。可她却不愿意给我讲,她的儿子用什么话伤了她的心。在已经重又面带笑容时,她只透露了这么一句话'好了,他现在到底有一个小女朋友了'。他的圣诞礼物,一把用一个塑料袋包着,肯定是很贵重的,女镀金技师用的獾毛修面刷,放在母亲的盘子旁边。"

关于在格廷根的停留,雷施克写道:"只有索菲娅的孩子们举止自然:开始时怯生生的,后来就很热情,甚至对亚历山德拉也是如此。我最小的女儿只准谈她作为社会教育学家的半日制工作职位,就是说,她什么都抱怨,抱怨这份临时工作,抱怨那些依靠救济的人,抱怨同事们,抱怨这份报酬。当我问她,我是否可以展示我为一份按顺序汇编的文献资料收集到的她那些和解公墓照片时,她摆手拒绝:'圣诞节和节日的所有事情已经够使人沮丧的了。'她丈夫作为书商很

---

① 恩斯特·布洛赫(1885—1977),德国哲学家,提出"希望的哲学"。1961年逃离民主德国,在联邦德国蒂宾根大学任客座教授。

善于抱怨'太多太多的东德人',使劲地,放肆地嘲笑东德买主渴望把提供建议的文学变成企业经济学和劳动法的贪欲,只冒出了这样一句话:'你们的公墓非常诱人!'再加上他的冷笑。这是一个玩世不恭的人,这种人过去曾经站在极左方面,可是现在就只有开玩笑,譬如说拿和平运动以及该运动抗议即将面临的海湾战争开玩笑。既然两人最近以来都是狂热的不吸烟者,所以亚历山德拉一要抽烟,就不能不到阳台上去。他送我一本标题为老年性能力的袖珍本,真是滑稽,滑稽之至!索菲娅送一双她称之为'促进'的拖鞋,真是奇丑无比。只有孩子们才带来了欢乐。"

关于在威斯巴登的就职访问,我读道:"多罗特娅变成了一个什么样的人啊!她放弃了自己的职业,不当儿科医生了。周围到处都放着甜食。她很快就长胖了,另外也变得闷闷不乐,懒得讲话,只有她的疾病——呼吸困难、皮肤发痒等才使她变得健谈起来。多罗特娅没有同亚历山德拉讲过一次话。她那个当时身为环境部处长的丈夫虽然同意研究我们的想法以及该想法的——天知道——难以实现,当然是以——按照我对他的了解——居高临下的方式:'看来你们肯定是以更便宜的价格把它从波兰人手里买下来的。租赁合同,它不会带来任何结果。现在,自从承认他们的边界以来,看来就完全有理由要求财产了,这至少同那个公墓地区有关。毕竟所有这一切都曾经是我们的。'亚历山德拉对此保持沉默。我说.'你们忘了,我们——就连我们的死者——在那儿都是客人。'然后谈到黑森州的垃圾场,变得越来越狭隘的党派纷争和即将举行的州议会选举。我得到一本画册,这本画册我已经有了,德罗斯特①编的《玛利亚教堂》。亚历山德拉得到几块从第三世界铺子里买来的端热锅用的布片。我们对所有这一切都默不作声。"

最后是这条受难之路的最后一站。我的中学同学就像整理他的墓穴板一样,把这条受难之路整理得天衣无缝。值得钦佩的是:皮亚

---

① 德罗斯特(1892—1964),在但泽出生的美术史家。

特科夫斯卡准备到了(拉恩河畔)林堡就停下来,去忍受他的三个女儿及其配偶的折磨。还在格廷根时她就该把这一些都丢开的。这件事连雷施克都这样看:"我最亲爱的!我对你要求过高了。这种冷酷无情!这种厚颜无耻!本来,我们是想同玛加蕾塔和她的弗雷德一道过除夕的。这曾经是他们的愿望。可是当我的大女儿事先根本就不问一下,就对我们的想法发表了一通自己的意见时,在亚历山德拉看来,这实在是太过分了。格蕾特——我过去就这样称呼她——用剪刀咔嚓咔嚓地剪着那些展开的照片,咂着嘴。'你们在那儿倒是发现了一个真正的市场缺口!'她大声说,还说,'你在这笔交易中到底有什么可图的?'接着又说,'那好吧,主意嘛,大家都得有。'这个以演员自居,可是几年来实际上却由我那个傻乎乎的格蕾特养活的弗雷德也来发表意见:'对!应该想出这样一个主意。我把这叫作搜刮。你们无论如何应当允许迁葬。这关系到直至,好吧,我们就说是直至千年之交的补给吧。'我还以为会打他的耳光哩。可是亚历山德拉认为,赞扬得过头了。我们随即动身离去。那些准备送给我们的圣诞礼物——送给亚历山德拉高级夹心糖果,送给我一个很漂亮的眼镜盒,具有青春艺术风格①——我们忘了带走。出于热情成为参议教师的玛加蕾塔在已经打开的房门口变得粗俗不堪,最后她说:'你们大概没有受到批判吧?在这儿装出一副受侮辱的样子!我就让人把你们葬在你们的公墓里面。和解公墓!这真可笑!我把这叫作盗尸!'"

没过多久,雷施克写道:"我不知道,亚历山德拉从哪儿获得这种力量,在经历所有这一切之后依旧泰然自若,是呀,又显得开朗了。当我们终于回来,在我们家里为新年干杯时,她请我放旋律优美的音乐。当我在寻找一些合适的乐曲时,她点燃了圣诞树枝上的那两支蜡烛,而且说:'我理解你的女儿。就连维托尔德也有一点点。这是另一代人。他们从来就没有经受过驱逐和逃跑挨冻的滋味。他们什

---

① 西方在1900年前后的一种艺术创作倾向。

么都有,就是什么都不知道.'"

我只能推测他放了什么乐曲,我敢肯定,是古典乐曲。在他的日记中,音乐只作为背景出现。他从未提到作曲家,连肖邦也没有提到过一次。除此之外,还可以看到:节日期间的天气太暖和,过于暖和了一点。"又是一个没有雪的圣诞节……"

当我们这对情侣过完一月份的第一个周末重又迁回狗巷这套三居室时,天气却又变得冷起来了。下雪了,雪积起来,越积越多,粉状的雪压着粉状的雪。对此,雷施克写道:"这就好像大自然是要为过于长期未能降雪致歉似的。所有装饰性的山墙上面都戴了雪的帽子。我是多么惦念这种声响啊:在嚓嚓作响的雪地上跑,在雪地上留下痕迹。亚历山德拉的高跟鞋必须停一下……"

日记上所写的内容说明了为皮亚特科夫斯卡购买毛皮里子、"贵得要命的纤巧女靴"的理由。他也同样给自己买了结实的鞋。他们就凭这身装束跑来跑去,比方说在勒根门防御工事围墙上,或者同弗罗贝尔一道去位于拉杜尼亚河上游的老救世主公墓,在那儿,在积雪下面,仍然可以感觉到那个已经腾空的、整整有一公顷半的大型公墓地区。要不就是我看见他们两人一道——因为弗罗贝尔因公不能前来——在长林荫大道左面的树木一边,往和解公墓方向迈开大步匆匆走去。这一对事先就给我规定该怎么描写的情侣:她戴着皮帽,像小圆桶一样胖乎乎的;他身穿直晃荡的黑大衣,就像在逆风时一样,往前弯着腰,尽管这时天气寒冷,没有一丝儿风。因为就连他也戴了一顶皮帽,我就考虑:一种新近购买的东西对他来说是否在某一季节合适,或者说,难道亚历山德拉已经找到一件放了樟脑丸的、过去结婚时穿的衣服?一些照片引起种种猜测。这两个人在路途上,后来在和解公墓让人拍照,多次拍成彩照。

人们不得不中止葬礼经营活动。冻得很深的土地无法挖掘。在零下十七度时,就连骨灰坛都无法按照专业要求安葬。雷施克写道:"在一排排坟墓之间只看见我们的身影,我们感到高兴。山丘挨着山丘。令人惊异的是,第一批墓地多么快就排成了行。在春天,公墓地区右上边那四分之一的地方大概就填满了。我看下面那四分之一的地方——骨灰坛区域到时候同样会成为封闭区。尽管那些零零星星的坟墓按照家属的愿望在园艺方面都造得很有个性,然而大雪却把一切都变得千篇一律。另外还要说明的是:暂时还标明死者姓名和生卒年月的那些朴素的墓地十字架被证明:它们全都一个样,一切都被厚厚的白雪掩盖着,新栽的黄杨木镶边,所有在冬天盖住坟墓的冷杉树枝都已银装素裹。面对着骨灰坛上这些白雪帽子,亚历山德拉忍不住要发笑。我第一次听到她在雪地上咯咯地笑。她又变得多么开朗了啊!'你们的盆盆罐罐看起来很滑稽。在波兰人的公墓就没有这种玩意儿。我们使什么东西都带上天主教的色彩。'后来,我们就不再是单独在一起了。布拉库普太太把自己裹得厚厚的,穿着她那双毡靴,摇摇晃晃地走来,不停地絮絮叨叨……"

我感谢他,没有把这位老太太的喃喃自语整理成书面德语,他在参观公墓之后立即就把她那滔滔不绝、口若悬河的话语记了下来。"瞧,在电视里看见这些大人先生,看到他们怎样在沙漠里同阿拉伯人打仗!"

这件事受到布拉库普太太的欢迎。只是通过她,在雷施克的日记中才报道了海湾战争的开始。"就这样,这件事早已经过去了。要是上面那些老爷对别人不感兴趣,那就打仗。现在我才想到,就像从前,当多米尼加就要完蛋时那样,他们给我们展现出节日的景象。可是我到底注意到了,他们就是魔鬼,想毁掉所有的阿拉伯人。我曾经考虑过,他们这样做到底是为什么?阿拉伯人也是人啊。就算是这些人可能做错了事吧。在世界上谁不会做错事哩!这件事我要问问您,教授先生。毕竟还不会没有同情心吧?"

我不知道,他或者她是否给这位上了年岁、来日不多的太太解释过海湾战争的意义。雷施克在他的日记中有间接叙述。他的话是:"布拉库普太太又一次了解到最新情况。奇怪的是,这位老太太对当前发生的每一个事件都具有多么大的兴趣……"这些话很少谈到他对新的、在电视里颂扬的毁灭系统。我只读到,他就像往常一样,有两种意见:一方面称这场大屠杀是有充分理由的,另一方面又说它是野蛮的。还在提最后通牒时,德国向伊拉克提供武器一事就使他愤怒不已了。可是一当他把化学战剂称为"德国毒气"时,他的愤怒便烟消云散了。他说:"这就好像人们有意要相互杀戮一样,这样一来便什么也留不下来了……"

他给雪地里的布拉库普太太拍过照,而这位老太太大概也给这对情侣在白雪皑皑的坟丘之间,在乔装成白色的骨灰坛前,在包上糖衣的公墓菩提树下拍过照。我手头的所有照片都在讲述一月间的严寒,讲述冬日的太阳,讲述蒙上阴影的白雪。我们已经知道这一对情侣在白雪皑皑的环境里是什么样子。布拉库普太太是新来的。她把头巾多次这么严严实实地裹在自己那小小的、已经干缩的脑袋上,以至这个把脸蒙起来的脑袋只露出那对细小的眼睛,那个发红的鼻钩和那张凹陷的嘴。而这张拍摄下来的嘴就是那张曾经打破墓地宁静、絮絮叨叨的嘴:"而如果他们要想停止打仗的话,那就会停止,就像过去曾经在但泽这儿做过的那样。满目疮痍。这么多尸体,没有人能够数得清……"

一张皮亚特科夫斯卡看来是在射击的照片对于雷施克的文献资料汇编来说,显得扎眼,肯定也不合适。我看见他和布拉库普太太在公墓圆形广场中央,两人都在剧烈活动。因为拍摄时振动相机,照片有些模糊。看得出他们在相互投掷东西。埃纳·布拉库普足登作战时穿的毡靴,叉开两腿,在投掷。她投中了,雪尘飞扬。亚历山大·雷施克挥臂投掷,他的毡帽滑了下来。人们把这称作打雪仗。

严寒一直持续到二月中旬。公墓犹如死去一般。可是这段宁静时期却安排了各种活动:第一批昔日的工会之家作为养老院搬进了住户。在别的工会之家,修缮工作取得了进展。佩隆克路的富裕市民别墅和地主庄园住宅修缮工程进展比较缓慢。其实雷施克只是顺便记录一下这种事情。两人几乎都不知道有什么理由来反对附加租赁合同。反正这两个管理业务的股东在监事会没有投票权。

在装帧漂亮的广告册中赞美说,以"在故乡安度晚年"为座右铭的这个方案是一种独创。报名人数不断增加。出现等候者名单是不可避免的。必须为另外八个工会之家,其中还有濒临破产的饭店,签订租赁合同,当然要有优先购买权。菲尔布兰德把大量时间都投进新的任务当中。他那家专门生产地面暖气设备的中型企业提供了内行合作的可能性。

有一段时间,雷施克和皮亚特科夫斯卡被这些活动吸引住了。受到大量老年人生活乐趣的感染——第一批五家养老院可以住进六百多位老人——他们后来赞同监事会的决定。在必须决定建立一家按照西方标准装备起来的老人医院时,他甚至还透露了他那些管理得很严的"秘密储备金"的其他数额。老头和老太太年龄上的缺陷在经历了短时间的、显得年轻的、初来乍到时的欢乐之后,又抱起它们的老习惯不放了,更为糟糕的是:受到所希望的,是啊,是热烈盼望的改变环境的促进,老年人的衰弱在加剧。对老人医院的需要迫在眉睫,因为人们信不过波兰医院。这些医院最多大概也就适合于过渡时期。不管怎样,养老院里的丧事有增无减。正如就连菲尔布兰德也不得不承认的那样,从二月底开始,出现了一种危急局面。

雷施克过去表示过的疑虑为死亡率所证实。尽管如此,他还是拒绝了一场论战。这场论战在一份西德的杂志上传播开来,得出的结论是:他做这种"有赢利的、利用老年人思乡赚钱的生意时,就涉及荒凉的避难所和货真价实的临终之家,人们不得不关闭这些地方"。这位管理业务的股东在他的反驳文章中暗示,死者年事已高——就在于高龄——"很高的年龄"。自养老院开办以来,有人算了一下,在三十七次丧事中,有七个近百岁的老人,死者当中没有一个小于七十岁。"此外,人们能够以无论如何已经满足了老年人的心愿为出发点。这些心愿在很多信中都已表达出来,它可以用寥寥数语来表达:我们想在自己家乡死去。"

菲尔布兰德以监事会的名义感谢澄清问题的抗辩。在雷施克那里,我找到使这位企业家显得比较温和的暗示:"不久前,他们两人进行了单独密谈。我很惊异地听到他对波兰经济的恢复多么感兴趣。他激动起来的那副样子令人感动。格哈德·菲尔布兰德常说的那句'波兰所缺少的就是一个健康的中产阶级'不仅引得马尔扎克和毕隆斯基圣下连连点头称是,亚历山德拉也同弗罗贝尔一道,他们都点头,甚至连我有时候也点头。"

尽管如此,还是出现了争执。还在三月初开会时气氛就已经十分紧张。按照他那列举费用和利润而归根结底又总能带来利润的方式,菲尔布兰德提出一项建议,该建议只引起了国家银行副行长的密切注意。从此以来,就应当给迁葬遗体和遗骨让位。当即就表示赞同的马尔扎克把 1970 年 12 月 1 日称为关键性的日期。当时,人们在华沙把第一个德国-波兰协议形诸文字。从现在开始,据说要通过迁葬为所有在那个日期之后去世的移居者提供回归故里的可能性。菲尔布兰德最后总结说:"人们至少能够以三万多个迁葬愿望为出发点。这种做法被认为是合适的。当然,就连我将来也要使我在七十年代中期和末期去世的父母亲能够迁葬。我请求我们的波兰朋友理解,我们意识到这一笔笔巨大的费用。凡是有利于我们民族和解的事情,都应当心安理得地付出自己的代价。"

举出了几笔仍然有不少零的硬通货的数额。就是说,在举行双人墓葬时必须大大提高收费的基数。尽管副行长兴趣盎然,但是波兰方面这些人却不动声色。斯特凡·毕隆斯基作为神甫断然拒绝。延尔曲·弗罗贝尔轻声地,但显然是神情激动地指出这个已经计划好的行动达到了一种"不人道的程度"。据说,皮亚特科夫斯卡哈哈大笑,紧接着菲尔布兰德也问道:比方说波兰中产阶级是否也该按照他的建议恢复经济呢?会议在激烈、愤怒的气氛中进行。如果在雷施克身上不是教授占了上风的话,那个被菲尔布兰德称之为"迁葬行动"、被马尔扎克以委婉的方式说成是"扩大的公墓活动"的行动,就会被不厌其烦地说成无法获得多数票,因而只好埋葬在争执的碎石下了。

这使他当着济济一堂的监事会成员的面,机械地背诵一个在他的流水账本中被称为"短暂的游览"的报告。他传播他那些关于教堂葬礼实践的知识时令人昏昏欲睡。麻烦的是,这涉及雕凿到墓穴板上那些注明业已到期的期限,然后也涉及把遗骨从家庭坟墓转运到各自的教区礼拜堂尸骨存放室的问题。教区礼拜堂狭小的室内不允许长期占用,只有建立墓室,塞满头盖骨和骨头的墓室。按照雷施克的说法,这些东西是"对死亡最直观的描绘"。

我敢肯定,他给他那个把什么都搞得一团糟的报告补充了延尔曲·弗罗贝尔曾经在圣约翰尼斯教堂废墟内提醒他注意的那些发掘物,而且这件事发生在不久前,在二月中旬,当时严寒正在减退。

他们穿过一个建筑工地围栏和那道只是随随便便地用一个以木板隔开的房间隔离开来的、通向教堂右厢堂的边门,找到了入口。弗罗贝尔走在前面。雷施克欣喜若狂,大吃一惊:"是什么样的一幅景象啊!在那儿,在昏暗惨淡的灯光下,在脚手架和支梁下面,在开裂的墓穴板与哥特式拱顶废墟之间,堆放着我们往日的证据:成堆的白骨、头盖骨碎片、骨盆和锁骨。我看到脊柱的零碎部分和骨节,就好像战争在昨天,当这座城市在炸弹和榴弹下,在一片火海当中土崩瓦解时才把它们暴露在光天化日之下似的……这就是我所见到的景象,尽管我还在这座城市完好无损时就离开了它……值得赞扬的是,在教堂的中跨,已经有一个正在进行清理的人开始收集木箱里的遗骨了。正如延尔曲给我翻译的那样,在一只木箱上写着:'小心玻璃!'该把它放在哪儿呢?好啦,不能搁在香烟头和啤酒瓶之间。因为这里不可能成为尸骨存放所,看来得挖一个特别的坑而且得把它盖住。比方说在钟楼脚下……后来,我在被破坏的主圣坛右边的废墟中找到几块残缺不全的、有一半陷进坑里的墓穴板,其中有一块是为两位船长安放的墓穴板——圣约翰教堂是船长、帆船运动员和渔民的教堂——和一块石灰岩墓穴板。在这块墓穴板上,在无法辨认的名字下面,浅浮雕上的两只手捧着一把钥匙。就是那儿也堆放着骨头和头盖骨……"

菲尔布兰德着手研究这些细节,研究雷施克对遗骨和尸骨存放室的每一次示意,以便在摆脱巴洛克式恐怖的情况下利用它们——当然在按计划进行迁葬时必须考虑到空间问题。大量申请书都要求集中起来。他完全可以想象一个个的墓群,而且还会建议为每五十个双人墓葬建一个坟墓。在这里,在一块朴实无华的石头上,被迁葬者的姓名和生卒年月都可以按字母顺序找到自己的位置。有一些墓穴板完全按照尊敬的雷施克教授博士先生的意思,用石板雕凿而成,让人写上解说词。甚至为流传下来的种种象征,比方说为刚才还提到过的那把钥匙也留有空间。对于每个问题都有一个特别的解决办法。只要下定决心,那就会找到办法。

可是目前还没有人准备下定决心。雷施克反对滥用他的科学发现,他称自己提到过的那间尸骨存放室是一个"过时的样板"。新教教会监理会成员卡劳承认"入迷"了。约翰娜·德特拉夫太太说:"我还没法习惯这个计划中的行动那阴森森的一面。"毕隆斯基和弗罗贝尔仍然持反对态度。马尔扎克不知所措地说:"以后也许……"根据雷施克的报告,亚历山德拉成功地结束了这次讨论,她暗示她父母在哈格尔斯堡公墓那座双人墓,尽管有可能会迁葬维尔诺,却断然拒绝迁葬:"已经长眠地下之人,应当继续留在那儿!"

因此会议目前毫无结果。马尔扎克推迟表决。在讨论议事日程上最后一项议程"几件零碎事情"时,谈到几种公众的反应。可以满意地断定,波兰人民共和国议会的一次辩论对公墓公司有利。一位过去的共产党议员怀疑德国-波兰和解行动是"乔装打扮的复仇主义"。辩论的高潮是突然叫喊:"一支德国尸体大军来抢占我们的西部省份了!"马尔扎克报告说,波兰人民共和国议会的好几位议员把这种诋毁驳了回去,他说,他们揭露这是"斯大林式的惊险故事"。会后,他请济济一堂的监事会成员去一家饭店酒吧依次饮酒。

在人们的想象中,位于赫维留饭店最高层——十八层的那间会议室,就是两间合并在一起的饭店房间。只有凭窗眺望城市右半边老城区的钟楼才显得高雅。尽管用两种语言,再加上用英语的争论往往提供了足够的炸药,但是由于马尔扎克的魅力,济济一堂的监事会成员说话的口气甚至在进行有争执的辩论时,也几乎从未变成伤害感情的唇枪舌剑。这个四十四五岁、总是衣冠楚楚之人由于头发脱落,一直到额头都像擦亮了似的闪闪发光。他作为多种语言对话的主持人善于磨去各种言辞激烈的讲话和反驳的棱角,他就像一个乐队指挥一样,用手势,有时还用法语,安抚这儿,平息那儿。他通过插话缩短弗罗贝尔的冗长讲话。他用一段《圣经》上的引文劝告卡劳那讲道者的热情以"阿门"作结。他通过插入有利于皮亚特科夫斯卡的吸烟休息来缓解德特拉夫太太一再表示的对于普遍禁烟的渴望。他不带任何讽刺意味,就把埃纳·布拉库普从偶然打瞌睡的状态中唤回到按照议程要点安排的事件上来。他能够将菲尔布兰德的建议归结为议事规程。当雷施克再一次看准机会,又提到和解公墓这个原始想法时,马尔扎克甚至能够用小小的、邀请人的手势使经常感到无聊的斯特凡·毕隆斯基感兴趣。就是遇到那种在迁葬问题上不允许作出决定的监事会会议,马尔扎克也能控制会场。雷施克用"就连迁葬也是驱逐"这个论断挑起菲尔布兰德先生和卡劳先生的矛盾,在他那经典题目"驱逐的世纪"之外再增加一个变种。这当儿,毕隆斯基在仔细倾听,布拉库普太太头脑清醒。弗罗贝尔拍手欢迎。"这太过分了!"德特拉夫太太叫道。菲尔布兰德以中止会议相威胁。尽管没有放录音,但布拉库普太太却在喃喃自语。没有人宣布休息,皮亚特科夫斯卡抽起了香烟。可是马里安·马尔扎克却用使人感到无能为力的微笑减除了大家的怒气。

后来,在饭店酒吧里,气氛变得无拘无束,几乎可以说是轻松愉快。我可以想象布拉库普太太坐在酒吧高脚凳上的情景。

在这次会议过后还不到一个星期,雷施克再一次同查特杰交谈。这一次不在拉杜尼亚河边的木架小屋里,而是在圣葬教区教堂后面野草丛生的公墓地区密谋。那里是一个被人遗忘,要不就是被人隐藏起来的角落,克拉维特尔家族的墓碑成了碰头地点。

"在灰色基座上是一块黑色的、擦得亮晶晶的花岗石。一道生锈的铁栅栏把这个宽敞的墓葬地围了起来。这最后一位克拉维特尔作为商会会长刻在最下面。当然我要为这个发掘物感谢弗罗贝尔。当我给查特杰讲本地第一家造船厂的创始人约翰·威廉时,他在洗耳恭听……"

我昔日的中学同学把这次秘密会晤写到了他的日记上。这次会晤持续的时间大概不到半个小时,我把它概括为:"他靠在墓地栅栏上等着。这个生性活泼、经常都是生龙活虎般的,是呀,出于本能对生活充满乐趣的、积极肯定生活的人不能不对我们只为死神服务的积极性感到陌生。就是这个人总在不断地吸引着我。他称安葬只不过是浪费空间而已。只要我能够不感到他这个人危险,我就可以同他交朋友。虽然他那重新治理交通的幻景使我一目了然,虽然我作为会开汽车的人准备毫无保留地作出放弃,把他的人力车视为拯救大城市的手段,我还是不大满意他对现在这场战争及其世界影响的评价。不,他的结论使我大吃一惊!查特杰认为,为了使譬如在亚洲和非洲直至无法忍受的贫困化变得明显可见,海湾战争是必不可少的。军事实力令人信服的证据也同时让人们认识到西方思想的软弱无能。现在活动着的东西,没有人能使它停下来。事情已成定局。他甚至想用尼采的一段引文来使我对这历史时代的转折点感兴趣,然后再同它一道对重新评价所有价值感兴趣。'我们已经出发了。目前只有几十万人,这些人行囊空空,可是富有思想。就像你们到我们那儿教我们复式簿记一样,现在我们也来同你们做一笔互惠的生意。'与此同时他就谈起他的人力车原则来,该原则的成绩不说自明。在突然一跳,在一个侧腾越,跳过至少有肚脐高的铁栅栏之后,他说起那笔由我介绍的启动资金的功绩,而且答应用暗示船厂创始人墓碑的办法来复活该创始人的创业精神。在又一个侧腾越之后,他假装郑重其事地玩起数字游戏来了。他不用左、右手支撑,又一个侧腾越,跳过栅栏。他对着克拉维特尔发誓,要把船厂变成财源滚滚的企业。很多装腔作势的成分,当然,这一点却是肯定的:查特杰的人力车生产在三个造船厂车间高速进行。首先应当为国内市场服务,然后才宣布出口。在这么多正在计划的活动中,我的商务伙伴有点发胖了。遗憾的是他再也不能作为自己的职员驾驶人力车了,他的体质训练遭到了损害,因此他不得不用跳跃练习来应付。他再一次侧腾越,跳进正方形的墓碑区,然后又跳到我这一面,以便给我透露,他为了减轻自己的负担,已经为他无数堂兄弟当中的六个堂兄弟——四个来自加尔各答,两个来自达卡——获得入境许可,然后——别人帮了一点忙——得到他们的居留证。三个不久即将到达的亲戚应当是马尔瓦利人,所以特别能干。"

所有这一切,克拉维特尔造船厂创始人那块被人遗忘、留存下来的墓碑都听到了。该墓碑奢华的镶边充当了这位孟加拉人的体操器械:他没完没了地练习侧腾越立定跳。四周是茂密的灌木丛、生锈的废铁,是一个木板棚的残存物,在木板棚后面是市郊小菜园。还在创建席豪造船厂之前,克拉维特尔就已经干得很带劲儿。那是他的第一艘汽船。只是在后来,过了好久之后,那个并未造船,只有种种思想的列宁来了。

再跳一次!又跳一次!在十二次侧腾越之后——雷施克一起在数——查特杰指着擦亮的花岗石,用手轻轻地叩着那个刻在最上面的名字,然后叩着生卒年代1801—1863说:"我倒是愿意同这个人搭档!"雷施克,这个可怜的,只敢做小小的侧腾越,却不想取代克拉维特尔成为搭档的雷施克,从他那"被盖住的盆里"拿出钱来,棵供讲一步的资助。提到银钱支付和银行联系。因此,人力车企业和公墓公司便以一人高的墓碑为背景,既在运动,又在停息,既接待生者,又接纳死者,再一次达成一笔交易。正如查特杰所说,这笔交易建立在"互惠"的基础上。

当雷施克想要知道这种生意在冬天的营业状况时,他听说,即使是在冰天雪地的一月份,许多波兰人都认为标价便宜的人力车收费表有利可图,在这些波兰人中就有国家银行副行长。"马尔扎克先生是忠实的乘客,总讨人喜欢。"这位孟加拉人在最后一跳,跳过熟铁栅栏之后说。

就连埃纳·布拉库普也喜欢坐人力车。要是监事会开会,她就让人力车一直把她送到饭店入口处,这一点旁观者也发现了。此外,她还使查特杰想到这个主意,提供人力车作为替东西不多的人搬家的运输工具。很快,市内包裹和信件投递都成了它的服务项目。

随着早春天气的到来,和解公墓的热闹程度与日俱增。这时,人们看到布拉库普太太经常坐着人力车沿着长林荫大道一直往上走,走到大门边的老建筑物。她从不耽误任何一次葬礼。她对所有的死者家属都表示她的哀悼。她把这种哀悼用"现在让他们长眠吧"这句话简明扼要地表达出来。据说这位老太太对让她按减价收费表乘人力车的查特杰讲:"我们俩在这儿占少数,因此我们必须相互支持。瞧,反对波兰和那边的德国人。他们想折磨我们……"然后,她便逼着不想翻译的雷施克把她发的牢骚翻成英语,"还说互惠。"这种由她建议的小型运输颇受欢迎,促使查特杰让人在他的组装车间生产这些专用人力车,也使她的女顾问由于一本免费车票而脸上增光。

只要布拉库普太太的车一到,就连公墓入口处也能找到一些旁观者。然后,她在为掘墓人和公墓园丁保存工具,雇有固定人员在里面看守的砖结构房子里取她的喷壶和一把另一面可用来耙地的小铁锹。

我面前放着一张照片,尽管这张照片证明天气很好,可是在这张照片上,布拉库普太太却坐在一辆把车顶高高卷起的人力车上。她犹如坐在一个贝壳里一样,戴着她的窄檐圆毡帽,一直穿着战时冬天御寒的毡靴。十指交叉,放在怀里。她没有面带笑容。

因为车夫不是巴基斯坦人,而是一个淡黄头发的人,看来,可能是波兰人,如果不是波兰人,那也是卡舒布人。很可惜,只有少量为查特杰人力车企业提供证据的照片。就像那些摆在我面前的黑白照一样,这张照片是真实的。那些黑白照片证明,在德国占领时期的华沙,禁令比比皆是,禁止波兰人私人驾驶,或者作为出租车司机驾驶汽车,当时有一个由波兰人开办,为波兰人的客运和货运服务的人力车企业。轮子和挂在轮子两旁的木箱破破烂烂,车夫闷闷不乐,车上的乘客愁眉苦脸。在另一张照片上,车夫在推装着货的人力车。作家布兰迪斯①在他的长篇小说《回旋曲》中让这种受到时代限制的交通工具动了起来。甚至在什切皮奥尔斯基②笔下,也出现了应急用的人力车……

然而那张埃纳·布拉库普作为中心人物的彩照展现的却是船厂车间生产的一辆崭新的人力车。人力车侧面,白色漆底上的叶绿色文字避开了这个国家的国语,而是要变得通俗易懂的"查特杰人力车服务处"。那个高高卷起的车顶画上了国旗颜色——白、红两色,白红相间的条纹。驾车人身着类似制服,然而又是运动服式的服装:赛车运动员便帽、无领和尚衬衫、类似原始时代灯笼裤的裤子,所有服装全是单色——蓝灰色。公司铭文和人力车号码塞满了衬衫前胸条纹。这辆人力车的号数为97。

就像在战时的黑白照片上华沙乘客都表情呆滞一样,连埃纳·布拉库普太太都一动不动地盯着照相机,仿佛她同人力车已经融为一体了似的。这个快照是雷施克拍的,因为在背面写着他的附注:"最近,格伯斯克德国少数派女代言人如此体面地坐着人力车去和解公墓。"

这张照片是三月底拍的。在这段时间,曾经短期稳定的货币又开始出现通货膨胀的势头,而这种事就在物价上涨、生产下降、工资冻结时发生。关于共和国的新总统,皮亚特科夫斯卡说:"现在电工

---

① 布兰迪斯(1916—2000),波兰作家。
② 什切皮奥尔斯基(1924—2000),波兰作家。

想当波兰的国王①。"他委任了一位总理,此人虽然没有前任那种伤感的气息,可是在全国范围内一切都显得要糟糕。只有教堂,到处都兴建奇形怪状的教堂。

雷施克写道:"假装如此乐观的联合冒险交易已经失败。就像一年之前美国人拒绝接收濒临倒闭的列宁造船厂一样,如今挪威人在入股邻近的格丁尼亚亏损的巴黎公社造船厂时举棋不定。充其量有一些假交易在进行。在这些为掩盖另一笔生意而作的假交易中,外国的邮箱公司和本乡本土的老厂的厂长经理们都会捞上一把。很可能就因为如此,所以查特杰生产企业的——尽管这个企业暂时还是中等大小的规模——声誉在不断提高……"

因此,埃纳·布拉库普太太充当人力车乘客这张照片要给我说明的东西,比这样一张快照所能证实的还要多。持有英国护照的这位孟加拉人在波兰扎下了根。他的六个堂兄弟——其中有三个马尔瓦利人——找到了一个范围广泛的领域,在华沙、罗兹、弗罗茨瓦夫和波兹南建立了分公司。当雷施克——不管有多少——把公墓公司的资金投入到人力车生产企业中时,他这样做是对的。现在已经可以指望,是否会以及从何时起,如果不是按照孟加拉人的黑色女神时母,就会按照孟加拉人的民族英雄苏布哈斯·钱德拉·鲍斯的名字,给昔日的列宁造船厂,过去的席豪造船厂——刚开始时还是克拉维特尔——命名。

不管怎样,希望同查特杰一道来到了波兰。

我相信,也不能不相信雷施克的话,德国-波兰公墓公司享有一种可以同查特杰生产企业相提并论的声誉——然而出于痛苦的经验,这种声誉一再遭到怀疑。人们敬重德—波公墓公司,而这时查特杰则被神秘化,变成了慈善家。尽管如此,雷施克还是自认为可以同

---

① 此处指瓦文萨。瓦文萨于1967年在格但斯克列宁造船厂当电工,1990年当选为波兰人民共和国总统。

这个孟加拉人平起平坐。他越来越频繁地称该孟加拉人为"我未来事业的商业伙伴和搭档"。我真不敢相信亚历山大——就像我们在文科中学时和以后叫他是空军助手一样——会那么有远见,当然我不得不有所保留地说:雷施克是在有利的、对他的想法有益的时候,在一切都在打滑、世界四分五裂、再也没有任何东西被认为可靠的时候扩张起来的。不过他对自己的亚历山德拉却可以确信无疑。

他们再也不是鳏夫和寡妇,他们以一对情侣的身份露面。我轻而易举地就记住了看见她赋予他们的想法以人性的情景:在市政厅受到接见,要不就是应住在奥利瓦的主教邀请,在波罗的海歌剧院的荣誉席上,在关于"和解的勇气"这一题目的公开讨论会上,或者在查特杰在船厂区用免费赠饮的啤酒和油煎香肠为他的第四个装配车间举行落成典礼时,在拥挤的人群中出双入对。不管节目单上安排什么活动,我们这对情侣都在场:并排依偎着,万不得已时背靠背站着,因为对于即将于四月初举行的会议来说,已经预告有一场斗争。

因为不大信任总是挑剔往日之事的延尔曲·弗罗贝尔,不大信任对于他来说,只有那些有利于他那个教区教堂拱顶的、收益颇丰的教堂募捐才算数的斯特凡·毕隆斯基,最多只能得到来自埃纳·布拉库普太太的支持——要是她在别人说废话时沉沉入睡的话——会议无法按原定计划进行。已经有了迁葬行动这个新起草的建议。菲尔布兰德把它摆到了桌面上来。一位将军在这场战役前不久,梳着板刷头发型,戴着没有镜框的眼镜,简明扼要、实实在在地说出这个建议。

当这位中产阶级企业家按照自己的喜好运用这位教授不久前作过的报告,把经常提到的巴洛克式尸骨存放室提高到新计划的典范这一高度时,迁葬遗骸一事听起来便切实可行,而且再也没有一点有失体统的意味了。建议修建具有一目了然的重大意义的集体合葬墓和墓穴板这样的纪念石碑。他说:"这个节约空间的计划要有绝对庄重的外表。"

教授这种研究者的勤奋就这样推动着菲尔布兰德的破车。甜蜜的无聊诱骗着毕隆斯基。弗罗贝尔正在寻找遗迹。布拉库普太太在戴着帽子呼呼睡觉。雷施克承认："他用了我的话来反驳我。我,轻率的我为他那令人反感的迁葬行动提供了论据。他这个总是赤裸裸的利益无可指摘的代言人封住了我的嘴。就连亚历山德拉用两种语言宣布的抗议——这个抗议用这样一句漂亮的话来表达:'只要我活着,就别想迁葬!'——听起来也好像是从窗户里面往外说。不,这个抗议并非完全不起作用:埃纳·布拉库普又醒了。她甚至选用自己独特的词语来给人留下印象。布道者卡劳相信听到了舌头在讲话。毕隆斯基和弗罗贝尔有仿佛被人叫到自己名字般的感觉。德特拉夫太太和菲尔布兰德呆若木鸡……"

布拉库普太太在讲话时戴着帽子,穿着她那双老不换掉的毡靴:"女士们、先生们,如果要迁葬到这儿,那么很快就再也不会有真正的尸体的位置了。究竟是谁想把所有这些在战争快结束和战争刚结束时丧命的德国人都挖出来呢?没有哪个魔鬼知道他们是在哪儿逃跑时被放倒的。谁愿意来偿还所有这一切?不!这里没有公道可言!只要你有钱,是德国人,你就可以迁葬。而波兰人还要从中捞上一把。可是,如果你是德国人,是个穷光蛋,你就只好同你的遗骨一道待在那儿,待在他们在一个倒霉的、没有公道的时代被埋葬掉的地方。不!这种事我不会参加!到时候你们把我埋到别的地方去。我不反对把我葬在一个阿拉伯人的荒漠里,在那儿战争从过去一直延续到最近。不过,女士们、先生们,事先,我的意思是,我要辞去监事会成员的职务!"

如果撇开这一对管理业务的情侣的异议不谈,那么唯一的反对票就该归到埃纳·布拉库普头上了。弗罗贝尔和毕隆斯基弃权。如果这位老太太不以退出监事会相威胁,使会议延期举行的话,事情很可能就会以德国人的三票和马尔扎克的一票成为定局。下一次会议应当于两星期后举行,事情紧急。菲尔布兰德没有告知这一对管理业务的情侣,就积极行动起来了。他谈到在提高了收费基数,确确实实有两千德国马克的情况下,有三万七千个迁葬申请。计算起来轻而易举,波兰国家银行副行长有格但斯克分行。

得报道一下旅游活动。这些活动不仅把雷施克和皮亚特科夫斯卡,而且也把查特杰带向四面八方。在这时,这位孟加拉人按照事先准备好的计划旅游,可是我们这对情侣却行色匆匆,好像得充分利用下次监事会会议之前这些剩下的日子似的。雷施克的旅游目的地是吕贝克。皮亚特科夫斯卡去维尔纳的旅游推迟了几天,因为签证来晚了。查特杰游览一大批大城市。每个人都匆匆忙忙的,带着少量行李就上路。雷施克坐汽车,皮亚特科夫斯卡坐火车,而查特杰呢,那好吧,他就坐飞机。

即使这一对情侣的意图让人觉察不到它同人力车生产者的计划之间的任何联系,可是在所有的人看来,有一点是共通的:生产者们都按照这对情侣的想法办事,不管是为了拯救这些想法,也不管是为了给这些想法添上一对翅膀。查特杰的欧洲之旅有助于组建和扩大分公司。皮亚特科夫斯卡想以最后的冲刺给维尔诺的波兰公墓创造进一步发展的机会。按照雷施克的意图,应当阻止迁葬活动。

六个堂兄弟当中,有两个堂兄弟陪着这位商人。查特杰从现在起,立即就保证提供一批暂时还是数量有限的、刚出厂的人力车。如果说他想用自己的交通计划来帮助所有受到摩托化铁皮堵塞、空气中废气弥漫、喧嚣声震耳欲聋的大城市的话,皮亚特科夫斯卡则用一种经济上的保证在尽自己的力量,这种保证用公墓公司资产的三分之一股份作担保。只有雷施克,当他在吕贝克对那笔,正如他所说的,那笔"有失人的体面的迁葬生意"提出异议时,手中一无所有。

如果从西欧和东欧大都会的交通状况出发来观察问题,那么查特杰的成功则是事先就可以预料到的。有关的政治家们都怀着好奇的心理着手研究他的计划,颁发城内人力车企业营业许可证,在阿姆斯特丹和哥本哈根立即就颁发,在巴黎和罗马经过几番犹豫之后颁发,在伦敦则附有诸多限制,在雅典只是在证实受人欢迎之后才颁发。

139

在立陶宛，上次全民公决时出现的少数派的反对票——少数白俄罗斯人和乌克兰人，多数俄国人和波兰人，那种由多数派要求的独立给他们提供的保证太少了——给亚历山德拉的愿望制造了不好的气氛。虽然人们认为提供经济上的支持是诱人的，可是并不想答应修建一个波兰国民公墓，不管是哪国人都一样。这里写道："首先克里姆林宫的统治必须去掉！"

在吕贝克，人们在倾听雷施克的忧虑和诉说。协会联盟的先生们和女士们——在他们当中就有德特拉夫太太——觉得自己爱莫能助，因为这么多同胞公开宣称准备把自己家庭成员的遗骨迁葬到格但斯克和解公墓一事，由于没有作出决定很可能就会告吹。据说，事情已经办妥。

当我现在说我想看见雷施克空手而归时——他的想法从一开始就使我讨厌——另一方面我却为亚历山德拉感到惋惜：她不想报告自己在外国的失败，甚至就连她"痛骂俄国人"的出气话也暂时打住了。只有查特杰在下一次——在"克拉维特尔坟墓"——碰头时，才能把雷施克称为"极其惊险的"那些进步列上清单。这位预先品尝到各种灾祸的教授盲目相信这个孟加拉人。当即就在我脑海里浮现出一个画面。在画面上，一辆崭新的人力车载着一个铃蟾乘客向着未来驶去……

我不知道亚历山大和亚历山德拉能够怎样相互安慰。他们的爱情历尽沧桑。不只是频繁的拥抱、深情的话语才会大有裨益。在日记中写道："开始时他们都像嘴上贴了封条似的，默不作声，甚至连眼泪也不流。后来，'该死的政治把什么东西都毁了！'这句一再重复的叫喊声使她稍微出了口气。可是昨天亚历山德拉把我吓了一跳。她拿起那个瓶子，她这个充其量从小利口酒杯中抿上一口的人拿饮水用的玻璃杯往自己嘴里灌维波洛瓦伏特加，把她的咒骂升格为一大堆我不想引用的话。不管怎样，立陶宛人、俄国人和波兰人都轮流着吃了苦头。为了合理调解，接着我便——用不着拿起伏特加酒瓶——咒骂起德国人来了。我只能同意亚历山德拉这个超越某一国家界限的评价：'他们从过去任何东西都没有学到，他们会加倍、加倍地犯错误。'虽然弗罗贝尔拼命催促，现在我们已经失去了参观其他公墓区的兴致。我简直担心，延尔曲由于过于热心，会给迁葬制造机会。单凭和解公墓，看来是无法应付这股蜂拥而来的遗骸浪潮的。"

对造船厂来说，情况则相反，查特杰的周游列国大有好处。人力车生产把其他装配车间都据为己有。很快，咄咄逼人的经济崩溃迫使全欧的大都会——后来是中等城市和小城市——开辟没有汽车的交通。在查特杰车间研制成功的三音铃在很多地方都使一首旋律优美的协奏曲变得家喻户晓。雷施克写道：这"是根据我的推荐仿效铃蟾的铃声。从此以后，这种铃声以它优美动听的忧伤曲调消除了好斗的、持续不断的喇叭声，至少在市中心范围内是如此"。

所有这一切增加了工作岗位，激活了艰难度日的造船厂——该造船厂遍及全球的声誉曾一度建立在"团结工会"这个概念的基础上。对于查特杰来说，容易想到的是：按照在此期间已经成为历史的工人运动的名称，给一种后来成为出口热门货的人力车模型命名。"团结工会"人力车发展成为系列产品，应当跨越欧洲，满足非洲、亚洲和南美洲大城市的需要。就连这种模型在走动时也发出忧伤动听、仿效铃蟾的铃声。

可是要做到这一步，查特杰必须把其他堂兄弟都叫到这儿来，在他们当中又有马尔瓦利人。他们现在是整整十二个人，除了活力之外，他们还带来了商业意识。波兰提供了劳动力。根据我的中学同学那些现在往往要跑在时间前面的笔记记载，据说，在这个一成不变地被人称作造船厂的、正在蒸蒸日上的生产场地要求有一个响当当的新名称时，波兰总统曾经推荐过他的名字。雷施克写道："各人力车车间的全休职工拒绝了这一建议。"因此据说——"因为查特杰很会过俭朴日子"——在千年之交前不久才做到这一点，这家席豪造船厂，即后来的列宁造船厂按照具有传奇色彩的孟加拉民族英雄苏布哈斯·钱德拉·鲍斯的名字命名。依我看,这与其说是一个模范人物,还不如说是一个可疑人物。不过这是另外一回事。

我还能报道的是,在下次监事会会议举行之前,迁葬活动已经开始进行。延尔曲·弗罗贝尔这位随时随地乐于助人、彬彬有礼、古道热肠、过于热心的人曾经四下张望,寻找合适的地区。长林荫大道另一侧宽敞的绿化设施提供了场地。苏军坦克在那儿——还要待多久?——作为阵亡将士纪念碑安放着。在雷施克和我的中小学时代,在那儿那家四季咖啡店备受欢迎。弗罗贝尔就在这坦克两边步测面积,无拘无束地为同公墓公司签订的租赁和使用合同步测面积。过去,这儿,在斯特芬公园紧后面,同玛利亚公墓接界。三公顷半大的地面覆盖着菩提树、槺树、桦树和槭树,甚至还有零零星星的垂柳,这些垂柳一直都有。墓碑在四十年代末就已经清除掉,从那后面的火车货站装车,运往华沙继续利用。

在所有的路轨,在帝国时代和席豪时代的工人宿舍以及有吊车和船坞的造船厂对面,是占地八公顷多的圣约翰尼斯、圣巴尔托洛莫伊斯、彼得和保罗联合公墓以及门诺宗教徒公墓。然后与此相连的是建有临时木板房的地区——昔日的五月草坪。在我上中学时,这里适用于列队走过观礼台、欢呼胜利、奏进行曲、发布命令和纳粹党省党部头目讲话。

在这儿,在离长林荫大道稍远处,在四季咖啡店残留下来的杂用建筑物紧后面,在两个集体合葬墓里面,安葬了第一批送来的遗骸,这些遗骸各自装在一百个简陋的木制小容器里。在场的人中既没有身穿黑色精梳毛纺西服的雷施克,也没有头戴宽边帽的皮亚特科夫斯卡,不过却有很多家属来了。因为面对墓穴,讲话既简短又适度,波兰公众对这次德语的盛行并不反感,尤其是因为人群在这第二次安葬之后都迅速散去,而且通常都有旅游习惯。

面对既成事实,我们的这对情侣别无他法,只好接受这些业已实施的迁葬,当然也提出了抗议。同她那潦草的、他那工整的缩写签名一起摆在我面前的是,把他们共同的软弱无能记录下来的东西:"我们感到羞愧!如果迄今为止,自愿地在生前作出在故乡长眠的决定,那么从现在起,就应当支配死者。不虔诚同贪欲掺和在一起,占了上风。在议事日程上,德国人的要求增加了。你们要阻止这些苗头呀!"

虽然亚历山大比亚历山德拉更多地引用这个抗议照会的原文,但她却是那种获得成功的人,她那句"如果不把所有的东西都记录下来,那我就马上辞职"在雷施克那儿有记载。反驳的话没有记下来。毕隆斯基和弗罗贝尔默然不语。不过只有一行文字宣布埃纳·布拉库普辞职。

她做这种事时并非一声不吭。据说,她用拳头,一而再,再而三地用拳头敲打会议桌。这时,她成了一个不能不予理睬之人:"真是伤风败俗!我看见他们把那些木箱,瞧,像过去人造奶油箱那么大的木箱排成行,堆起来。总是弄得非常井井有条的。井然有序!因为必须井然有序,就像过去德国人喜欢说的那样。可我再也不愿意当德国人,我宁肯当一个波兰人,我在那儿本来就是天主教徒。一切都是为了利用人。不!我不会出卖自己来换他的钱。我马上就退出监事会。真讨厌!"

六

雷施克和我,我和雷施克。"我俩作为高射炮助手,"他写道,"在格勒特考布勒森八点八厘米大口径高炮连……"当时,埃纳·布拉库普已经住在布勒森。她是在格但斯克及附近剩下来的不到六百个德国人当中的一员。那些认为自己是德国人的人凑在一起也许还不到五百,后来德国人越来越多。当数十万人整装待发时,他们出于偶然,要不就是出于坚定不移的定居生活方式,留在了那里,或者是耽误了变换地点往西部去。他们不是待在好几个星期都冒着浓烟的城市废墟之间残存下来的房子当中,就是待在郊区的贫民区,在那里,没有人提出他们无权占有地下室住房,无权占有复斜屋顶阁楼陋室。

埃纳·布拉库普在战争结束时是一位四十岁的寡妇。她的三个孩子在一九四六年这一瘟疫年死于伤寒。她很快就练会了一口能勉强同人打交道的波兰话,守住了她在疗养地渔村那个房间。该渔村现在叫做布热伊诺。她的房间恰似一个地下室,在她的小屋左边和右边以及通往新波尔特的有轨电车路线两边,火柴盒式的新建筑拔地而起。只要摇摇欲坠的疗养大楼存在一天,她就在那儿帮忙,当女服务员。后来,她在消费合作社找到了工作。从六十年代中期起,她通过帮人送信送东西、在肉店前排长队以及类似的服务性工作,把自己的退休金提高了。只有同像她那样的人,或者当旅游者到来,向她打听海边木板小桥或公共游泳场的下落时,她才讲自己的母语,她讲的德语母语的痕迹越来越少。

在东欧剧变之后,官方最初犹豫不决,可是后来还是允许所有留在波兰的德国人组建一个联合会。这时,埃纳·布拉库普不只是被动参加联合会。她经过一番周折,在耶施肯塔勒路弄到一间为近三百名组织起来的会员准备的会议室,这些人年龄既大,也不中用,他们不知道自己突然之间遭遇到了什么事情。现在居然允许他们高唱:《林中乐趣》……《在门前的古井旁》……或者在隆冬时节唱:《五月已经到来》①……所以才出现这样的情况:埃纳·布拉库普才得到德国-波兰公墓公司监事会中的席位和表决权。现在,会议津贴增加了她的退休金收入,而且也是她理应得到的。保证世代居住本地的人花上少量的、以兹罗提支付的费用就能在和解公墓得到一个墓地。这件事她办到了。她从捐款账户上拿出钱来,解决歌曲集、画报、克韦勒②商品目录和其他闪亮登堂的产品所需费用。监事会每次开会,她的声音是不容忽视的。

"埃纳·布拉库普一发言,"雷施克写道,"监事会成员往往都面面相觑。"据说约翰娜·德特拉夫太太对这位老太太那种业已丧失殆尽的德国味感到恼怒和恶心,"在吕贝克她逃跑的行李似乎被但泽汉萨同盟狂妄地翻了一番"。关于菲尔布兰德这样写道:"这位坚信讲话要简明扼要的商人开始时试图把布拉库普的口若悬河、滔滔不绝引向某一方向,因此也就感受到她的愤怒:'别打岔,听我说!'"新教教会监理会成员卡劳认为她是个怪人。

在会议桌的另一侧,人们也同样并非毫不拘束地在看着埃纳·布拉库普,听她讲话。她的存在使波兰人想起了不能像往常比比皆是的那样,归咎于俄国人的那种冤屈。每当这位老太太无意中说出"战后这儿是多么悲惨"时,马尔扎克和毕隆斯基便默不作声。

只有延尔曲·弗罗贝尔才毫不在意地,有时候活像一个情人似的献上一束鲜花,对这位老太太表示自己愿意洗耳恭听。对他而言,她的喃喃自语就是甘泉。他沉醉于细节之中,倾听着布勒森在遭到

---

① 以上几首歌为德国古典歌曲。
② 1928年建立的德国一家大型邮售商店。

纵横交错的新建筑破坏前是什么样子,哪些渔民以什么样的价格低价销售他们用拖网网到的鱼虾,在疗养院花园从耳机里可以听到午后音乐会的哪些音乐作品。因为布拉库普太太知道,谁在残留下来的渔民小屋,谁在有轨电车站附近、房屋正面灰泥剥落的市民住宅里住过,刚捕到的新鲜比目鱼要多少钱,浴场管理员叫什么名字。她讲述结了冰的波罗的海冰块的流动——"再也见不到冬天的阳光!"——给弗罗贝尔用口哨吹或者唱一支集成曲——沙皇皇太子和月亮太太中的曲调。

亚历山德拉·皮亚特科夫斯卡同延尔曲·弗罗贝尔都对他们这座城市情况不明的昔日历史有兴趣。该市中世纪直至巴洛克时代的历史,这位从主祭坛的雕刻作品直至如醉如痴的圣徒的皱纹镀金的女技师都熟悉。可是在朗富尔,也就是如今的弗热希兹采兹曾经有哪些百货商店,阿丝塔·尼尔森或者哈里·皮尔、察拉·勒安德拉或者汉斯·阿尔贝尔斯①主演的哪些影片从何时起在郊区的两家影院上演,她却是通过布拉库普太太才知道的。她对她的亚历山大说:"在以前这是一个漏洞。现在我知道施特恩费尔德百货商店曾经在什么地方,当时那些漂亮东西有多便宜。"可是从这个源泉中获得好处,为公墓公司获得好处的只有延尔曲·弗罗贝尔一人。

想必是二月中旬吧,这对情侣受到他们的朋友邀请,坐在一辆正如雷施克所说的"波兰造菲亚特"小汽车里,从一个清理干净的公墓地区匆匆赶往下一个公墓地区。她只不过是无精打采地跟着他走而已。自迁葬活动开始以来,他们俩失去了自己的想法。

延尔曲先把这对情侣送往奥拉——一个工人住宅区。该地过去的公墓被用作公园,而不大适合公墓公司,因为它夹在铁路路轨之

---

① 阿丝塔·尼尔森(1883—1972),丹麦女演员;察拉·勒安德拉(1900—1981),出生于瑞典的女演员和歌唱家;汉斯·阿尔贝尔斯(1892—1960),德国电影演员。

间。接着,他们便往上走驶向席德利茨。在那里,只剩下寥寥无几的墓碑碎块才使人想起这个同样被改成公园的巴尔巴拉公墓来;在往上延伸的地区,主干林荫大道和四条横向林荫大道都长满菩提树,此外还有栗树、零零星星的槭树、残存下来的公墓篱笆前面的桦树丛。篱笆上的缺口被用枕木做的一个障碍物补上了。

紧接着,他们在席德利茨上面部分沿着斜坡往上走,穿过野草丛生的地区:"七十年代中期才被夷为平地的圣约瑟夫公墓下面有三分之一的地方,架设了远距离供热管道缠在一起、细如藤蔓的管子,这条供热管沿着一条弧形曲线,蜿蜒通向邻接的新建筑区。"

然后,他从后面开始,沿着主教山往前走。弗罗贝尔走在前面,他们跟跟跄跄地走着——亚历山德拉穿的是城里人穿的那种过于轻便的鞋子——走过好几座腾出的、野草丛生的公墓。在这些公墓中,这位不断解释一切东西的朋友给他们发掘出被推倒的、爆裂的,或者还完好无损的墓碑。诸如奥古斯特·维甘特和娘家姓罗德勒的埃玛·恰普,这些名字很难拼读,它们被别的名字抹去了。在有黄褐色斑点的花岗石上,犹如一条不为任何人刻下的信息似的,刻着保罗·施特尔马赫,此人的生命从1884年延续到1941年。

在此之后,延尔曲·弗罗贝尔才开车把他们送到那儿,送到位于主教山后的山丘上,被波兰人称作海乌姆的施托尔岑贝格移民区旁边,一个公园地带逐渐变成森林的地方。这里坡度陡峭,一直往上延伸,直至一个犹太人古公墓可怜的残骸。从该公墓边缘极目远眺,与其说是叮以看到,还不如说是可以隐隐约约地感到那座位于山脚下的城市。

我同雷施克一道上山。还在上山途中,就已经有一块胡乱用作门槛的花岗石暴露了西尔贝尔施泰因这个名字。那些被往后推倒的巨大墓碑上的希伯来语和德语碑文长满苔藓。这些墓碑埋在杂草丛中,只有弗罗贝尔知道它们在哪儿。我同雷施克一致认为:这些墓碑"在我们年轻时就已经"被推倒了。弗罗贝尔没有反对。而亚历山德拉却说:"可是我们并没有再立起来,弥补一下。"

那些古墓碑在自言自语:亚伯拉罕·罗尔格尔贝尔生于1766年。亚历山大·多伊奇兰德生活在1799—1870年间。要知道更多的东西,得把苔藓从楔形文字上刮掉。雷施克谈到耻辱,皮亚特科夫斯卡谈到双倍的耻辱。我知道,但泽犹太教堂教区自1937年起,被迫将这个公墓以及别的公墓出卖给共和国,以资助该教区教徒移居巴勒斯坦。雷施克和我当时十岁、十一岁。我们真该天真地发问,早就该知道……只有当人们充耳不闻时,这里才是一个万籁俱寂的地区。在不远处,在空空的基座上,有两个小伙子耳里塞着耳塞。被推倒的墓碑所剩无几。人们议论到的那些墓碑一直待在那儿,它们也许会诉说……

当大家都再一次坐在波兰造菲亚特汽车上时,我在猜想这一对情侣是什么样的心情——"我们几乎就没有再讲话"——当弗罗贝尔开着车,经过救世主公墓和如今成为圣灵降临节教区祈祷室和洗礼室的门诺宗教徒教堂,驶向昔日的玛利亚公墓时,他们仍然同大家一样,一声不吭。玛利亚公墓地区就在席斯施坦格监狱建筑群旁边,该建筑群一直适宜作监狱。亚历山德拉说:"他们在一九七〇年十二月罢工时就把工人关在这儿。"

她再也不想看公墓了。看来她那过于轻便的鞋子不适于再去公墓地区。所有这一切使她感到既劳累又伤心。"我得坐一会儿,头也得休息休息。"

因此,他们不参观克拉维特尔墓,而是去参观就近的圣葬教区教堂。该教堂从十四世纪末起就是医院教堂——过去是罗马天主教——而且自波兰的战争结束以来,它就向旧天主教少数派开放。"延尔曲从一座昔日的医院建筑物中请来一位神甫。该神甫和蔼可亲地给我们解释,告诉我们在教堂长椅之间他同教皇的距离。他作为基督徒不愿对教皇的准确无误俯首帖耳。这是一个明亮的、适合居住的教堂。所有的墓穴板都要维修。这些墓穴板在八十年代中期从教堂正厅搬到了圣坛左翼。亚历山德拉在教堂里的一张长椅上坐了下来。"

我并不理会我中学同学偏离正题,谈到马肯森兄弟的双人墓和那块巨大的、在其中心一只正在跳跃的鹿可以有种种解释的斑岩石碑。同样地,他那些关于城市贵族格奥尔格·布罗特哈根用日耳曼最古老的文字书写的屋主姓氏的记载和摘自他博士论文的引文也无法引起人们的注意。所有这一切都只是想分散注意力,想阻止我言归正传。

当雷施克面对新铺的墓穴板,问及被迁葬者的遗骸时,神甫建议他去参观在左边那几排教堂长椅下面的一个墓室。借助一个随时备用的杆钩,弗罗贝尔揭起用厚木板做的地板。因为现在亚历山德拉倒是又想听,又想看,雷施克被迫跟在她后面穿过缺口。神甫待在上面。

"延尔曲很快就找到了电灯开关。空气凉爽、干燥,没有可以叫得出名字来的气味。走下楼梯,在砌筑的拱顶下面敞开了一个不如教堂厅堂那样宽的空间。在室内堆放着棺材,在左边一直堆到拱顶那么高,在楼梯口和我们脚下只堆到墓室的一半高。我们挤在一起,不敢走进狭窄的过道。每口棺材都用字体很粗的数字标上号码。这些号码都按照杂乱无章的顺序排列。尽管如此,这种不规则的堆放很可能同这三十来个新铺的墓穴板有关……"

亚历山德拉想知道:"那里面还有谁?"

弗罗贝尔可以肯定,那些棺材都装满了。而雷施克则认为,很可能就有布罗特哈根,有马肯森兄弟,有城市贵族莫埃韦斯和施密德,另外还有格拉拉特。

"难道就不可以打开,打开这儿这口棺材吗?"

"非这样做不可吗?"

"瞧,我们已经站在这儿……"

"我不知道……"

"只是稍微……"

弗罗贝尔抬起紧靠他们脚端前面的那口棺材盖子,使揭起的盖子形成一个四十五度的角度。紧接着,雷施克并非要去满足亚历山德拉已经说出的愿望,而是出于本意,只是出于自愿——"因为这必须用文献资料来证明"——便用闪光灯往打开一个大口子的棺材里拍照,拍了多次,再加上其间闪光灯所需要的间歇。干脆就这样办:把盖子揭开,咔嚓!咔嚓!再盖上盖子。延尔曲·弗罗贝尔在高高地抬起棺材盖时,大声喘着气。"请再抬高一点儿!"

我面前摆着两张照片,彩色的,更确切地说,是两张棕灰色照片。两张照片从略有不同的角度表现同一具干尸,这具干尸把右手放在左手上,差不多放在生殖器那个部位,搁在变脆的、过去曾经是白色,如今已有霉斑的衬衫寿衣上。这是男性的、肢节很长的手,手的肢体同已成骷髅的头颅相反,明显可见的是,从皮肤直至衬衫寿衣袖子上的褶裥都粘在了一起。甚至平放着的右手上还留着三个指甲。没有戒指,没有十字架念珠,只有沙土色的灰尘盖在所有的东西上面。那个已经硬似砂岩的枕头抬高了头颅,头上的下巴压着衬衫打细褶子的领子。弗罗贝尔的照片拍成了肉色,那是一只手。这只右手同没有拍下来的左手一起,从脚端把棺材盖撑得高高的。我相信可以认出棺材右边的两颗手工打造、再也无法钉牢的棺材钉,这些钉子正合适做雷施克的收藏品。

当然,在他看来,在他的日记中记下"这个已成木乃伊的男子动人的美",记下该男子稍微侧垂的头,寿衣衬衫上仍然棱角分明的褶裥直至被盖着的双脚是很重要的。"我要感谢亚历山德拉,"他写道,"当人们把从教堂厅堂往墓室转运遗骸视为只不过是短暂的干扰时,我获准一睹这持续了整整两百年的宁静。"

雷施克断定,这种宁静无法增强,它是专为死亡准备的。在这之后他推测,自己正站在丹尼尔·格拉拉特市长遗骸前。该市长死于1767年,他由于长林荫大道园地立了一功。"这具城市贵族的干尸独具某种身份。格拉拉特是圣葬教区教堂管风琴的捐赠人之一,这架管风琴虽然只剩下经修复过的正面。正如旧天主教派神甫向我们诉说的那样,这架管风琴战争一结束马上就转移,运到了贝图夫。"

然后写着:"参观墓室和目睹那具男子干尸激起了他们已经失

去的勇气，激励他们不顾一切艰难险阻，继续干下去。据说，面对按照古典主义方式划分的教堂大门，亚历山德拉再一次哈哈大笑起来："现在我感到已经好一些了，我又明白了，想法是对的。只有迁葬才不对，因为迁葬妨碍了死者的安息。"

后来，埃纳·布拉库普辞职了。在她当着公墓公司监事会的面，口头说她要辞职之后，按照我的意愿，她现在才真正辞职。她说完最后一句话，开始重新穿上她那双通常是从秋天穿到四月份，可是在饭店过于暖和的会议室却喜欢脱下来的毡靴，穿上左脚的靴子，再穿右脚的靴子，除了不断呻吟之外，就是一声不吭。

人们久久地注视着会议桌，一直到她穿好靴子站起身来。现在，她穿着毡靴一步一步地往后退，一直退到门口。她脚后跟朝前，一次又一次地用整个靴底着地。为了保持平衡，她把两条胳膊轻轻地挽在一起，往上举。她就这样走了，没有一步路的时间不在盯着这再也不是全体成员在场的监事会。所有的人都在看着，听着嗒、嗒的脚步声，就像埃纳·布拉库普放弃这一职位时一样态度强硬。她就这样，穿着她偶尔才脱掉的毡靴，戴着她从未摘下的窄檐圆帽，犹如实施一次惩罚般实现了她的辞职。

在布拉库普太太找到房门，从背后打开这道门，而且——刚到走廊上——在看了最后一眼后便砰的一声关上了房门之后，弗罗贝尔以及亚历山大和亚历山德拉大概都有受到惩罚的感觉吧。雷施克写道："大家都沉默了好久。如果不是菲尔布兰德大声说'言归正传！'我们肯定还会沉默更长时间。"

假如就连我都想要天衣无缝地用监事会剩下的成员已经言归正传的断言来继续我的报道的话，我或许也同样会过于迅速地完成作为某种行为的那种事情的单纯过程的。可是这样做不行。我不能这么快就离开埃纳·布拉库普。

除了菲尔布兰德呼吁终于作成的企业年度营业报告之外，以照片复印件的形式给我流传下来的是一封手写的信。老太太在她那令人永志不忘的辞职当天,稍微有些颤抖地用聚特林字体①的那种派生体写下了这封信。在学生时代,就连雷施克和我都被人采用注入式的办法教过这种字体,所以我们都熟悉它,直到战后,由于民主改造,它才同其他陋习一道从我们身边消失了。

尖尖的,有棱有角的,呈大腹便便般的弧形,但仍然没有摆脱布拉库普太太那种语调,我看到:"备受尊敬的监事会!在我不得不辞去职务而且激动不已之时,自然也就把我还得态度友好地对你们讲的话忘得一干二净了。我过去对德国公墓一直都忠诚老实。因为德国人必须同德国人葬在一起,波兰人必须同波兰人葬在一起。可是现在做的是什么事,这里面没有人情味儿。像已经多次发生过的这种事情就忽视了人。战前、战时和战后都是这样。这种事我清楚,因为我在场。可是如果变得漂亮的公墓几乎同过去一样,可能再也不是为了人,而只适于做生意的话,寿终正寝时,我都不愿意在这儿长眠。这就是我要对你们所有的人,尤其是要对弗罗贝尔讲的话,我喜爱你们。衷心问候。娘家姓福尔梅拉的埃纳·布拉库普。"

很可能,这封信一有机会——这个机会出现在四月中旬——就推了这位市政工作人员一把,使他补做了辞职一事。可是只要在文字记载中这个正在进行的会议要持续下去,他就会同佩特里教堂的神甫和我们的这对情侣,同样也会同卡劳一起希望布拉库普太太在闹了短时间的别扭之后,很快又会戴上窄檐圆帽,穿着她的毡靴出席会议。不管怎样,由于菲尔布兰德在呼吁,人们很快便回到正题了。

那份由雷施克和皮亚特科夫斯卡签名的营业报告列举了各项成就,说出了种种顾虑。作为令人愉快的事实,他通报了组建公墓公司和在从前的德国城市布雷斯劳、什切青、瓦尔特河畔兰茨贝格、屈斯特林和格洛高开办和解公墓的情况。只是出于故作姿态,报告了一些困难。从比得哥什传来一声强硬的"不"字。"尽管如此,凡是撒

---

① 聚特林字体是1935年—1941年在德国学校里使用的德语手写体。

下这种想法之处,种子都出了芽。估计不久就可以在施托尔普和阿伦施泰因,在希尔施贝格、本茨劳和波莱维茨开办分公司……"

人们对此报以掌声欢迎。马尔扎克和德特拉夫太太向这对情侣表示祝贺。既然来自西里西亚、东普鲁士和波莫瑞的昔日迁居者的申请总数都颇具规模,而所有但泽的数字都降到中等水平,菲尔布兰德和马尔扎克提议成立一个上级监事会,建议华沙作为会址。这样就可以根据中央调控,适应波兰的需要。

新教教会监理会成员卡劳和毕隆斯基圣下警告在德国-波兰要协调一致防止中央集权制的危险。雷施克同弗罗贝尔都反对中央监事会。这一问题引起了一次较长时间的辩论。这场辩论就在赞成和反对联邦制国家结构的问题上吵得不可开交,最后已经超越了范围,不过这儿就用不着逐一赘述了。

在这之后,开始时在报纸上被人诬告为"十足的临终之家"的养老院的增加受到欢迎,特别是因为一些养老院开始举办可以称得上是公益性的活动。为处于困境中的老人准备的汤菜就该报道。人们也许会从德国方面来考虑昔日波兰社会部长的榜样,当然是在没有穷人的情况下要求实现所谓的"库龙依奥夫卡";人们也许会不带任何官僚习气地分发东西。

营业报告过于冗长。注意力在分散。毕隆斯基和弗罗贝尔,甚至连卡劳都好像心不在焉。报告涉及新制定的公墓章程,涉及在来此参加追悼会的来宾数字越来越多的情况下,紧缺的饭店客房,涉及昔日火葬场里的东正教教堂。公墓章程增加了"空间集中的第二次安葬"这一附加条款,由于皮亚特科夫斯卡的催促,终于整顿了匿名坟墓权。监事会决定资助饭店新建筑物。在佩特里教堂附属小礼拜堂里曾经给亚美尼亚少数派弄到空地的毕隆斯基正在祈求帮助,他答应不久就会为东正教少数派找到这样的空间。他马上就请求给他的教堂中殿拱顶提供补助。毕隆斯基得到了补助。逐条逐项地打钩。会议进行得很顺利,太顺利了。

只是在提出一项新的方案时,波兰方面引起了不安,尤其是因为这对情侣预先就提出警告，宣布了报告的这一部分："下面这个方案更成问题，因为它同和解的思想很难协调一致。我们劝大家决定拒绝这个方案。"

这里涉及度假寓所和高尔夫球场。因为到这儿来的那些死者的孙子和曾孙不仅仅要了解这个钟楼很多的城市，而且要熟悉它那平坦的和丘陵起伏的周边地区，在这些还是年轻人的一部分人当中——这些人不费吹灰之力就富裕起来了，或者说由于得到遗产，便得以富裕——要在那儿，在祖父母和曾祖父母由于第一次或者第二次安葬找到了长眠之地的地方度假的愿望增强了。他们喜欢位于卡尔特豪斯与贝伦特之间的那块坡度平缓的丘陵地区，也就是所谓的卡舒布人聚居地。他们称这个地区令人陶醉。既然南欧地区反正已经去过多次，而且由于沿海地带大兴土木已经变得奇丑无比，他们就想在这儿放松一下或者——引用雷施克的话来说——"加油"。这时他们的家属也过来了，这儿成了故乡，在这儿，在这明媚风光里，日子依旧过得平静而简朴。

根据报告所述，提案人答应在建筑平层小别墅移民区和修建高尔夫球场时，要爱惜大自然。不会重复在地中海沿海地区犯下的建筑过失。在同波兰建筑师合作时——会附上他们的设计图——要小心谨慎地开发这一地区，只是在农业反正是没有发展前途的地方发展对自然环境无害的高尔夫球运动。当然必须使波兰俱乐部成员都有可能从事此项运动。天知道，人们也许会认为它不可接近，"其实现在和解思想是可以进入向活人敞开的领域的……"

与此同时，面前还摆着一份试行方案。第一个平层小别墅移民区应当紧贴林木茂密、丘陵起伏的湖滨修建。为高尔夫球场区预定的面积是七十五公顷，包括山谷和丘陵，考虑到树丛，不准在湖滨兴建高层建筑，只准修建低矮的、以梯形方式向上伸展的建筑物直至朴实无华的混凝土俱乐部建筑物。木板屋顶应当恢复卡舒布人的传统。

依波兰人看来，提供的这笔财政上的支持是很有利的：差不多两百个未来的俱乐部成员,每人用三万德国马克宣布他们已经预付了进入"平层小别墅—高尔夫"方案的入场费。人们保证,不一定非要购进地产不可。鉴于波兰方面有保留条件,人们将会对限于一百年的世袭佃权感到满意。此外,欧洲的统一可望使所有迄今为止仍然是棘手的产权问题变得多余。波兰——也许可以这样假定——肯定想成为欧洲的一员。

关于营业报告中这最后一个问题的辩论进行得训练有素。所有由雷施克和皮亚特科夫斯卡首先提出来的顾虑开始时就受到大家的认同,然后被菲尔布兰德局限在某一范围内,紧接着国家银行副行长匆匆提到市政工作人员那个明明白白的"不"字。这个"不"字变成了"不,可是",最后变成为"是呀,假定……"在讨论"平层小别墅—高尔夫"提案时,涉及的只有更为短期的世袭佃权,公墓公司可能出现的股份投资和专为波兰建筑工、园圃工、女仆、厨师、招待员提供的,有保障的工作岗位……

这一对情侣默然不语。在分得越来越细的讨论过程中,雷施克站起身,走到赫维留饭店第十八层楼上众多窗户中的一扇窗户前。他俯瞰市中心,让目光由右往左慢慢移动,好像他要数一数它在暮霭中的钟楼,检查一下这些钟楼的顺序似的。他看到的有:大磨坊的山墙,超过圣卡塔琳娜教堂屋顶的是"厨房里的火盆"的塔尖和商场圆屋顶后面的多明我会教堂。伸得长长的比尔吉滕教堂同教士住宅一起占据中心位置。在它的左前方,在暮霭沉沉的背景中,飘浮在房屋山墙上面的是圣约翰教堂及庞然大物般的钟楼和纤细的塔尖昏暗的身影。远处只能隐约揣测 是郊区的圣佩特里教堂。比一切建筑物都要高的玛利亚教堂的庞大建筑物遮住了又细又高的市政厅钟楼。众多钟楼聚集在狭窄的空间。钟楼上面是低低飘动的黑云。啊,是这样的!这个竖放的饭店盒子在最下面,犹如在脚下邀请拉杜尼亚河边那座小如玩具的木架房屋夫进行酒馆柜台桌边的对话。

雷施克刚把那扇窗户打开一条缝,这时皮亚特科夫斯卡已经抽着烟站在他的身边了。香烟的烟雾正在消散,晚风散发出甜甜的气味。后来他往自己的流水账本中写道:"我觉得,这座城市好似一个幻觉,看来,只有这阵从打开手掌宽的窗户透进来、弥漫着各种废气的微风才是真实的。要求宁静,要求最后得到这种宁静的愿望油然而生。在圣葬教区教堂的墓室里我终于看出了这种宁静。可是看来我觉得,好像所有这些教堂、这些钟楼、这个磨坊、这座军械库和这个商场里面都有烈火在燃烧,烈火很快就会蹿出高高的窗户和所有的小窗……紧接着,全城再一次燃起熊熊烈焰……穿过所有的小巷,大火形成的上升气流……天空已经染上了颜色……亚历山德拉站在我身边,多好啊。她说:'现在他们出卖我们,一个一个地出卖。'"

我的中学同学和我的意见并非经常一致。他一定会看到在波兰人民共和国议会中提出来的,对于"德国用殖民方式占领土地"的警告在这儿行不通,可是一些国会议员的呼声,后来已经太晚了才为人所共知。我反对提到那个在他那儿记录下来,还在上次会议期间就提出来的那个在但泽湾安葬的建议,现在我要补充的是:尽管这个暗示近海水域水质糟糕的建议被拒绝了,可是后来仍然出现了由机动渔轮实施的,普茨希和鹊巢渔民用来捞取外快的"野蛮海葬"。此外,还可以报道的是:从二月份起,用包租飞机空运遗体。必须为这些遗体在格但斯克伦比霍沃机场货运区修建冷藏库。

为此,还缺少一些细节。他不是隐瞒了,就是掩盖了某些事情:我昔日的同桌留下来的那一个杂乱纸堆漏洞百出。譬如说,从何时起,一个正式的计划部经理在杜塞尔多夫办公楼层为公墓公司工作。是雷施克委任他的吗?要不就是监事会把这个年轻人当作一颗钉子安插在他身边?我不清楚这件事,我不是雷施克。

新的任务对我们这对情侣提出了过高的要求,这是确定无疑的。像迄今为止这样,同波鸿那位高贵的女秘书保持电话联系,通过互联网,通过过于让人轻信的电传这种情况无法继续下去。至迟从迁葬开始时起,就迫切需要一个计划部经理。因为这对情侣反对这一行动,很可能监事会——以企业家菲尔布兰德为代表——已经在积极活动了吧。只要封·登克维茨太太待在波鸿,很可能雷施克就什么也觉察不到,或者说预感不到什么东西。

我只知道这样一些情况:那位名叫托尔斯滕·蒂姆施特德博士的年轻人具有在人寿保险公司从事经营管理的经验。尽管他本人并非逃亡者的后代,但他却在自己三十四岁时把同乡会深为关切的事情视为"真正的挑战",压倒了雷施克那种更确切地说是附带的组织才能,最后在业务上超过了雷施克。营业报告的最后一个要点已经在杜塞尔多夫办公室楼层起草,因此"平层小别墅—高尔夫"子公司也就成了蒂姆施特德进入德—波公墓公司的就职宴请。随着他的到来,公墓公司很明显地变得年轻了。按照菲尔布兰德的话来说,自三月底开始,出现了"生气"。

我们这对仍然在管理业务的情侣接受了这一夺权事实,他们甚至促进这种事情,因为雷施克赞扬蒂姆施特德引进的顾客服务措施,他写道:"一种私下照顾,直至家访早就成了我计划的一部分,可是我受到了格但斯克的约束……"

多正确啊!他的位置在那儿。要是他把这位年轻经理的任务夺过来,把他的办公桌搬到杜塞尔多夫,肯定"平层小别墅—高尔夫"提案,扩充全国范围的顾客服务措施的话,分崩离析这一后果便会是无法想象的!可是这一对情侣让步了,他们让人减轻自己的负担,这样也就免去了被裁员的命运。另一方面,他们出双入对想必会引起反感。因为这位女镀金技师把她的一部分职业工作搬到了那套三居室住宅的厨房里,教授在那儿活像个操持家务的男人,而且延尔曲·弗罗贝尔在一九七八到一九七九年间也在狗巷进进出出,所以监事会的一些成员认为:这样做太过分了,这会引起含沙射影的流言蜚语。

约翰娜·德特拉夫太太在会议结束前抱怨——详细讨论了"若干问题"这一项——管理业务的股东的失职行为。当她声称要把"今后必须严格区分私生活和商业活动"这句告诫性的话写进记录中去时,得到卡劳的支持。可是暗示已经辞职的埃纳·布拉库普有不可靠的费用结算一事却要归咎于菲尔布兰德。

在这对情侣放弃了他们在一旁,在一个眺望全景的窗前位置,重新在会议桌旁坐下来之后,谈到了这些令人难堪的事情。亚历山德拉不再抽烟了。另外,德特拉夫太太认为,必须继续追查一些"不列入结算的资金"——"作为一个县储蓄银行行长的太太,我清楚自己说的什么。"可是更清楚自己认为聪明的做法是要讲什么的马尔扎克却把雷施克的财政管理定性为"不同寻常,但能赚钱",以此来安慰大家。弗罗贝尔请求忘记布拉库普太太那些小小的不准确之处,就像他所做的那样,对这一对管理业务的情侣表示信任。"我们大家都知道,应当把和解工作的想法和创意归功于谁……"

他说话细声细气,就好像必须请求宽恕似的:关于财政状况方面的事我了解得不多,不过不会发生任何不体面的事情,因为确实是没有丢钱,相反地,钱还增加了,这几乎是不可思议的事情。他看不到吹毛求疵的理由。就连对银钱很在行的马尔扎克先生也这样说。

那位在几天之后用一成不变的细声细气的声音,把一个令人不安的消息带到狗巷来的人就是朋友弗罗贝尔。当这位朋友来报告埃纳·布拉库普生病的事情时,皮亚特科夫斯卡正好在那里给一个跪着的晚期哥特式天使右边的翅膀抹一层乳香,她请求亚历山大把煮咖啡的水放到火上。

咖啡和天使都要等待。因为弗罗贝尔最近节约汽油——关于雷施克的车,几个星期来的确是只字未提——他们便在布拉马·威日纳车站乘开往新波尔特的有轨电车,以便在布热伊诺下车。在那儿遇上又湿又冷的天气,便会从西北刮来狂风。阵雨如同鞭笞一般。设有浴场和疗养地的昔日渔村呈现出一种习以为常的衰败景象。新建筑物在残存下来的旧建筑物之前倒塌。与之相应的还有铺石路面和马路两旁的人行道。他们不得不跳过小水坑。

弗罗贝尔把他们带过一条支路。支路左边,在烂掉的木板棚之间横着几间渔民小屋。与右边相邻,竖立着积木般的盒式新建筑物。

这些新建筑物把街尾封了起来,形成一个死胡同。这条街往另一个方向,通往湖滩沙丘。顺着一段宽阔的通道,人们看到波罗的海微波荡漾。

在众多木架小屋中,有半间油毛毡屋顶、有突出阳台的木架小屋就是埃纳·布拉库普的家。她戴着帽子,盖着羽绒被喊道:"进来!进来!我现在好一些了。我想马上又可以走路了。"她的毡靴放在年代已久的床架脚端,在床架下面放着夜壶。

在这之后她只同弗罗贝尔讲她口头用的波兰语,后来也同皮亚特科夫斯卡讲了几句,对雷施克,她只字未讲。

按照时间顺序逆向追述,我仔细听着亚历山德拉给亚历山大翻译的内容,只能想起她的咳嗽来,因为埃纳·布拉库普讲述的一切都发生在战争时期或者说发生在战前。她那有时候在乡下,有时候在城里度过的童年经历一定丰富:在拉姆考与马特恩·屈埃之间一再发生冰河崩解,草地巷公立学校那位教师惩罚学生用的细竹条打折了,粮仓烧得精光,洪水威胁,自从第一次世界大战开始就少了一个兄弟,她边抱怨边谈到一九一七年那个流感肆虐和以芜菁甘蓝度日的冬天。想来,一定是多次,而且是在咳嗽间歇谈到马铃薯瓢虫,因为雷施克在他的流水账本中把布拉库普童年时代的回忆同自己的回忆进行比较:"奇怪的是,据说在第一次世界大战时,这一类的马铃薯甲虫已经大量出现。有人给我们讲,这种甲虫在三十年代中期才越过莱茵河,可是以后就一直到了乌克兰……"

没错!从远征波兰,后来从远征法国开始,我们就必须把它们收集在瓶子里了,甚至在下雨天,用又湿又冷的手指去捉,捉这些令人恶心的、黑黄条纹的该死的东西。据说,英国人在夜里把它们从飞机上扔下来,大批地、成吨地扔。无论如何,我们每天至少要捉满满的三升瓶……亚历山大组织这次捉虫行动……当时雷施克和我都……不管怎样,布拉库普太太在任何天气都必须……

干咳折磨着她。这间卧室同时又是起居室。在床对面的墙上挂着一座钟,钟已经停了。在这个过去四壁全部装上黄色和绿色玻璃的阳台上————一些碎玻璃已经被乳白色正方形玻璃取代——有一个煤气灶,皮亚特科夫斯卡把水放在这个灶上。据说把这个陶罐当作暖瓶灌满了水,沏了一小壶止咳茶。后来,老太太便乖乖地、一口接一口地喝这种茶。

在床的上方,说得更确切些,是在床架凸出来的床头上方,挂着一幅耶稣之心画,画上往金杯里滴着血的心,同一根在布拉库普太太毡帽上找到攀附物的、放着红心似闪光的饰针很相称。她那张扁平的脸明显变小。弗罗贝尔抓着她那只从羽绒被侧面伸出来,用手指触摸着,寻找他的手的右手。现在她呼吸均匀,发出一股强烈的、稍微有点酸的气味。大家都想,她到底睡了。大家已经站在门口,这时突然再一次传来她那已经多年不说的德语:"我不久前辞职以后,监事会发生了什么事?又解雇人了吧?一直都有战争吗?你们要走了?——那就走吧。"

弗罗贝尔一道走进狗巷。在那里,天使在跪着,他那白垩底上面的乳香底层正期待着继续涂上金箔。只是邀请弗罗贝尔一起来喝一杯咖啡。天使跪在厨房用的桌子上,将近一米高。在雷施克冲咖啡时,皮亚特科夫斯卡在涂薄如蝉翼的金箔,以便立即就用柔软的画笔把它蹾实。先生们不能大吹大擂,他们只好坐在一旁喝咖啡。

开始时他们谈到布拉库普太太——她是否挺得住以及能坚持多久——接下来谈到监事会。他们开始谈到一个一个的监事会成员,用诙谐的语气把毕隆斯基同卡劳做比较,简单地谈到那个讨厌的"平层小别墅—高尔夫"方案,考虑一起去西里西亚作一次春季旅游,参观那些新出现的和解公墓,另外还举出阿伦施泰因和施托尔普作为旅游目的地,甚至还想在比得哥什冒着风险进行最后一次尝试,称赞一些养老院的汤菜,对它们工作的评价是——撇开迁葬生意不谈——很有意义。因为在和解,这时延尔曲·弗罗贝尔好像是顺便说出了辞职这个词,而在这当儿,皮亚特科夫斯卡正用柔软的排笔在天使翅膀上刷金箔。在下一次的监事会会议上他就宣布了自己辞职。他不想,也无法再继续干下去。作为波兰人,他对自己利用所掌握的地方情况知识和土地登记册知识为德国用殖民方式占领土地做过前期工作表示歉意。因此,他作为爱国者要辞职。可惜太晚了。他不得不感到羞愧。

这件事发生在会议开始时。监事会接受了这一事实。我们的这对情侣犹豫不决。要不,他们就是出于策略上的原因,在等待"平层小别墅—高尔夫"方案作出决定,详细讨论议程上的第三个项目吧?在这个项目中涉及具有历史意义的建筑物上那些解释性的牌子,涉及古老的、残留下来的城市里的路名牌。因为这项建议所有的细节都是由已经辞职的弗罗贝尔形诸文字的——可是此人在发表辞职声明后当即就离开了会议室——毕隆斯基圣下便来说明情况,他提议,现在仍然把流传下来的德语名字和说明写到路名牌和文物牌上去,就像已经在圣巴尔托洛迈教堂大门右边所做过的那样。在那儿,人们可以在苔绿色的、直至边缘都有波浪形花纹装饰的牌子上看到,根据波兰语、英语、俄语和德语刻的铭文,这座教堂该叫什么名字。

弗罗贝尔摘引了一些波兰著名历史学家的鉴定,使他们的建议万无一失。众所周知,这些历史学家较长时间以来就已经在希望看到波兰西部各省的这些德国文化成就:"变化的时代,对,矢口否认已经结束。只有新的坦诚才能与全欧性的文化理解相符……"

新教教会监理会成员卡劳抓住欧洲这个关键词,建议尽可能用多种语言来书写这些外观漂亮的大牌子:除了法语之外,他还惦念瑞典语铭文。

国家银行副行长反对这个建议。他暗示在旅行旺季时斯堪的纳维亚半岛的旅游者很少。经常来作客的既不是美国人,也不是法国人。终于可以放弃,而且是完全放弃俄语铭文了。对此,毕隆斯基圣下只能赞同。马里安·马尔扎克手边有一些单据,从这些单据看,所有外国游客当中,有百分之七十以上说的是德语,而且还呈上升趋势。

在应当对议程上数字三以下的那些建议进行表决时,菲尔布兰德征求迄今为止一言不发的那些管理业务的股东的意见。从弗罗贝尔辞职而且离开会场时起,两人都犹如坐在玻璃罩下一般。要不,他们是否思维奔逸——回到家里,跑进亚历山德拉的厨房,跑到跪着的天使那儿去了呢?

雷施克站起身来讲话——这种做法并不常见——而且代表两个人讲话:尽管他支持四种语言的铭文,包括俄语铭文在内,但丝毫不反对两种语言的牌子。但愿相互尊重文化成就成为那种和解的一部分。皮亚特科夫斯卡太太和他在一年前就已开始促进这种和解。自那以后,这项和解工作出了名,不仅仅在格但斯克,甚至在西里西亚和波莫瑞也出了名。越来越多的公墓为回归故里敞开大门。因此人们首先必须感谢他们,感谢这众多的死者。他们默默无言的帮助引来了德国-波兰公墓公司迫切需要的力量。可是较长时间以来,这种想法的遭遇还要糟糕:人们在把地地道道的对最大利润的追逐掺入这种想法时,搅拌的是一锅坏了的汤。汤发出难闻的气味,不,它臭气熏天……

雷施克在他讲到这里时,不得不大声说。至少我读到了他那带有回声的讲话:"在这儿,在今天,已经到了可以提出无理要求的限度!养老院我们还可以接受,它们可是就近为准备死亡服务啊。可是迁葬生意因为盛极一时,如果不是伤风败俗,那也是特别卑鄙的。现在该占领土地了。人们想为此向孙子辈和曾孙辈这些十分熟悉的享乐癖讨账。所有这些都用漂亮动听的言辞来加以美化,好像高尔夫球场只不过是扩大了的公墓似的。不!这再也不是我们的想法!在这儿,由于战争丢失的东西,会凭借经济实力重新获得。当然,所有这一切都是以和平方式进行的。这一次没有使用坦克,没有使用俯冲轰炸机。没有独裁者,只有自由市场经济在统治。不是吗,菲尔布兰德先生!不是吗,国家银行副行长先生!金钱支配一切!——两位股东表示抱歉,要放弃这种东西。我们辞职。"

我看到,雷施克作为教授在即席讲话方面训练有素,但仍然精疲力竭地坐了下来;可是在他的终曲之后沉默的时间有多久,却只能去猜测了。比方说像菲尔布兰德慷慨赐予的、嘲讽般的掌声没有人注意到,可是亚历山德拉的粉墨登场却不一般:"她违反我们的约定在会上发言。她——就像我先前一样——站着抱怨公司合同中立陶宛那部分的失败。'苏联糟糕的状况把所有的东西全毁了!'她叫道。只是由于我的帮助——'因为亚历山大先生总是给人撑腰'——她直到不久前才充满了希望。接着亚历山德拉请求把立陶宛那一条从公司合同中删去,使单立的'维尔诺和解公墓'账户负有为社会服务的责任:'穷人够多的了!'然后,就像我在快结束我的讲话时声音变得大声,变得太大声那样,她的声音变小了。因为她一句一句地讲,先讲波兰语,紧接着便讲她那令人喜欢的德语,所以我能够把她的结束语记下来:'现在只涉及波兰了。并非因为我是个小小的民族主义者,而是因为我害怕。在我从来就不害怕的时候,为什么害怕?亚历山大先生常说:我们必须注意,别让波兰上了德国人的菜单。我见到什么就说什么:尽管德国人已经吃得饱饱的,但他们总是饥肠辘辘。这使我感到害怕。'说完,我的亚历山德拉坐了下来,马上就拿起香烟,拿起烟嘴。她也不管德特拉夫太太,就闭着双眼,抽了起来。她那为数不少的手镯发出的啪嗒啪嗒的响声……"

"可是尊敬的皮亚特科夫斯卡太太!这些晦气话到底是什么意思呢?"新教教会监理会成员卡劳突然想起这种事来。

雷施克声称听到了约翰娜·德特拉夫太太低声的窃窃私语"人们仍然看出她曾经是个正直的女共产党员"。

就连菲尔布兰德也站着讲话:"我们大家都感到震惊,我们感到你们两人的辞职是令人痛心的损失。然而对于有关所谓德国人嘴馋的谴责,我不得不坚决驳回。我们——天知道——必须从历史上学习。有人迫使我们悔恨好几年。更确切地说,我们显得过于谦虚了。没有人非得怕我们不可!因此我诚心诚意地请求您,别仓促行动。尊敬的皮亚特科夫斯卡太太,您要同我们亲爱的教授先生一起,再考虑一下你们的决定。您那首歌曲可是非常动人的,在那首歌中是怎么说的:'波兰仍然存在,不会完蛋……'"

在此之后,情况变得可笑,或者说简直就是荒谬,要不就是尴尬。哎呀,雷施克!在言辞激烈地说出辞职之后,又哑口无言地准备接受从帽子里变出来的"名誉主席职务"——这一职务虽然在股东合同里并没有预先规定,却由剩下来的监事会成员在没有反对票的情况下决定下来,而且提请这两位担任——这时,你见了,我们的这对情侣是见了哪个鬼呢?难道他们希望能够重新挖掘出自己那种被正抓住的好处所掩埋的想法?要这样做缺少工具。对于名誉主席而言,除了荣誉之外,手中什么也没有。没有申诉权或者否决权。这两个人无权签任何字或者拒绝签任何字。取消了他们的财务监督权。雷施克"不列入结算中的资金"很快就被公开了,他的大宗额外交易暴露在光天化日之下。

他们作为管理业务的股东刚辞职,作为名誉主席刚重新就座,约翰娜·德特拉夫太太和马里安·马尔扎克就准备从现在开始作为股东管理业务了,而且在再一次挪动椅子之后,他们马上就请菲尔布兰德把业已出现空缺的监事会补全。紧接着,菲尔布兰德便拿起电话,把四个,正好四个在自己房间里等候着的补缺者叫进会议室来。在这里,他们受到欢迎,受到询问,然后就受到委任,而且由剩下来的监事会成员批准。这两位名誉主席可能都感到惊讶,因为一切都是事先考虑好了的,恰似经过排练般的顺利。

托尔斯滕·蒂姆施特德是四个初出茅庐的股东之一。他那个从杜塞尔多夫出发计划的活动只是顺便提到。这是不言而喻的事情,除了我们的这对情侣之外,那项活动不会使任何人感到惊讶。根据雷施克的记载,这些新人当中没有人小于三十岁,没有人超过四十岁。取代已经辞职的布拉库普和弗罗贝尔以及从现在起管理业务的马尔扎克,现在就座的是两个在格但斯克出生和长大的年轻人和一个假装德国人,然而对她父母的语言却几乎一窍不通的年轻太太。如果说由于德特拉夫太太才进入监事会的蒂姆施特德作为一家保险企业集团的管理人员积累了自己的经验的话，那么另外那两位年轻人则可以证实补充性质的职业经验：这一个领导着一个已经在绘图板上为"平层小别墅—高尔夫"方案绘制了设计图的建筑办公室，另一个负责设在奥利瓦的主教秘书处。这个祖籍德国、说起话来张口结舌的年轻太太证明自己是一家私人旅行社的合伙人，这家旅行社开始同国家代理机构"世界"旅行社竞争。所有的新手都坚信：只有业绩才算数！

雷施克这个傻瓜往他日记里写道："这些年轻人毫无成见，刚上任马上就开始拟定这些剩下的提案。这真是焕然一新。他们完全按照我的意思实现四种语言的街名牌。当然要用瑞典语取代俄语。以蒂姆施特德为首，所有的人都要求以更大的力度促进'迁葬行动'这件事我们不大喜欢。他说：人们从所有的计划数据可以看出，以后可能会更加频繁地处理多人合葬墓。预先付款的申请书的数目同业已完成第二次安葬的比较小的数字不成比例。顾客——真的，他说到顾客！——对于过久的等待时间表示不安。在波鸿的秘书处再也无法胜任这些正在到来的任务。对于这一点就连封·登克维茨太太也持相同看法。她准备同所有的证明材料和资料一起搬到杜塞尔多夫，可是请求得到名誉主席先生的一份简短的证明文件，她不想辜负他的信任……"——雷施克除了点头称是之外，还有什么办法呢？

接下来，蒂姆施特德建议，租用别的公墓地区，以便"迁葬"行动能顺利开展起来。我不知道更新后的监事会作出了什么决定。蒂姆施特德刚公开他的计划，刚怀着"铺天盖地战略"的意愿提供了一个关键词，亚历山德拉便请求她的亚历山大同她一道提前回家。她说："你知道，天使在厨房里等我们。"

因此，我们的这对情侣后来才知道，在那个六十年代改为波罗的海歌剧院的昔日体育馆与昔日联合公墓已经租出的区域之间，有一块宽敞的土地——过去的小教场，后来的五月草坪，从现在起提供公墓公司使用。在人民群众曾经列队进入广场，预先庆祝最后胜利的地方,雷施克和我身穿少年队①制服,置身于人群之中的地方,装饰着旗帜和附属物的观礼台投下了它那星期日早上的阴影的地方,不久之后就会有多人合葬墓在那里密密麻麻地安家落户。

另外,战争结束后不久,在那个体育馆里对一个纳粹省党部头目提出了起诉,这次诉讼使得和解公墓后面这个体育场在短时期内声名大噪。当时雷施克和我还是佩特里中学的学生,后来我们成了空军助手,再往后参加了青年义务劳动军。当时在联合公墓的土地上,那个火葬场还在使用。

那个有一米高的天使跪在用报纸盖住的厨房用桌子上。我不得不承认:他在满怀爱意地描写他的亚历山德拉的手艺。他就像赞美圣物般赞美她的工具,把她在上面把金箔切割成合适的正方形的镀金技师专用软垫称作:"她那如同使用调色板一样的圣坛。她用一把黄杨木雕成的镊子郑重其事、慢条斯理地从该圣坛上揭下薄如轻纱的金属小薄片,以便用柔软的骆驼毛蹾笔把这些小薄片在天使旧木头的白垩底子上压紧。一个可以打开的羊皮纸罩保护镀金技师专用软垫上的金属小薄片免遭强气流袭击……"

雷施克一再暗示,只有在紧闭门窗时才可以镀金。不准他,不准他这位可能是在看书或者同朋友弗罗贝尔低声耳语的、无所事事的旁观者做出任何幅度大的姿势。甚至就连她放慢速度揭下和蹾实金箔时,读过的书页都必须小心翼翼地翻过去。一切事情都好像在用慢动作的方式进行。她在镀金时从未笑过。有时候,"美妙的音乐"可以同厨房和谐宁静的背景浑然一体。

他什么都不放过,不放过她那块用玛瑙做的抛光石,不放过用来在白垩底子上重重叠叠涂上八层的各种不同的笔,不放过亚历山德拉用来在厨房炉灶上熬成胶的小牛皮——然后再把金鸡纳树皮同胶拌和在一起。这位美术史家清楚,他毫不讳言,说镀金这门手艺四千

---

① 德国纳粹时期希特勒青年团下属组织,由十岁至十四岁的男孩组成。

年之久都始终如一。"只有埃及人一锤又一锤地敲出了那些薄如轻纱的金属小薄片。如今,这些小薄片每二十五片集在一起,还成了一本金箔册……"

这些是亚历山德拉加工过的德累斯顿最后的库存。"金子仍然来自全民所有的金箔加工厂。"她说。

对于这两位仅仅是公墓公司名誉主席的人来说,一个晚期哥特式跪式天使在其中涂上越来越多的金箔的那间密不透风的厨房,便成了中心地区。如果撇开他们在埃纳·布拉库普那儿探视病人不谈,这两个人就几乎足不出户。布拉库普太太"沉浸在变得越来越天真的回忆之中……"

镀金时喝了不少咖啡。他说这个天使"如果不是一件波希米亚的作品,那也是一件匿名的,很可能是南德的作品"。她说:"是典型的兑拉科夫流派。"得不断测量厨房里的空气湿度,使它保持在同一水平上。

镀金时几乎就没有讲话。不是他在放慢转密纹唱片,就是他们在听一个从早到晚都播放古典音乐的无线电台广播。除此之外就是从市政厅钟楼上组钟发出的声音,钟要敲整整一个小时:"我们不会放弃我们人类生息的地球……"

这个跪着的、用椴木雕成的天使在吹长号;所以可以派他去参加最后审判。"最初有很多,大概是一个乐队天使。这个全身镀金的天使用长号号音冲开了墓室,掘开了墓穴,打开了尸骨存放所,以便实现我不久前从圣三一节教堂中跨里的 块墓穴板上读到的愿望:'在业已付出的辛劳和痛苦之后/我在此,在我斗室安息/直至有一天我会复活/我要长眠。'亚历山德拉的天使对此发出了信号……"

她从别的工作室接过这尊木雕像。椴木上的十字交叉处和塞子,喷了漆的和用油灰填平的木蠹蛾痕迹说明加工处理费时费力。看来,这个用左膝跪着的天使正处于要修补的状态中,一定显得很可怜吧。真是一个在风云变幻的时代身经百战的老兵。尽管这位女镀金技师没有用泥刷刷那些晚期哥特式褶裥的任何细微之处,甚至在十分复杂地涂上八层用胶黏合的白垩之后，天使还是失去了很多它可能具有的美。

可是当跪着的天使很快地被涂上金箔，两只翅膀金光闪闪时，当亚历山德拉在把白金和赤金制的合成材料涂到白垩底的乳香层上，最后开始用玛瑙石从长号喇叭口直至趾尖给金箔涂层抛光时，这尊雕像便重新显现出它那无名之手所希望的美。这个吹着长号、留着长鬈发，与其说是饰以隐藏着的天使褶裥的一位少女，还不如说是一位年轻男子先前这种显得郁郁寡欢的表情，获得了那种冷冰冰的优美风姿，正如雷施克所说，就是这种风姿，"使早期的里门施奈德①天使变得出类拔萃……"

虽然如此，他对这件复活的作品在艺术上并未给予过高的评价："天使同其他造型一起，大概也就是一个圣坛的附属物吧，我想复活才是圣坛的主要动机。令人惊讶的是，这件破旧寒酸的物品在亚历山德拉手中居然大放异彩。在上面部分抛光时，她一再对自己和我保证：'你会看到，它会焕然一新。'"

当时已经到了春天。在亚历山德拉·皮亚特科夫斯卡的厨房完完全全被亮晶晶的、镀上金的复活天使占据时，市政工作人员延尔曲·弗罗贝尔带来了埃纳·布拉库普太太去世的消息。

在她入土之前，我不得不打听：整个四月份，更准确地讲，自四月八号开始，旅行前的激动心情就已经蔓延开来，因为从这个日期开始，波兰人终于只要有足够的、大把大把的兹罗提去兑换西方货币，他们可以不用签证便可越过西部边界，穿越德国，去法国、荷兰、意大利旅游了。愿望可以实现了。据说有几个星期或者只有几天工夫就把波兰所有的忧虑都忘得一干二净。可是刚跨过国境，仇恨便声嘶力竭地发泄出来。释放出来的力量在使劲敲打，一种语言全部是词

---

① 里门施奈德（1460—1531），德国雕刻家，其木雕人像使之成为哥特式后期的主要艺术家之一。

汇的各种口号,德国-波兰历史图画册中的种种情景都在卑鄙地重复着,近来一段时期所有的漂亮话都已掉价。人们不得不担心。不大受欢迎,波兰人失去了旅游的兴致。因此,不少本想去西方旅游的人来参加埃纳·布拉库普的葬礼,就一点儿也不奇怪了。

丧礼在马塔尼亚公墓旁边的小礼拜堂内举行。这件事延尔曲·弗罗贝尔不得不答应她:她不想葬在和解公墓,而愿意葬在过去叫做马特恩的公墓。老老少少,有一百多身穿黑色丧服的人参加。他们不能全部进入举行丧礼的小礼拜堂。在照片上,我看见大门前有一群人。

布拉库普太太安卧在还敞开着的松木棺材里。天主教的宗教仪式在人声嘈杂的环境中慢慢进行。她穿着她那身黑羊毛盛装。大家都乐意唱,而且万分悲痛地唱哀歌。不,她没穿冬天的毡靴,她穿的是半高的、系带子的鞋,就连毡帽她也只好放在家里了。她的头发多么稀疏,盖着那个干瘪的小脑袋。两个神甫,一个来自布热伊诺,一个来自马塔尼亚,他们在做安魂弥撒。可是有人——也许是朋友弗罗贝尔——把帽子上那枚在中间有一颗耶稣之心、发出红光的红色次等天然宝石饰针,给她别在紧贴下巴,拉链拉得很高的衣服上。神甫和辅弥撒者身穿白色紫色衣服。棺材四周放着郁金香和蜡烛。埃纳·布拉库普十指交叉,握着那串十字架念珠和一个小圣像。雷施克声称,认出了圣像上的黑色女神。

我从他那儿得知,在做安魂弥撒时做了忏悔,领受了圣饼。因为不少人都得到宽慰,所以弥撒持续了一个多小时。雷施克既非天主教徒,也不是别的什么教徒。可是皮亚特科夫斯卡——她经常向他保证,她从事镀金这门手艺是多么不信神,尽管如此,她还是使两打圣坛重放了光彩——在教堂的长椅上突然离他而去,离开长椅,在一个神甫在其中竖起耳朵倾听的忏悔室前排着长队等候,在神甫点头示意后便消失在忏悔室里,沉浸在沉思默想中又走出来,站在中间的过道上,站在所有像她一样忏悔过的人之间,态度恭顺地等待最后一批罪人,然后夹杂在其他身穿黑色丧服的人群之间,跪在圣餐长凳上,把戴着帽子的头往后一仰,领受圣饼,带着沮丧的目光回到教堂长椅上,再一次用双膝跪下,动着嘴,开导她的亚历山大。在波兰,不信教的人并不排除一般性的宗教活动。他写道:"没有问她,或者说没有用提问来折磨她,顺便提一句,亚历山德拉边咯咯地笑着,而且在回家的路上,边对自己,对我解释道:'现在,直到下一次,我又可以不信神了。'"

总而言之,埃纳·布拉库普太太的葬礼想必也是一次轻松愉快的集会。在闪闪发亮的白布铺饰的棺材里的那位老太太的微笑就在一张放在我面前的照片上。关于这种微笑,摄影师声称,这"与其说是一种得到解脱的微笑,还不如说是一种嘲讽般的冷笑"。这种微笑传染给了送葬的居民。很多留在家里的人都来了。大家都会讲埃纳·布拉库普的故事。当送葬者挤到棺材前告别,而且男男女女都抚摸那十字交叉的手指时,雷施克听到一阵没有丝毫悲伤的喃喃自语的告别话:"现在你的情况好转了。""你现在再也不会感到痛苦了。"不过还有,"我表示感谢,埃纳。""再见,埃纳!"以及"好啦,回头见,埃纳"。

原来的葬礼都进行得很快。那儿有一块黏土地。从公墓山岗望去,村庄紧后面是伦比霍沃机场。只能隐隐约约地望见机场建筑物和货运仓库。在举行葬礼时没有一架飞机起降。

当这口盖上的棺材从丧礼小教堂抬出来时,当上面有圣像的教会旗帜打开时,当送葬队伍——神甫和辅弥撒者在前,弗罗贝尔紧跟在棺材后面——形成一股身穿黑色丧服的密集人流,向前行进时,查特杰坐在一辆出租车里,把车开到公墓大门口,带着花圈和饰带前来加入送葬队伍。就连他都身着黑色丧服,这身打扮看不出他是外国人。

在马塔尼亚公墓安息的差不多只有卡舒布人。娘家姓福尔梅拉、九十高龄的埃纳·布拉库普在斯特凡·舒尔克和罗扎利亚·什瓦贝之间找到了自己的长眠之地。人们还在春天,在白雪皑皑时,在狗巷庆祝过老太太九十华诞。有一张照片展示的是正在跳舞的弗罗贝尔和布拉库普太太。

当雷施克在葬礼一结束就向查特杰打招呼时,据说这位孟加拉人面带笑容,带着没有丝毫悲伤的目光讲道:"她是我最好的一位顾客。我们这位朋友特别喜欢让人把她送到她的专用公墓。为什么她的坟墓在这儿呢?难道她不是十足的德国人吗?"

至此我才发现,在我中学同学的记录当中,混乱在开始大张旗鼓地入侵。时间的跳跃变得比比皆是。工整的字体依旧,句子当中的过程变了。刚发生的事情突然之间成了遥远的过去。刚才他还把坐着出租车,把车开到门前的查特杰作为公墓参拜者引进来,可是现在却隔着过度伸长的时间距离看着他。他作为一位老人在回首往事,这位老人不再是雷施克,而是像过去随处可见的家庭姓氏的德国化那样,名叫雷谢科夫斯基,而且是在千年之交之后几年,模模糊糊回想起埃纳·布拉库普的葬礼和查特杰参拜公墓:"……可是我刚试图回忆起那天的情景,意识到那件不愉快的事情——我当时还认为,按照我父亲在一九三九年的决定,必须有一个德国化的名字,我的老朋友查特杰就插了我的嘴,此人作为第一人,通过试验确定了如今到处都实用的人力车体系……"

就这样,雷施克作为雷谢科夫斯基用回顾的笔调给我描述当时的局势:"啊,当时世界危机四伏。饥饿和战争,尸横遍野,难民潮已经涌来,很快就要到达目的地……在所有墙上都有不祥之兆……当时谁会希望,生命会重新具有生命的价值。谁会敢于相信,城市及其周边地区还能够迎来经济上的兴旺时期。虽然在此期间一切都牢牢掌握在孟加拉人手中,可是这只手并不压制别的东西。就连亚历山德拉都觉得这样做值得称赞。人们马上就要在大规模的试验中利用业已变化的气候,在河流与小湖之间的滩地上种植水稻,在卡舒布人聚居地种植大豆。新德国人难以适应业已变化的状况,而对于老波兰人来说,这种亚洲人的优势看来是可以忍受的,特别是因为印度教同天主教的实践不一定就有矛盾……"

我已经开始相信他那些借口:"不久前,在圣三一节教堂里就为一个新的祭坛揭了幕。在那儿,头上罩着光环的维尔纳黑色女神和加尔各答的时母、黑色时母吐着红舌头,怀着相同的情趣,召唤人们去祈祷。现在就连亚历山德拉都找到了自己的信仰,在她身旁我变得虔诚……"

七

亚历山大和亚历山德拉从长沙发上观看世界所能提供的一切。他穿着室内穿的便鞋,她叼着烟嘴儿观看。这时,风暴潮、火炬和库尔德难民暂时为消息报道创造了前提,它们很快就提供了种种画面,这些画面抹去了先前在长沙发上看到的所有事件。这对情侣就这样观看了那场海湾战争,没有人想去计算这场战争的死亡人数。

同长沙发和沙发椅放在一起的还有一张小桌子,桌子上放着吃时咬得咯咯作响的食品。后来,当吕宋岛上火山爆发将先前提供的画面——熊熊燃烧的油源和库尔德人的逃亡,业已公布的胜利和粗略估计的死亡人数——彻底埋葬时,这些贬值事件的连续镜头仍然对不久就要出现的新的连环画大有用场。这位把见到的一切都用工整的字迹记录下来的雷施克从长沙发上站起身来,嘴里咬着撒有盐粒的棒状饼干,认识到:没有任何东西有尽头。

与此相反,我把一九四四年秋天的一则报道挪到了我的报告中:在但泽市化为灰烬之前,我从那儿逃了出来。离开帝国青年义务劳动军,我们在练兵场当兵,他接受无线电报务员训练,我接受坦克射手训练,在奥得河西岸被投入大决战。出于偶然——雷施克,你听着!——纯粹出于偶然,不是由于上面的安排,我们脱离了危险,我们活下来了,我们除了有几处擦伤之外,都安然无恙,我们逃到了西方。可是亚历山德拉的兄弟在一年前被当作游击队枪杀了,他像我们一样,十七岁,而雷施克的兄弟早在一九四三年夏天就已死去:马克西米利安作为坦克手在库尔斯克烧死了,欧根在托卜鲁克附近被一颗盘式地雷炸死了。他们都死了,我们没有。

这些死讯同必须在附录中报道的一次对话掺和在一起。埃纳·布拉库普十指交叉。在马塔尼亚公墓入葬之前,这对情侣最后一次拜访那间渔民小屋。弗罗贝尔刚把老太太去世的消息带进厨房和工作室,他们便立即像从前每次去拜访时那样,坐有轨电车去布热伊诺。那是一段铁路线,这段路轨路过萨斯佩公墓,我从别的故事中早已熟悉了。然而,既不是有轨电车,也不是同安放在灵床上的老太太辞行要求时间的跳跃。这是一次沿着波浪只是轻轻拍击岸边的波罗的海,通往耶利特科沃方向的散步。这次散步在雷施克的流水账本中拖延下去,他一再提到它,开始时直接提到,后来拉开了七年的距离。

我从这些关键词看出,在埃纳·布拉库普的小屋里,起居室、卧室以及阳台塞得满满的,没法穿过去,椅子太少。灵床四周是站立着的拥挤人群。有蜡烛、鲜花、某种气味,等等。他写道:"在阳台上,一张桌子四周坐着大声祈祷的邻居。一有空位子,弗罗贝尔马上就坐到邻居当中去一起祈祷。我发现三个茶碟,盛了一半或者说只盛了很少一点儿棒糖,唱歌的人和祈祷的人拿这些棒糖含在嘴里,以保持嗓音。这种永远不断的念珠祷告允许人们没完没了地祷告下去,这种祷告往往被吟唱的悲痛打断。弗罗贝尔拿棒糖含在嘴里。我朝旁边走去。我们亲爱的埃纳不戴毡帽显得有一些不一样,看来她似乎在微笑。可是同我一样,亚历山德拉声称,看得出这与其说是最后的表情,还不如说是嘲笑:'因为我们仍然在担任早已没有名誉可言的名誉主席职务,所以她稍微有点儿取笑我们的意思。'"

后来,这对情侣没有经过人行通道就到了海滨。弗罗贝尔待在棒糖附近,棒糖的储备则根据需要随时补充。他们大概是从旧日的公立学校旁边走过,从沙丘中取道而行吧。雷施克把波罗的海写成是混浊的、灰色的、静止不动的。他只字未提天气,只是简短地提到多年来在海湾浅滩上悬挂的禁止游泳的牌子,然后谈到岸边太多太多的天鹅,他骂这些天鹅是"这个受到污染的大海的受益者","这群蜂拥而来的好斗家伙！两只天鹅也许不错，可是大吃大喝、已经吃饱却仍然贪得无厌的一群天鹅却……"

我从不同的角度观察这两个人。就好像通过一个用正确方式拿着的望远镜和通过一个倒过来拿着的望远镜望见的那样：太远、很近。我时而在前面，时而在后面，我跟踪他们，超过他们，看见他们靠得更近，变得更大，然后又消失不见——这时高矮各异的情侣正在路上。当他们在靠近耶利特科沃的地方返回来时，他们一直在相互规劝，天鹅站立两侧，她从他身边走过，他超过她。

雷施克就是这样复述他们的对话的：埃纳·布拉库普的去世暴露了兄弟们的死。海湾战争的死者与过去失去兄弟姐妹之间的关联已经清清楚楚。人们生活在社会中。"我说，因为没有任何东西有尽头，就连生命也没有尽头。亚历山德拉被枪杀的兄弟，我被烧的、被炸死的兄弟在继续活着。尽管被草草掩埋在某个地方，尽管没有掩埋在任何地方，他们仍然活在我们心中，他们不想停止活下去，相反地，他们要活着，要靠我们活着……"

接下来，他没有宣布时间的跳跃，就一味报道令人高兴的事："谁敢希望，这些被污染的水域又会成为盛产鱼类的地方，在照样暖和的气温下，会成为邀人游泳的好去处？当初，在埃纳·布拉库普安卧在灵床上时，恢复疗养企业之事是无法想到的。波罗的海好像永远死去了一般。就连我那时都只预见到暗淡的前景，因此我亲爱的亚历山德拉老在不停地嘲笑我那种要从每一座还如此坚固的破屋看出不祥之兆的癖好：'凡是一味预言不祥之事的人，都会长命百岁，看到不祥之兆是假的……'"

雷施克一想起他在布勒森附近提出求婚之事，他就会缩短回顾的时期。这是典型的雷施克作风。在记入"下午，当我们沿着被污染的海滩往前走时，我向亚历山德拉求婚"之后，他就自以为"从现在起"，已经幸福地结了"十年婚"了。"时间对我们的爱情没有造成损害。尽管拥抱的次数越来越少，但我们仍然像第一次那样相互拥抱……当我用自己的求婚引出她那脱口而出的'是'时，亚历山德拉

175

大概预料到,我们俩会有一个幸福的衰老过程,在遭遇事故及其后果时,相互关心……"为了立即搅起那些铅印回忆的沉积物,"在这种情况下,直至结婚前不久,我们都相当沮丧。一道死去的想法真可以说俯拾即是,因为够多的理由都在提出它们的建议。我们为这个低贱的名誉主席职务伤透了脑筋。再加上这种天气。我想起来了:春天总不来临。后来就同汽车生气——这堆引起恶意怀疑的垃圾。毫不奇怪,总有一天,不,在我求婚之后,我们马上就把它们那堆破烂给扔掉了,老天作证并非一声不吭的。啊,在这之后轻松了,成了一片空白。再也不露面了。现在我们没了主意……"

在日记的记载当中有两处,时间长的故事和时间短的故事相映成趣。雷施克在埃纳·布拉库普的阳台上摆弄灯光设备:"先前我还以为,在我先是向不断祈祷的,然后又向少得可怜、唱着哀歌的天主教的追悼会来宾瞥上一眼时,那满满三茶碟粉红色棒糖至关紧要,而那道被染上颜色,被阳台玻璃片染变了色的灯光则无关紧要。可是当我今天试图能有一个概念时,大多数都是黄绿色的窗玻璃,这些玻璃把桌子和桌旁的人员都置于一个玻璃容器里了。他们的祈祷和歌唱都哑然无声。潜水哀悼。他们全成了一家水下公司哭诉着的成员,既在座,同时又离得很远……"

在另外一处,在他看来,"波罗的海浅海滩那太多太多贪得无厌的天鹅"经过几年之后,会变成绝无仅有的一只贪食的天鹅。"这只天鹅当初试图用它那套缠住人乞求的办法唠叨着我的说明。多好啊,亚历山德拉就是今天,虽然想不起那只天鹅,却仍然清楚地记得我那次,我承认是过时的、生硬的求婚:'亲爱的,难道我们现在就不想成为法律上的丈夫和妻子吗?'而且我还记得她的回答:'是是是!'"

在他们办完各种手续之后,婚礼便于五月三十日举行。可是五月中旬,我们的这对情侣还不得不再一次为了表示尊重,出席监事会。约翰娜·德特拉夫太太和马里安·马尔扎克报告从现在起包括整个波兰西部和北部的那些公墓公司所有管理业务的股东会晤的情况。作为会晤成果,报告了从各地带来的长期租赁公司。和解公墓的数目可望在不久之后达到一百大关,与此相应的是营业额的迅速增长。在股东会晤时,免不了要组建一个设在华沙的中央管理机构。马尔扎克宣称,除了格但斯克之外,可以考虑克拉科夫和波兹南,可是经过激烈争论之后,首都中标了。"这就是波兰传统,我们作为德国人应当尊重这种传统。"德特拉夫太太说。

新教教会监理会成员卡劳和毕隆斯基圣下称这个中央管理机构是个"水盆",是"荒谬的官僚主义"。这一个激动万分,另一个言辞尖刻,两人都要求解除他们的工作,立即就重新分配他们在监事会的位置。

撇开这些令人遗憾的辞职愿望不谈,"铺天盖地般扩大和解思想"激起了掌声,尤其是因为那个通过养老院来推行的"在故乡安度晚年"规划,通过第二次安葬来实现的"迁葬行动"以及"平层小别墅—高尔夫"方案在各处都有人在模仿。

杜塞尔多夫计划部经理托尔斯滕·蒂姆施特德作为监事会成员报告最近取得的成绩:确实可以在卡尔图济附近的卡舒布人聚居地找到具有适于修建平层小别墅居民小区的、有海岸的优良海湾地带。在订立合同时,人们商定了一个只有六十年的租赁期,当然附有优先购买权。最近,人们用类似方式处理了在奥尔什丁的租赁问题。在那里,公墓公司计划在马祖里湖泊之间实施第一个"平层小别墅—高尔夫"方案。计划在埃尔布隆格开辟那个所谓的"亲爱的平原"。还报告了来自下西里西亚和波莫瑞沿海地区的另外一些感兴趣的事情。

雷施克引用蒂姆施特德的话说:"从长远看,没有任何东西比这种优越性更有说服力的了……人们终于开始在波兰进行全欧洲性的考虑,这就是说在考虑……在将来,占有土地和地皮最终会成为第二位的事情……我们向我们和蔼可亲地出席会议的名誉主席保证做到这一点,保证做出更多的事情。德国-波兰公墓公司有各种理由感谢这两位名誉主席。"

接下来,别的事情成了迫切需要解决的问题。大量到达的追悼会来宾——死者家属的这种不断入侵带来了种种风险,因为越来越多孙子和曾孙即将分娩的太太不怕长途跋涉。她们在葬礼前后突然分娩,突然早产。正作报告的约翰娜·德特拉夫太太说:"虽然如此,仍然令人高兴的是,在我们古老的家乡现在又有德国人降生。可是我们不能额外加重我们波兰朋友那些本来就已力不从心的医院的负担。"

人们马上就同意在佩隆克路宽敞的养老院侧翼建立一个设有产房的接生站。据说:"当然,医疗设备必须具有西方的水平。在波兰肯定不会缺少具有足够的专门知识,能为我们新来尘世的但泽婴儿分娩的医生和助产士……"

然后试看四种语言的路名牌和文物建筑标牌的模型。那些在上面把名字和文化史注释资料以同样大的字体相互排列在一起的草案被否定了。监事会中的德国成员认为,放在最上面的波兰语碑文必须明显地大于其他三种语言的解说词。如此之多的照顾带来的结果是:大家都来相互恭维。甚至就连这两位名誉主席也放松下来,参加了这种开玩笑式的争论。

可是当亚历山德拉·皮亚特科夫斯卡问到,鉴于城市经济上的发展,是否需要考虑到第五行字时,也就是使用希加拉语言文字时,大家觉得这并不特别幽默。"已经到了这种地步!"菲尔布兰德叫道。马尔扎克保证:"在波兰无法想象!"只有蒂姆施特德比较赞成:"为什么不呢?在一个自由社会当中什么事都有可能。"

在雷施克笔下,亚历山德拉的问题和蒂姆施特德的迁徙自由就是一个通向遥远未来的暗示:"以马尔扎克为首的好人将会感到惊奇,如果说有朝一日,以前叫长林荫大道,后来叫兴登堡林荫大道,紧接着又叫斯大林林荫大道的格伦瓦尔茨卡林荫大道,在时隔不久之后——在那段时间,它以其创始人丹尼尔·格拉拉特市长的名字冠名,另外,该市长的纹章顶部是一头狮子,这头狮子捎着两根银拐杖——最终会用我那个孟加拉生意伙伴的名字,用这位在世界范围促进市内人力车交通的……"

当然,雷施克已经在下一句就像现在常见的那样,保持一定间隔书写的话中纠正道:"查特杰的谦虚导致的结果是:昔日的格伦瓦尔茨卡林荫大道现在根据很有影响的孟加拉少数派的建议,改名为罗宾德拉纳特·泰戈尔①林荫大道。如果说亚历山德拉和我考虑,在我们一生当中,有多少街道、广场、城市、体育场和造船厂必须,而且是多次地,在历史的每一次转折之后,抛弃、改变、更新自己的名字,好像把名称变来变去之事没完没了似的,那也没有异乎寻常之处。"

人们再也不会坐在赫维留饭店十八层楼上想象这里报道的会议经过了。市政府给公墓公司在附近的老城市政厅里提供了一个房间。房间里有一张用沉重的橡木制作的会议桌和一打古但泽橡木椅,该房间完全保留着十七世纪的风格。

有一些关于这次长桌会议的照片。在长桌上席,股东德特拉夫和马尔扎克担任执行主席主持会议,长桌靠门那一端坐着我们的这对情侣,这两位依然在位的名誉主席。在桌子长长的两侧坐着监事会成员,但是并非德国人一边、波兰人一边彼此死板地相对而坐。座位次序是男女相间而坐。按照这个座次,菲尔布兰德作为主席坐在两位新成员之间:在他左边,旅游业代办处年轻的女经理留着她的对分头路,我从雷施克笔下经常提到的那副没有镜框的眼镜和那样梳理的发式认出她来了。我可以肯定地说:这位坐着的细高个先生,这位留着一头银白色波浪形头发,就像戴上一副与仿古家具般配的假发似的先生——如愿辞职后不久——就是新教教会监理会成员卡劳。在那儿很无聊地、懒洋洋地坐在扶手椅上的那位先生很可能——不仅仅由于这身职业装——就是毕隆斯基圣下,他同样也辞

---

① 罗宾德拉纳特·泰戈尔(1861—1941),印度孟加拉语诗人,1913年诺贝尔文学奖获得者。

职了。我无法从外表看出其他成员是波兰人还是德国人。他们比较年轻，很少显出鲜明的个性，但很友好，具有那种从此以后在结算账目时会给公墓公司带来良好收益的、潇洒的创业意志。这儿坐的那位犹如小青年似的精力旺盛的先生，可能就是托尔斯滕·蒂姆施特德，他正借助一些不比火柴盒大的模型，试图使监事会熟悉新的棺材文化。

通过一个放大镜，我认出了一些色彩协调的、蛋形的、重重叠叠的、尖如金字塔的，或者使人感到陌生的、状如小提琴的棺材。蒂姆施特德的顾客服务处除了那些直至脚端逐渐变细的传统棺材外，今后将要提供的就是这些棺材。它们会通过邮政现代化的设备，使殡葬业摆脱死板的习惯做法。甚至就连白雪公主的玻璃棺也风靡一时。雷施克对此写道："古典的，然而在当时是摆阔气的、业已废弃的棺材形式的这种艺术上的继续发展是非常值得赞赏的。我很快就对这道由蒂姆施特德建议的、禁止使用诸如柚木、红木和紫檀木这样一些热带木材制作棺材的禁令表示欢迎……"

这位仍然硬朗的太太，这位有修养的副行长会对这些全新的"地下家具"说些什么呢？两个人背对房屋正面，只从座次看，便成了一对。而这时这两位名誉主席——他们甚至坐在高高的椅子靠背后面让人拍照，人们与其说是看到，不如说是感觉到他们俩——尽管还没有结婚，就已经像一对夫妻了。

这些照片说明不了多少问题。这些庄重大方、抛光成深褐色的椅子那精雕细刻的靠背又硬又有棱角，靠起来很不舒服，但同巴洛克式靠背相似，使人真假难辨。天文学家和啤酒酿造师约翰·赫维留当时是老城市政委员会成员，住在附近的胡椒城里。他姗姗来迟，也许还会在德国-波兰公墓公司代表之间就座，报告月相或者他不久前去世的妻子卡塔琳娜——娘家姓雷蓓施克——的葬礼花销……

我的材料变得有限，可是旁边堆叠着卡片，全是没有结果的提示。按照记录上的说法，雷施克想同蒂姆施特德进行一次关于新棺材文化的交谈,另外还想建议在过去的东普鲁士小城镇拉斯滕堡附近建立一个大墓地。除此之外,还想举办一次展览会。在展览会上,"伊特拉斯坎的豪华石棺、石棺形墓碑、尸骨存放所和传统棺材直至最新创作,会画出一段文化史的曲线……"这件事没有办成。或者说,蒂姆施特德后来是否支持过这类陈列呢?

在另一张卡片上,字迹工整地提出建议:但愿亚历山德拉最后用文献资料证明她在波兰统一工人党内作为积极的一员的期限,这样,在引起怀疑时,她就可以有备无患地回答。我手头没有书面辩解。只有一点可以肯定:她作为年轻少女深信不疑地入党,五十岁时愤世嫉俗地退党。在布加勒斯特举行的世界青年联欢节上,她在简短的讲话中颂扬斯大林是波兰的解放者。在此之后是怀疑、犹豫、参与、羞惭、沉默、装死。"瞧,我早在一九八八年以前,当华沙开始出现反犹太主义的卑鄙行为时,就像人们用德语所说的那样,我成了挂名党员……"

这件事连同他本人的同情心一起记在雷施克的日记中:"她在控诉,在列举一次次的失职行为,却又声称直至退党——'我没法忍受战争法规'——都怀着善良的、共产主义者的心愿盼望某种东西。我能用什么东西来安慰她呢?是我那稀里糊涂的固执吗?是希特勒青年团员那坚定不移的信仰吗?我们今后很可能必须同这些东西一道生存下去。我们依旧在同它们一起生存。后来就连我们的想法也失败了……"

下个周末,他们去卡舒布人聚居地郊游。虽然是弗罗贝尔驾车同他们一道去,可是他们并没有坐他的波兰造菲亚特上路。在一张卡片上写着:"终于坐上一辆新车去野外。"

这种天气大概并没有引诱他们吧。如果说去年一切——那些油菜、那些铃蟾——都来得过早,来得过于早了一点的话,那么今年春天一切都来得太迟,来得太迟了一点。果树的花由于夜霜冻坏了。不只是农民在诉苦,大家的心境也同这又湿又冷的五月差不多。厌烦灾祸,厌烦相互困扰的报道,因为在家里什么都不顺,政治家们便躲进一体化思想的一排房间里去。统一后的德国人比任何时候都更不团结。自由的波兰从现在起对教会强制性的规定听之任之。没有任何事情会无忧无虑地开始。甚至到了五月中旬,也不见油菜花开。

可是当他们三人一起乘车去野外时,看来天气一定是变化无常的了:有时候太阳破云而出。他们驶向拉杜尼亚湖泊,驶向赫梅尔诺。亚历山德拉准备了一顿野餐。这一次没有波兰泡酸蘑菇和煮老的蛋。从罐头里可以叉出格陵兰岛的蟹肉和挪威的熏鲑鱼,再加上法国干酪、切成片的熏肠和意大利香肠、丹麦啤酒和西班牙橄榄。尽管价格很贵,太贵了,但可以说是什么都有,甚至还有称作猕猴桃的新西兰水果。

没有吃野餐。在天气过于短暂的放晴前后,一阵骤雨使他们迟用的早餐泡汤了。尽管如此,他们还是在某个地方停了下来。在从公路通往位置很低的湖滨的下山途中,事实表明,亚历山德拉又一次穿了一双不中用的鞋。在岸边茂密的灌木丛中,他们在芦苇之间找到一个小小的湖湾。有人来过这里,因为一堆已变成焦炭、被雨水淋湿后闪闪发亮的营火的余烬可以作证。另外,石块就像经常在地边上见到的那样,摆成半圆形。"这儿有些石块有那些漂砾那么大。那些漂砾刻上朴实无华的墓志铭在和解公墓,最近在多人合葬墓派上了用场。"

很可能是十来个开路先锋把野外的乱石滚进芦苇丛生的湖湾,滚到营火旁。现在他们仨就坐在那些石头上面。尽管蚊子并未提供借口,皮亚特科夫斯卡还是马上就抽起烟来。野餐篮子留在了车上。三个人坐在石头上面全都默然不语。从远处经过湖面传来阵阵声音,声音嘶哑,像是在争吵,然后又是寂静。弗罗贝尔用几块石子打水漂,见没人想一起打后又坐了下来。从远处再次传来嘶哑的声音。然后,在他们停放新车的公路那边,有蠢妇在声嘶力竭地号叫,就像马上就要被杀死似的。接下来又是寂静,特别是因为湖面上的天空没有云雀。

雷施克给我描述这种风景,仿佛他要用水彩画笔把它画下来似的:往左延伸的稀稀落落的混交林,伸向湖边的田野,对面山岗上是一个平面屋顶的木马厩,又是树林,接着又是田野和田野中的树丛。他没有提到小船,没有提到白帆,只提到两只游动的鸭子正迎面而来。"湖面上难见涟漪。"

然后,在他把一切,甚至把那个褐色的旧马厩也一丝不苟地画出来之后,便把这个湖说成是一个镜像,我只能逐字逐句地把这个镜像临摹下来:"如果撇开那个马厩建筑物不谈,湖上面这片土地丘陵起伏,它提供的只是在田野与森林之间的更迭,映照在一平如镜的湖面上显得虽然很荒凉,我却看出另一番景象:一个居民小区最下面用砖红色的、绝对不是褐色木板的屋顶给湖岸镶上了边。这个小区呈梯形,沿着山丘往上攀升,小心翼翼地与周围景色融为一体,可是它仍然占尽风光,以至小片树林和树丛不得不屈服了进行规划的建筑师和进行建造的建筑工程师的意志,这样,就不会有任何障碍来妨碍这个小区连环套式的紧密——我把这种紧密视为我从草图上就已熟悉的一种建筑的镜像。如果愿意,人们就可以认为这个居民小区——这个依山而建,可是在最下面却盖了一个俱乐部建筑物的小区,这个可以把在山岗之间和坡度平缓的丘陵上那一块宽敞的,适合玩高尔夫球,而且也为此绿化的地区划归自己的小区——很美观,是呀,可以说它很成功,因为这个在我看来是倒立的建筑群证明了爱护风景的细致认真。可是这个镜像在我心中萦回,我观察的时间越长,我的悲哀就会越多,就是现在,在阵阵风儿吹皱湖面,破坏这幅画面之后,依然如此。我们该走了,亚历山德拉。"

我不知道雷施克是否将他的预见——我说得更准确些,是幻景——告诉了皮亚特科夫斯卡和弗罗贝尔,如果告诉了,我怀疑这两个人是否能够看出在"平层小别墅—高尔夫"建筑公司连环套式的行动之前就匆匆忙忙映现的镜像。这个镜像只有他才看得出来!只有你证明有远见。只有他走在时间前面。不过辞去德国-波兰公墓公司名誉主席职务一事倒是亚历山大和亚历山德拉共同完成的。

他们作了书面说明。雷施克声称，还附带送给了监事会一盘录音带。在这盘录音带上两人都讲了话，他说得长一些，她说得短一些。这个事发生在次日，他们的决断非常仓促。

他们辞职时，在老城市政厅里举行其监事会会议的公墓公司已经有了几间办公室，而且是在造船厂地区附近，在一栋建于盖莱克时代的高层楼房的一个楼层里。查特杰合资公司租用了他们上面那层楼。因为在审查所有的账目时显示出，使用了哪些有利可图的方式——可是监事会并不知道，只有马尔扎克清楚，而他又默不作声——雷施克先是投入公墓公司的部分资金，然后追加资金，投入到每个新的装配车间中去，就这样，人力车生产便同公墓公司的利益联系在了一起，所以下面的情况可以认为是容易理解的：这家正在扩张的公司和那家以出口为目的的公司的管理部门在同一栋高层楼房里租用了上下相邻的楼层。

雷施克在那里交出了那盘录音带，同时也交出了亚历山德拉的个人电脑。他在自己的说明中——而且是在录音带上——指出，这台电脑同他在波鸿的家用电脑互通信件，在积极实施那个想法方面作出了可靠的贡献。他甚至开了一个玩笑："当然，我们是绝对不带病毒地移交我们的数据库。"

录音带录的是夜班工作。第一次失败的试验是在湖边做的："天气太变幻莫测了。甚至连一次野餐也没有吃成。今年春天，一切都姗姗来迟。因此很可能就没法听到铃蟾……"

第二次夜间试验由于操作熟练成功了。"铃蟾持续不断的叫声帮了我们的忙。这种叫声，这种很早，肯定是过早就开始的叫声，我们在去年春天，在平坦的湖滩上的大头柳树之间录到过。当时，我们花了比较长的时间捕捉到了正在求偶的低地铃蟾旋律优美、尽管基调有些悲伤的叫声，我们现在给我们作出的说明配上这种叫声，或者说我讲得更清楚些：配上终曲。在这里，我们利用叫声与叫声之间的间歇，以便用这种方式，借助大自然，表达我们警告性的预见。"

我手头只有书面说明的复印件，可是既然那盘去年的录音带是雷施克的遗物，正是在这盘录音带上他捕捉到并且储存了铃蟾的叫声，因此我就预感到，这种手腕在放录音时给济济一堂的监事会成员留下了什么样的印象。大概这些仍然年轻的人不会想起只是一个劲地、令人感到好笑地摇头吧。我敢肯定，菲尔布兰德惊讶地拍了拍自己的额头，德特拉夫太太很可能低声叫过精神病医生。马尔扎克凭借他对于舞台姿势的感受力，肯定对这种表演感兴趣。我相信托尔斯滕·蒂姆施特德会把这个整体视为成功的拼贴画。

皮亚特科夫斯卡那篇用波兰语书写并讲出来的说明很短。我让人给我翻译过来。在公开宣布辞职后写道："因为一位名誉主席应该争光，她主持的所有活动都应当为她争光，可是我见到的只是贪欲，再也看不到荣誉，所以我的工作也就取消了。"

雷施克的说明要长一些，因为他再一次把他的题目——《驱逐的世纪》投射到了宽银幕上，他从亚美尼亚人开始，没有放过任何难民迁徙队伍，任何强制性迁移，最后谈到被驱逐的库尔德人这一现实问题。接着，他用世界范围的流离失所来阐释他的和亚历山德拉的原始想法——死者回归故里与和解思想，他叫道："两点五平米故土就是，而且依旧是人权！"他给这种权利要求加上了有限的公墓要求。然后他谈到普遍成问题的、由于废水、有毒物质和施肥过分而降低的土地质量。现在他借助自己不久前在卡舒布湖岸边试验过的那种预见，来表现在计划中的"平层小别墅—高尔夫"方案的立体效果。他知道诸如"掠夺式的""令人鄙视的事""魔鬼工程"之类的词汇。他勾画出一幅精彩的、用殖民方式占领土地的恐怖情景。他说："终曲，再也不，远离世界。"然后便突如其来地，也没有过渡，隔着十年的时间距离，回顾德国-波兰公墓公司的活动，"当我从现在起不得不认识到，当初各处租用的公墓地区变成了契据，更为糟糕的是，在马祖里和卡舒布人聚居地曾经映照着云层的湖泊岸边大兴土木，乱建房屋，陷入了贪得无厌的占有欲的魔爪时，我便开始怀疑，我们的想法是否好，是否正确。即使这种想法正确，出于好意，可是它变成了坏事。如今我明白了,我们没有把事情做好,不过我还是看到,现在一切都极为顺利。歪打正着!易于满足的亚洲给嘴馋的德国人摆好了餐具。这种波兰-孟加拉共生现象异常活跃,正在举办婚礼。它给那些斤斤计较的人证明,契据具有多么有限的价值。它表明,欧洲的前途是采取多么亚洲式的方式预先决定的:摆脱单一民族国家的狭隘,没有语言分布范围的藩篱,宗教多样,神灵众多,而且令人舒服地放慢了速度,因为温度已经重新调好,在湿热的气候中万无一失……"

就像倾听亚历山德拉那不多的几句话一样,我听着低地铃蟾那种给最后用魔法召来的所有画面配上音乐的叫声。在每一次未来显露之后,它们都要停顿一下,然后再继续它们那忧伤的叫声。看来我们的这对情侣想不出一种更好的结局来。

这是红肚皮铃蟾。这种铃蟾早就在平坦的,刚刚低于海平面的滩涂上安家落户了。啊,那些大头柳树在暮色中使我们这些小孩感到多么可怕呀,这些逐渐靠近的幽灵,另外还有那些配上声囊的雄性动物求偶的叫声,这些动物正在纵横交错的沟渠系统的水面上漂浮。水温高一点时,每次叫声之间的间隔也就更短了。在一个温和的五月天,一只红肚皮铃蟾——也叫低地铃蟾或者火铃蟾——做到直至每分钟叫四十次。如此之多的红肚皮铃蟾同时叫起来,它们的哀诉——在水面上发出特别的回响——逐渐增大,变成余音不断的叫声……

我相信,雷施克只是在序曲时才有一个合唱队,然后在录音媒体上仅有一只低地铃蟾。所以他在一次次叫声之间能把诸如"德国方面"和"掠夺式的"或者"人权",但也有"无家可归"和"再也不"这样的词放到前面去。只有这样,才能用由铃蟾持续不断的叫声发掘出来的"婚礼的"这个词来庆祝未来的波兰-孟加拉共生现象。顺便提一下,这也是一个婚期越临近,在他的日记中出现得越频繁的词。

可是,在我还没有把这对情侣引到户籍管理人员办公桌前时,还不得不再一次报告雷施克同小汽车的关系。既然我的中学同学有时候贬低梅赛德斯汽车司机,在记录卡片上轻蔑地谈到宝马汽车驾驶员,再加上我也料到,他那身漂亮、过时的打扮就是在选汽车时也起了决定性的作用。所以我久久地看着他,不管什么时候,只要他在鲁尔区和格但斯克,在格但斯克和波鸿之间穿梭往来,他都驾着比较老式的汽车。可是当我在埃纳·布拉库普辞职前不久在他的日记里看到,"我的车在无人看守的停车场被人偷走了"时,我敢肯定,这些偷车贼——他们的窝主作为中间商操纵着这个全国性的波兰市场——也许从来就不会试图去偷窃和改装斯柯达型汽车或者一辆仍然受到精心保养的老爷车,比方说一辆1960年制造的标致404型汽车。很可能这已经是比较贵一点的西方制造的汽车。难道说雷施克是用了一辆波尔舍型运动车来刺激小偷?有人劝我,估计他有一辆阿尔法·罗密欧①汽车,最后我预测是一辆瑞典萨布汽车或者沃尔沃汽车。

不管怎样,他从三月中旬起就没有汽车了。正如所报道的那样,这对情侣坐有轨电车去探望病人。延尔曲·弗罗贝尔搭着他们走比较远的路。就连去马塔尼亚参加葬礼,他们都是坐波兰造的菲亚特汽车勉强凑合一下。只是当他们去卡舒布人聚居地,用录音机录下铃蟾的叫声时——可是没有铃蟾在叫——他用一则简讯介绍了那辆"新车"。

又没有说明车型,不过很可能是一种昂贵的车型,因为买车成了麻烦事。

他们刚放弃名誉主席职位,想感受自由,感到好像被解放了时,公墓公司监事会出于特别的理由,召开了一次会议。因为约翰娜·德特拉夫太太在她的提案中要求昔日的名誉主席到场,雷施克和皮亚特科夫斯卡不得不忍受别人提出的一些问题。问题涉及两人一般

---

① 阿尔法·罗密欧汽车公司是意大利汽车公司,生产高级赛车和普通汽车。

187

性的经济状况,特别涉及购买新车的费用筹措情况。

开始时语气温和,因为蒂姆施特德称赞"向查特杰合资公司这些大胆的、现在已经有利可图的投资",马尔扎克不想出现"丑闻",可是后来就开始盘问起来了。菲尔布兰德和德特拉夫太太轮番穷追猛打。虽然他们无法将任何确凿的证据端到桌面上来,可是疑点仍然够多的了:他雷施克自海湾危机开始,就利用变化不定的美元行情谋取利益;他雷施克不清清楚楚地填写西德殡仪馆特别折扣的数额,便把它一涂了之;他雷施克无法证明,是从哪个渠道拿到钱来买他那辆现在得叫私家车的新车的,难道是从捐赠款当中拿的?

亚历山德拉在这儿插嘴道:"为什么你不说,你的人力车主送了漂亮礼物呢?"

"这跟这儿无关。"

"而要是他们就像同小偷讲话一样同你讲话呢?"

"他们可以,请吧。"

"可是别的人从停车场偷走了……"

"这是私事。"

"好吧,那我就说。由于为生产人力车立了功,他得到一辆价格昂贵的小汽车。"

"亚历山德拉,我请你……"

"为什么没有人笑?这可是有趣的啊!"

据说蒂姆施特德引起了哄堂大笑,马尔扎克也确认般地跟着笑了起来。所有的新成员都受到传染,都爱笑。最后就连菲尔布兰德和德特拉夫太太也发现这次礼物事件的滑稽。据说他"先是咯咯地笑,后来是纵声狂笑"。她只有"抿嘴微笑",这种微笑突然变得冷淡起来,结束了这次普遍性的哄堂大笑。

亚历山德拉马上就被大量的问题淹没了。除了一笔资助圣葬教区教堂管风琴的捐款填写得不够清楚外,当没有任何东西可以强加在亚历山德拉头上时,德特拉夫太太便进行人身攻击。她在皮亚特科夫斯卡过去的经历当中挑剔来挑剔去,从一份她得到的——鬼才知道从谁那儿拿到的——人事档案中寻章摘句,她说:"您作为一名多年的女共产党员应该知道……"或者"甚至从一位共产党员这儿人们所能指望的……"而且就像对待一种犯罪行为一样对待亚历山德拉的党籍。她甚至准备好了亚历山德拉在公元1953年的那首斯大林颂歌。当她说到"后果严重地接近斯大林主义和犹太主义"时,目标就变得模糊不清了,"特别是对于波兰,这是一场灾难,不是吗,马尔扎克先生?"而马尔扎克则点点头。

皮亚特科夫斯卡对此沉默不语,雷施克没有沉默。在他给济济一堂的监事会成员介绍自己就是昔日的中队长之后,他向德特拉夫太太请教她在希特勒青年团的妇女组织中的级别。"极为尊敬的太太,不是吗?我们这代人都一起使劲地歌颂过!"刚说完,约翰娜·德特拉夫的脸就红了,一直红到她那发型的银白色发际。当马里安·马尔扎克对着这种沉默说出"在座诸位没有谁没有一番来历",而且立即垂下双眼时,大家都赞同他的意见。

雷施克写道:"就连格哈德·菲尔布兰德都同意这种认识,他叫道:'辩论结束!'监事会的年轻成员本来就丝毫不看重往事。蒂姆施特德冷嘲热讽的表白'而我十九岁就成了社会民主党青年团团员,国家垄断资本主义!'再一次引起哄堂大笑,尽管如此,不和谐的声音依然存在。是查特杰那件有争议的礼物吧?说实在的,它没有给我们带来幸福……"

没有人被揭发出来,这次特别会议没有结果,这对情侣没有受到损害。在五月底有理由庆祝婚礼时,雷施克的新车——现在我敢肯定,是一辆沃尔沃——就停在军械库对面,剧院和施托克钟楼之间有人看守的停车场上。

尽管如此,他们并没有坐在瑞典流水线产品上,而是坐在孟加拉—波兰生产的一部人力车上往户籍登记处驶去。这是——人们会感到惊讶——亚历山德拉的愿望。这个皮亚特科夫斯卡——"这位查特杰先生"使她感到毛骨悚然,她称这位孟加拉人是"假英国人",

出于她那一般性的无神论观点,背后说他搞巫术,干不道德的事,搞"撒旦的骗术"——正是她这位女镀金技师一定要坐人力车去右半城的市政厅:"我要像帝王一样把车开到门前,如果不能坐马车,那就坐人力车。"

也许她是凭一时的情绪行事,因为查特杰和他的堂兄弟们她都不熟悉。雷施克就像收集其他格言一样,收集的她那句格言就是:"我不会习惯的是,现在,俄国人刚走,波兰就有了这么多土耳其人。"每当他试图给他的亚历山德拉说明人力车工厂的来历时——他甚至给她打开地图——她总是坚持她拒绝土耳其人,拒绝所有土耳其人,也就是拒绝所有外国人的立场,她讨厌这些外国人,更胜于讨厌那些可恨的俄国人。

皮亚特科夫斯卡从历史的角度看待这种事情。作为波兰人,她倾向于让所有的事件都从属于波兰历史上的苦难。多数情况下她都从很久以前的事讲起,提出利格尼茨战役①作为理由。在这次战役中,出身于声名显赫的皮亚滕家族的一位公爵虽然阵亡,可是据说蒙古人也就被迫退却了。在波兰人的英雄气概第一次拯救西方之后,就是他,波兰国王扬·索比斯基在维也纳城外击败了土耳其人。②西方可以再一次松口气了。"从当时的那次战役以后,"亚历山德拉说,"所有的土耳其人想复仇都想得发狂了,你的查特杰也是。"最近她甚至开始预感到一个阴谋,"我已经看到,德国的大人先生们带来他们的土耳其人,好让他们把我们变成波兰苦力。"

她在进行这样短暂的历史性思考之后,往往都要哈哈大笑,仿佛她的笑声想要恳求:今后大概不会这么糟糕了吧。尽管她喜欢那为数众多、光洁明亮、使老城区和右半城充满生气的人力车及其旋律优美的三音铃声,她还是不得不克制住自己,作出自己的决定。"空气

---

① 利格尼茨,在波兰又名莱格尼察,现为波兰城市。1241年蒙古人与西里西亚亨利希二世公爵在此决战,公爵阵亡。
② 1683年土耳其人围困维也纳的一次战役。

已经好多了!"她叫道。

在雷施克那里写着:"终于到了那种地步。查特杰不在城里,这是一件憾事。也许他乐意亲自驾车把我们送到市政厅吧。可是他的结婚礼物,那个精致的、全部用金线编织而成的人力车模型甚至让亚历山德拉也兴奋不已。当她打开这幅小画像,发现我们俩就是金线人力车乘客座位上的玩具小娃娃时,她就像孩子一样拍起手来了。'我们都是小巧玲珑!'她叫道。他们和查特杰在这段时间肯定更加亲近了。很可惜,当时,在我们结婚时,他不能不短期前往巴黎,然后去马德里,因为就连那儿的市内交通混乱也要借助人力车来对付。他的一个堂兄弟用人力车来送我们,而每当我在今天,在事隔多年之后回想起那个五月天……"

当然,他们的人力车漫游值得拍上好多照片,这些照片都是彩色的,就在我手头。按照雷施克的解说词的说法,这是造船厂车间生产的最新出口款式。在一张照片背面字迹娟秀地写着:"在全面试跑之后,最后在欧洲之外,在里约热内卢测试过,这种款式大有前途。"

这部坐着照片上这对新郎和新娘的人力车装饰着鲜花。不,不是紫菀,这次是郁金香。"像所有的花一样,今年春天芍药花也迟迟未开。"在同样款式的第二部人力车上坐着证婚人延尔曲·弗罗贝尔和海伦娜——皮亚特科夫斯卡的一位女同事,专门描绘文字的女镀金技师。这些照片流传下来的既不是阳光,也不是阵雨。天气一定有点凉,因为亚历山德拉在成套女装上面披了一条很宽的羊毛围巾。尽管如此,这对新人仍然是一副夏装打扮:他头戴一顶窄檐草帽,身穿海沙色亚麻布西服;为了同宽檐帽相配,她让人给自己缝了一套紧身衣服。雷施克把这套衣服的颜色描写成"温暖的、倾向于金黄的橘黄色",再加上那顶"青紫色的"帽子。

这两部人力车从狗巷的家出发——在那里的露天台阶上为朋友和邻居准备了鸡尾酒会——沿着巷子往下,向跑马厅驶去,路过国家银行、施托克钟楼,然后穿过煤炭和木柴市场继续往前,直至大磨坊,以便在熟悉的老城区——"厨房里的火盆"、商场、多明我会教堂——掉头。在那里穿过平日熙熙攘攘的市场,顺着毛纺织工巷往前走,经过军械库,往左拐进长巷。在长巷左边,紧靠那个一直叫做列宁格勒电影院的大门前,在两座房子的横向地带几天前开了一家赌场。当上面那些骗人的、鹦鹉学舌的文艺复兴山墙坍塌时,最下面那种西方的亮光却在发出持续不断的光辉,上面写着诱人的"Try your luck!"①

长巷像往常一样挤满了旅游者。根据雷施克的记载,当这辆用鲜花装饰的人力车载着这对新婚夫妇缓缓驶向市政厅时,人们都友好地鼓起掌来,用波兰语和德语表示祝贺。在太多的鸽子当中,有一只鸽子拉下粪来,掉在他的帽檐上。"带来好运!亚历山大,带来好运!"新娘叫道。

本来,市政厅里只是在例外情况下才举行结婚仪式,可是亚历山德拉成功地把户籍登记处的行为,再同它一起把我们的这对新婚夫妇提高到一种例外的级别。她有好几年在这座晚期哥特式建筑物的内部工作,为此作出了贡献。经过悬臂托架,沿着螺旋楼梯拾级而上,来到巴洛克式褶裥和过时的、豪华浮夸的镜框前——到处她都可以说:"所有的东西涂的都是用我的镀金技师专用软垫做的金箔!"

关于结婚,雷施克只写了:"钟敲十一点"时,在红色大厅里举行结婚仪式。他们面对一幅宽如墙壁、被称为"税金"的画,在该画的中间,耶稣同《圣经》上的随从站在长市场上。这对新婚夫妇刚才正在其中交谈的市政厅后面是一片白色。对于同一位女镀金技师结婚的美术史家来说,这就是相称的背景。只要这个官方过程还在继续作为这个宝库的居住者被映照到另一时代,不仅仅这对新婚夫妇,就连证婚人也都这样认为。

因为外面阳光突然照了进来,便拍了一些照片。这些照片表现的是在尼普顿喷泉和阿尔图斯②宫廷前的这对新婚夫妇,他们时而

---

① 英语:碰碰你的运气!
② 尼普顿为罗马神话中的海神,阿尔图斯为传说中的英国国王。

同证婚人在一起,时而不同证婚人在一起。穿着现在已经起皱的米色亚麻布西服,穿着橘黄色女式套装,他戴着窄檐草帽,她被过于宽大的帽檐蒙上了阴影,这两个人看起来好像已经在路途上,而且走得很远。

然后他们徒步穿过长市场,走进铸锚巷。到处都挂着多种语言的路名牌。雷施克在附近的一家餐馆为四个人订了席位。没有请亲戚,因为我们的这对新婚夫妇既没有通知儿子,也没有告诉女儿。自那次失败的圣诞节之旅以来,我再也找不到对于家庭的暗示。

在日记中,出于在时间上的跳跃式回顾,这样写道:"有莳萝酱汁梭鲈片,然后有烤猪肉。亚历山德拉的情绪特别好。她那少女般的纵情欢乐——正像我今天所知道的那样,这种欢闹试图成功地把弗罗贝尔和海伦娜撮合在一起——和她当时的笑声依然如故。要是我没记错的话,她曾经说过:'为什么傻瓜——我就是这种傻瓜——就没有经常坐人力车!'"

延尔曲·弗罗贝尔和亚历山德拉的女同事很容易就交谈起来了,这并不奇怪。人们嘲笑那位总统和他在华沙美景宫里的宫廷事务。谈到教皇即将进行的访问。弗罗贝尔指望教皇的访问对波兰的状况产生影响,他抱的希望大于皮亚特科夫斯卡打算允许这位上帝的代表尽力的范围。后来又谈到查特杰。有种种猜测,按照这些猜测,不久前报道的一位印度政治家被谋杀很可能迫使这位孟加拉人突然动身离去。这些猜测又被别的恐怖事件——皮纳图波火山爆发①挤到了一边。直到喝咖啡时,只字未提公墓公司。

弗罗贝尔忽然建议,要有人,不管用哪种语言都无所谓,写下一部编年史,献给和解公墓,与此同时,也不要忘记圣卡塔琳娜、玛利亚、约瑟夫、比尔吉滕等联合公墓的来历,就连它们被粗暴地夷为平地也不要忘记。他穿着他那身——就像雷施克所猜的那样——借来

---

① 菲律宾吕宋岛上的皮纳图波火山在沉寂了六百多年后于1991年6月9日再次爆发。

的黑西服变得庄重:要是人们考虑到在仅仅一年当中,只要可能,什么事都会发生的话,就会把对于德国-波兰公墓公司的评价形诸文字,这种评价包括所有必要的批评,其结果总的说来会是肯定的。尽管他出于不愉快的原因不得不辞职,但他还是这样说。这样的编年史也许会调整好一切事情的位置。不管是在波兰语区,还是在德语区,它都将不乏感兴趣的读者。它不缺素材。急需一位喜欢细节描写的人。

土地登记局那个职员是否自认为是编年史的作者呢?他是否认为雷施克就是编年史作者,是否想凭借自己的土地登记册知识自告奋勇充当助手呢?

亚历山德拉说:"我们陷在里面,在所有这些已经发生,而且已经失败的事情里面陷得太深了。"

雷施克说:"这种事只有过了一段时间才能理解,才能盖棺定论。"

亚历山德拉说:"可是现在就得写完编年史。以后就太迟了。你可得写啊,亚历山大,写过去的一切。"

就连亚历山德拉的女同事海伦娜也有同样看法。可是我昔日的中学同学不想当作者。皮亚特科夫斯卡声称:她只会写情书。对弗罗贝尔的毅力信不过——他承认这一点。难道说雷施克在这次谈话之后就开始物色某个有写作兴趣的人,或者说,也许他已经注意到了我——他的中学同桌,把我从他的中学生回忆中过滤出来,推荐我担任弗罗贝尔那个角色?

好像他已经料到可以引我上钩似的,在他那封随后同留下的破烂一道寄给我的信中写道:"只有你才能做这件事。它一定会使你笑口常开,千真万确……"

在此之后,据说延尔曲·弗罗贝尔站着发表了席间演说。从这次演讲中什么也没有摘录,只写了这么几句:"我们的朋友很少谈到婚礼,却动情地谈了好多使他感到心里难受的、同'奥莱克和奥拉'告别的话……"

就连我现在也会乐意告别,而且希望能够最终结束我这儿这次报道。难道不是什么都讲了吗?和解公墓好像在自觉地充实自己。德国人作为死者回归故里。人力车大有前途。波兰没有完蛋。亚历山大和亚历山德拉幸福地结了婚。我喜欢这个结局。

可是这两个人去蜜月旅行了。去哪儿?从她的口气听起来好像是这样的:"如果现在所有的波兰人不用签证就可以到处走的话,那我倒是想看看那不勒斯。"

他们曾经打算横穿斯洛文尼亚、的里雅斯特①,可是受到最新报道的警告,走一条适合驾车的老路,穿过勃伦纳山口,沿着那个靴子形的意大利往下,驶向罗马。我知道,他们坐着往南驶去的这辆新车是沃尔沃 440 型。他们横穿东德时,哪儿都不停车。当然,他们到过阿西西和奥尔维托。这辆沃尔沃像所有的瑞典小轿车一样,可以说是特别牢固。婚礼刚过,在那位波兰籍教皇在有风暴的天气前往波兰访问前不久——他一到那里,就马上亲吻波兰土地上的混凝土跑道——亚历山大和亚历山德拉就已经出发了。手头只有在锡耶纳、佛罗伦萨和罗马停留的照片,张张照片都一样。她现在戴的再也不是宽檐帽,而是以色列移民区集体农庄的白色小帽。因为他从罗马给我寄来了购自年市的礼品,所以我不敢肯定,他们是否已经到达那不勒斯。他们大概把沃尔沃停在饭店的车库了吧。

在那些由乐于助人的旅游者拍摄的照片上,这对新婚夫妇看起来很幸福,就是在万神庙前也是如此。他早就想参观这座圆顶建筑。在建筑物的圆形小室中,往半圆球里面望去,一直往上望,望到圆形顶端的孔洞——雷施克写谊——他们真是心花怒放。并非拉斐尔②墓,并非哈德良建筑物③使他们感到轻松,摆脱了一切忧愁。

"当然,参观者太多,但并不拥挤。这种发展成为巨大建筑物的

---

① 斯洛文尼亚共和国在南斯拉夫,当时正值内战;的里雅斯特在意大利。
② 拉斐尔(1483—1520),意大利文艺复兴盛期画家。
③ 这里指哈德良别墅,罗马皇帝哈德良的离宫,位于罗马附近的蒂沃利,约建于 124 年。

思想的崇高伟大使我们这些人都变得渺小,可是望一眼上面逐渐变小的花格平顶却使人有了勇气,因为一位上了年纪的先生,显而易见是英国人,突然开始从令人高兴的房间中部唱起歌来。他那悦耳的、有点颤抖的声音开始时是怯生生的,然后便大胆地考验起这个钟形屋顶来。他唱了一些普赛尔①的作品,并为此赢得了掌声。随后,一位年轻的、使人感到土里土气的意大利女人大胆地唱起了,当然是唱威尔第②的作品。就连她的咏叹调也获得了掌声。我犹豫良久。亚历山德拉已经在拉我的衣服,她想走,这时我走到钟形屋顶下面,不,并不是为了唱歌,这种事我不会,可是我让绝无仅有的一只铃蟾冲着上面钟形屋顶孔洞的穹隆叫了起来:短声、长声、长声——短声、长声、长声,一再反复。万神庙钟形屋顶好像是为了铃蟾的叫声才建造的,也许因为高度和直径尺寸相同吧。亚历山德拉事后给我讲,说我的表演在广阔的穹隆下,令所有的旅游者,甚至还有日本人都保持安静。不再有照相机的咔嚓声。然而,并不是我成了叫喊者,其实是我内心深处的铃蟾在……虽然我站在那儿恰似一个叫喊者的样子:把头朝后仰起来,而且——张开嘴巴——帽子歪在一边。可是铃蟾的叫声从我嘴里发出来,逐渐升腾,直至圆形顶端的孔洞,然后钻越这个孔洞……亚历山德拉用铃蟾的话语道出了一切:'人们都成了哑巴,也不想鼓鼓掌。'"

在这之后,他们坐在一家街头咖啡座里,也没有给任何人写过明信片。雷施克最后的记载反映了他由于时间的跳跃而延伸过度的状况:"可惜很多博物馆都已关闭。因为亚历山德拉想要看的'教堂每天至多三个',以便在各处点燃像刁柏一样又细又长的牺牲者蜡烛,这样就可以十分悠闲地溜达,就可以去他们所钟爱的小咖啡店。伊特拉斯坎的豪华石棺总是显得很美。我们俩心醉神迷地站在石棺盖上那对放置一旁的石雕夫妇面前。我们在一些石雕夫妇身上发现了

---

① 普赛尔(1659—1695),英国作曲家。
② 威尔第(1813—1901),意大利作曲家。

自己。但愿可以这样长眠！不过要葬进地下墓穴，亚历山德拉可是无论如何也不愿意。'我再也不能听有关死亡和骸骨的事了！'她叫道，'现在我们只有继续活下去。'因此我们要度过自己的年华。有趣的是，自我们第一次游览以来，罗马又有了变化。当时我们已经坐着人力车走过了所有比较长的路，跨过台伯河到梵蒂冈去。在那里，七年前，当亚历山德拉决定停止使劲抽香烟时，她进行了一番比较：'真有趣。教皇在波兰，而我却站在彼得教堂前。'如果说当时尽管有人力车，而市内交通却一直由小汽车主宰的话，那么今天人们就可以说：罗马没有臭气了，没有持续不断的汽车喇叭声了，只有三音铃蟾旋律优美的铃声了。朋友查特杰赢了——而我们也同他一起……"

撇开信头上注明的日期不谈，我的中学同学在他那封在罗马饭店信笺上写给我的、在包裹里附带寄来的信上，放弃了时间的跳跃。他客观地报告了经受过考验的材料的重要意义。他建议我写一部编年史或者一篇报道："请你别让自己听凭一些传奇事件的驱使。我知道，你更喜欢讲述……"然后，他暗示我们共同经历的学生时代，责成我，"你肯定还记得起战争年代，当时我们全班同学都不得不到卡舒布人的田地里去。甚至在淫雨天气，也只有在捉到的马铃薯瓢虫把三个一升的瓶子装得满满的，一直装到瓶子的木塞时，人们才可以离开田地……"

是的，亚历山大，我记得。是你组织我们去的。我们同你一道成绩卓著。你的捉虫方式被视为典范。我们都受了益。为了我这个总是另有打算的懒家伙，你一起去捉虫，甚至多次把第三瓶虫赠送给我，还把第二瓶给我添满。这些令人恶心的、黑黄条纹相间的该死的东西。真的，我对你感恩图报。因此，仅仅因为如此，我才把这篇报道一直写完。就是！我曾经试图不插手。我可以放弃那些过于具有传奇色彩的郊游。不过你们非进行这次蜜月旅行不可，该死的！

在他那封附上的信中，结尾时写道："明天我们继续往前走。即使我警告,要提防那儿的种种情况,那不勒斯仍然是亚历山德拉久已向往的地方。我担心她会感到失望。我们一回来,我就会通报……"

没有回音。如果有结局的话,结局是肯定的。在去那不勒斯的路上,要不就是在归途上出了事。不,不是在阿尔巴诺群山中①。在罗马与那不勒斯之间有不少地方。

因为事情发生在他们出发三天之后,我估计,亚历山德拉看到了那不勒斯,大为震惊,因此想匆匆返回。一段弯道很多的路上,想必是从转弯处滑了下去,然而是谁使他们滑下去的呢?滑到三十多米的深处,这种事连沃尔沃车也经受不起。车子翻了好几个筋斗。在这个悬崖下面,在呈圆形的马鞍形山脊上有一个村庄。在村庄前面,在空地上用墙围了起来,种上意大利柏树,这是公墓。

在我开始打听,开始寻找时,警察都乐于帮忙。神甫、镇长都证实:汽车残骸都烧毁了,尸体烧焦了。尽管如此,警察的报告还是说:那是一辆沃尔沃。一切都烧焦了,连汽车仪表盘放手套夹层里的证件也烧焦了。因为从翻了一个又一个筋斗的汽车里抛了出来,一只皮拖鞋和一个钩织的购物网袋还完好无损。

他们就在那个村庄公墓,在紧贴围墙的地方安息。我不提这个村庄的名字。只要我可以肯定的,我就会蛮有把握地说:亚历山大和亚历山德拉作为无名氏在那里长眠。只有两个木十字架表示这是个双人墓。我不想要他们迁葬。他们反对迁葬。从乡村公墓越过田野,可以极目远眺。我相信,可以看到海。他们舒舒服服地在那里长眠,那就让他们在那里长眠吧。

---

① 阿尔巴诺群山是位于罗马东南部的意大利环形火山。